シックスコイン

渡辺裕之

角川文庫 17826

目次

未知の災《わざわい》

一

二〇一〇年五月、新大久保《しんおおくぼ》。かつてはラブホテルと労働者のどやが密集した健全という言葉とは無縁の街だった。現在は、ビルの建設、電線の地下ケーブル化が進み、街は様変わりしている。メインの大久保通りには、韓国をはじめとしたアジア系の店が軒を連ね、多国籍の明るい街に変貌《へんぼう》を遂げた。

だが、細い路地に入ると、時代に取り残された昭和の面影が今も残っている。二十年前、連れ込み旅館を改装し、新たにアパートに変身した三階建て木造モルタルの〝清風荘《せいふうそう》〟は、蔦《つた》が絡まる外壁のせいで、意外と周囲のモダンなビルと調和がとれている。建物は、西向きだが、出自が旅館ということで全室にバスとトイレが付いており、家賃は光熱費込みで七万円と都心の相場と比較すれば安い。その上駅から歩いて三分という立地条件とあって、貧乏学生と海外からの出稼ぎ労働者に人気があり常に満室状態だ。

〝清風荘〟の三階にある角部屋にカーテンレールにかけた洋服の隙間《すきま》から残照が射し込

んでいる。四畳半一間、中綿がはみ出した布団の周りに、週刊誌やコンビニ弁当の空箱が散らかり、部屋の隅に置かれたゴミ箱から溢《あふ》れ出た紙くずが布団の端でせき止められて山になっていた。

布団の中から右手が伸び、ゴミの中から腕時計を探し当てた。緩慢《かんまん》な動作で若い男が顔を覗《のぞ》かせ、眩《まぶ》しそうに時計の文字版を見た。

時刻は、午後五時四十分。霧島涼《きりしまりょう》は、舌打ちをして布団から抜け出した。深夜のバイト帰りに同じコンビニで働く先輩の松田《まつだ》耕一《こういち》と歌舞伎町《かぶきちょう》で飲んだ後、カラオケ屋で朝の五時まで飲み明かした。その後、飲み足りないと言う松田に付き合って、彼のアパートで飲んだ。酔いつぶれた松田の部屋を出たのは、太陽が頭上高く上がった昼過ぎだった。

涼は、トイレの横にある申しわけ程度の広さの流し台で髭《ひげ》を手早く剃《そ》り、顔を洗った。服を着たまま寝たので、着替えずに出ようかと思ったが、タバコの臭いが気になった。松田が無類のヘビースモーカーなので、体の隅々までヤニ臭くなったのだ。風呂《ふろ》にも入っていないということもあるが、煙草を吸わないので余計気になる。とりあえずチェック柄のシャツを脱ぎ、カーテンの代わりにかけてある似たようなシャツに着替えた。角部屋のために窓は西と北にあり、おかげで着ている服はすべてカーテンレールにかけることができる。

涼は部屋を出て木製のドアに鍵《かぎ》をかけた。鍵はシリンダー錠が一つ付いているだけで、マンションのようなドアチェーンは付いていない。窓がない廊下は、蛍光灯が間引かれ、日中でも暗い。涼は階段を駆け下りて、一階に降りると足音を忍ばせて歩いた。玄関脇《わき》の管理人室の前ではさらに足音を消して歩いたのだが、ドアがいきなり開き、初老の女が飛び出してきた。階段を降りる足音をすでに聞いていたのだろう。

「霧島さん。バイト？　いつもより早いわね」

〝清風荘〟のオーナーで吉田菅子《よしだすがこ》、六十三歳。二十年前に夫に先立たれて以来独り身を貫いているそうだ。旅館からアパートに鞍替《くらが》えする際に、フロント兼事務室だった部屋を管理人室に改装して一人で住んでいると聞いている。

「バイトの時間が変わったんです」

大学生のバイトが急に辞めたのでシフトが二時間早くなり、六時からはじまることになっている。

「霧島さん。昨日は月初めだから、お給料日じゃなかったの？」

菅子は、涼を見上げ怪訝《けげん》な顔をした。菅子の身長が一五四センチ、涼が一七七センチと頭一つ分違う。

「月初め？　そうでしたか。昨日バイト休んじゃったから気が付かなかったなあ。今日貰《もら》って来ますよ」

涼は、咄嗟《とっさ》に嘘《うそ》をついた。松田との飲み代で七千円も使ってしまった。残金は十二万しかない。家賃は、月七万だが、先月分を滞納している。手元の金を全部払ったら、生活できなくなってしまう。このアパートに住み着いて半年経《た》つが、毎月まともに払えたためしがない。

「余計なこと言うようだけど、二十歳過ぎた大人だったら、ちゃんとした職につきなさい。今どきは、ニートなんて横文字使っているけど、無職と同じなんだから」

誕生日は三週間後で、まだ十九だと声が喉《のど》まで出かかったが、なんとか我慢した。

「大家さん。バイト、遅刻しそうだから、すみません」

涼は、なおも何か言いたげな菅子の脇《わき》をすり抜け、路地に出た。

バイト先のコンビニは、東新宿の明治通り沿いにあり距離は一キロと離れていないが、後五分しかない。オーナー店長の佐々木《ささき》信二《しんじ》は、時間にうるさい。入店に一分でも遅れるようなら、一時間ただ働きにされてしまう。とにかく走るしかない。だが、こういう時に限り、信号に摑《つか》まるものだ。

「くそったれ」

ジョギングするように、ステップを踏みながら待った。

信号が青に変わり、横断歩道に飛び出すと信号無視をした車に危うくひかれそうになりながらも必死で走った。だが、努力のかいもなくバイト先のコンビニが見えた時には、一分過ぎていた。

佐々木の嫌みを覚悟の上で店のガラスドアを開けると、怒声が飛んできた。

「さっさと金をだせ！　死にたいのか」

野球帽を目深に被《かぶ》った男が、レジに立つ店長の佐々木に刃渡り二十センチほどの包丁を突きつけていた。男は、一八〇センチ近い身長があり、がたいもいい。その上狐目《きつねめ》で凶悪な顔をしている。佐々木は両手を上げ、顔を引き攣《つ》らせて震えていた。客は、三人いるが、レジを遠巻きにして凍り付いたように動かない。危機的状況ではあるが、これなら、時間のことなど分かるはずがない。涼は、笑いを堪《こら》えながら大声を上げた。

「泥棒！　泥棒だ！」

「てめえ、死にたいのか！」

男は、狐目をさらに吊《つ》り上げて叫んだ。

「おまわりさん！　泥棒ですよ」

涼は、わざと声を張り上げた。

「黙れ、クソガキ！」

出入口を塞《ふさ》ぐように立っている涼に、男は包丁を振りかぶって突進して来た。

「助けて！」

涼は叫びながら、すばやく左に体をかわし、転ぶ振りをして男の右膝《みぎひざ》を蹴《け》った。男は体勢を崩し、ダイブするように入口のドアに顔面から激突して気絶した。

五分後、通報で駆けつけた警官は、鼻の骨を折って血だらけになっている男をパトカーの後部座席に投げ入れるように押し込んで連行して行った。店長や客の証言で、男は逃げる際に自分で転んで気絶したことになった。

事情聴取も終わり、警官が帰ったところで店長の佐々木が笑顔で涼の前に立った。笑顔と言っても、口がゴムのように曲がっているだけで目まで笑っているわけではない。長年板についた営業スマイルなのだろう。

「涼君、君さえ、遅刻しなければ、私は怖い思いをしないですんだんだよ。バイトの始まり時間は、六時ではなく七時に付けておくからね。そのかわり、君のおかげで強盗を捕まえることができた。私のポケットマネーで報奨金を千円あげよう」

バイトは、午後六時から午前二時、日中の時給が九百円で、午後九時からは深夜の時給として千円になっている。プラス百円ということか。なんともケチ臭い話だが、佐々木は、粋《いき》な計らいをしたとご満悦の様子だ。

「ありがとうございます」

たった百円のために頭を下げた。働くようになってから覚えた大人の振る舞いというやつだ。

「それにしても、君は体格がいいから、てっきり強盗を取り押さえてくれるのかと思ったら、叫び声を上げて腰を抜かすとは思わなかったよ」

佐々木に鼻で笑われ涼は苦笑を漏《も》らした。わざと倒れて、男の半月板を蹴ったことなど誰にも分かるはずがなかった。手応《てごた》えがあったので半月板には間違いなくひびが入っているだろう。たとえドアに激突して気絶しなくても歩けなくなっていたはずだ。

涼は、子供の頃《ころ》から武道家の祖父霧島竜弦《りゅうげん》に古武道の武田陰流を叩《たた》き込まれたためにこの程度のことは朝飯前である。

武田陰流は武田信玄《しんげん》が使っていた草の者と呼ばれた間者が使っていた武道が起源といわれ、武田家に伝えられた武田流の流れを汲《く》む。武田流と同じく合気道、柔拳道《じゅうけんどう》、居合道、杖道《じょうどう》、手裏剣道と、他の古武道にみられるように総合的な格闘技として今に伝えられている。違うのは、伝承者が隠密だったため、世間に知られることがなかったことだろう。

涼はもの心ついたときから、家の道場で毎日五時間近い練習を一日も欠かすことはなかったので、師匠でもある竜弦からは四段という段位を貰っている。他の流派なら、師範代クラスだろう。毎日五時間という稽古《けいこ》は、血の滲《にじ》むような厳しいものだった。だが、両親ともに六歳の時に交通事故で亡くし、曾祖父《そうそふ》の震伝《しんでん》も長生きだったが、八歳の時に亡くしている。家族が竜弦しかいないため、窮屈な生活に耐えるしかなかった。というか、それ以外に生きる道を知らなかった。

だが、大学一年の冬休みになった半年前、武道に明け暮れる大昔の侍のような生活に嫌気がさして家を出た。適当にバイトで貯めて海外に行くつもりだったのだが、現実は厳しく、貯めるどころか日々の生活にも困るというありさまだ。もともと海外に行って何をするのかも決めていなかった。祖父の竜弦から逃れ、気ままに暮らしたかっただけなのかもしれない。

「いらっしゃいませ」

店に入って来た客に涼はあくびを嚙《か》み殺し、抑揚のない挨拶《あいさつ》をした。今日もまた明日のない一日が始まった。

二

新宿二丁目から西新宿にかけての風景は、同じ眠らない街である歌舞伎町とは違った趣がある。大きな看板やネオンをかかげる店も中にはあるが、どちらかと言えば控えめな店が多い。それだけ世間の目を避けているということなのだろう。

東新宿のバイト先から、職場の先輩である松田耕一のアパートに向かっている。松田は、無断欠勤した。携帯に連絡しても繫《つな》がらない。昨日酒を飲み過ぎて二日酔いなのだろう。店長の佐々木はいつもの口癖で首にすると言って怒っている。

連絡がつかないこともあるが、バイト先に松田の着替えが忘れてあったために届けに来たのだ。松田は、今年二十六歳、ニート歴七年という男で、家出をして歌舞伎町でぶらついていた涼に、バイト先から不動産屋も通さずにアパートの紹介までしてくれた奇特な人物だ。歳は離れているが、決して先輩ぶることもなく、人当たりはいい。先輩というよりも友人に近い存在だ。ただし、人間的にはだらしがない。酒、煙草、女、賭《か》け事、まるで涼に大人の嫌な面をわざと見せつけるように奔放なところがある。

明治通りを渡り、二丁目からラブホテル街を抜ける。職安通りより近道ということもあるが、午前二時過ぎというのに、派手な衣裳を着た水商売の女やいかついヤクザ風の男が不断に通り過ぎる非日常的な風物を涼は気に入っていた。

「兄さん。たまには遊んでいかないか。とびっきりいい子紹介するよ」

バイトの帰りはよく通るため、顔馴染《なじ》みになったキャバクラの呼び込みが声をかけてくる。

「今日もいいです」

互いに交わす言葉はいつも同じだ。半年前は、黒服の呼び込みに首を横に振るのが精一杯だったが、今では笑って答えられる。涼は、夜の街に馴染んできたことに密《ひそ》かな喜びを感じていた。大人になったような気分がするからだ。

大久保病院の脇を通り、職安通りを渡る。山手線の高架下を潜《くぐ》り、線路沿いの道に入ると、五階建ての松田が住むマンション〝大久保テラス〟が見えてきた。築二十三年の老朽化が進んだマンションで、大久保駅と新大久保駅に挟まれた三角州にあり、線路沿いの騒音がひどい。もっとも涼のぼろアパートよりはましだ。距離的には山手線を挟んで目と鼻の先で、高架下を潜れば歩いて一分とかからない。

松田の住むマンションは名ばかりで玄関に管理人室もなければオートロックもない。カビ臭と機械油の匂《にお》いが染み込んだエレベーターを五階で降り、松田の着替えを入れたコンビニの袋を右手に、無造作に置かれた自転車や三輪車の間を縫って北側の角部屋の前で立ち止まった。

このマンションは、古いこともあるがメンテナンスが極めて悪い。ドアは何度かペンキを塗り替えするうちに消えてしまったらしく部屋番号の表示もない。玄関にあるポストには部屋番号がついているため郵便物はちゃんと届くが、宅配便は運送会社の運転手次第だと松田は言っていた。

五一二号室という部屋番号はどこにも見当たらない。あるのは所々塗りが剝《は》げたドアの中央に松田とマジックで書かれたガムテープが貼《は》ってあるだけだ。ここまでみすぼらしいと侘《わび》しさを通り越し、笑いがこみ上げてくる。

ドアの横にあるインターホンのボタンを押したが、応答がない。もう一度押そうかと迷ったが、午前二時を過ぎた真夜中ということもあり、さすがに憚《はばか》られた。

「あれ？」

試しにドアノブに手をかけると、難なくドアは開いた。不用心だが強盗が入るとは思えないので、不思議ではない。

「先輩。松田先輩？」

ドアの隙間から呼びかけながら中を覗《のぞ》いた涼は、恐る恐る玄関に入った。

松田の部屋は、東向きのワンルームで八畳の部屋が奥にあり、玄関先の廊下の右側に小さなキッチンと左側にはバスとトイレがある。狭いながらも廊下は、二メートル近くあった。その廊下の一番奥に頭の形が見える。窓のカーテンから、わずかに漏れてくる外灯の光を受けて人のシルエットが映し出されていた。

「仕様がないな」

酔っぱらって奥の部屋と廊下を仕切るドアにもたれて寝ているに違いない。涼は、玄関口の照明のスイッチを入れた。

「えっ？」

松田は目を見開き両足を拡げ、廊下と奥の部屋を仕切るドアにもたれて座り込んでいた。その首から足下にかけて、大きな赤い布が掛けられている。

「………」

涼は言葉を失い、玄関のドアにへばりつき、そのまま崩れるように尻餅《しりもち》をついた。

赤い大きな布に見えたのは、血の海だった。松田は、首を斬《き》られて座り込んでいたのだ。よほど深く斬られたのか、玄関口まで血が流れている。生死を確認するまでもない。

松田が首を傾げた。

「なっ！」

驚きの表情をしている松田の首が、しだいにその重みで左を向きはじめた。

徐々に回転スピードを速めた首はがくりと胴体から離れ、廊下の血溜りを転がって涼の足下で止まった。

「いっ！」

血にまみれた生首が、涼を見上げている。叫び声をなんとか右手で押さえた。

松田の首が落ちたことでようやく事態をのみ込んだ涼は、震える手でポケットの携帯を取り出そうとした。だが、この場で警察に連絡をするのはまずい。警察に尋問されれば、家出をしていることがばれてしまう。それに第一発見者は、容疑者として最初に疑われると聞いたこともある。調べれば、この部屋から自分の指紋がいくらでも出てくるだろう。簡単に照合され犯人にされてしまうかもしれない。

しばらくして涼は立ち上がり、着ているTシャツでドアノブを拭《ふ》き取り、部屋を出て外側のドアノブもきれいに拭き取った。意外に冷静だと自分では思ったが、吐きそうになった。廊下の反対側にあるエレベーターまでがとてつもなく遠くに感じる。それでもなんとかマンションを後にした。

何度も警察に通報しようとポケットの携帯に手を伸ばしてはみたが、その都度まだ早いと自ら言い聞かせて自分の部屋まで戻った。しばらく電気も点《つ》けずに布団の上に座り、震え続けた。気が付くと一時間近く過ぎていた。

「いけない……」

携帯を取り出したが、画面の光の眩《まぶ》しさに思わず布団の上に投げ捨てた。通報する勇気がなかった。

松田が殺された衝撃的な光景が鮮明に蘇《よみがえ》ってくる。首の右から左にかけて斜めに斬られていた。血の跡から考えても、あの場で斬られたのだろう。しかも首の骨まで断たれていることから考えても、凶器はナイフや包丁ではない。それに壁の薄い集合住宅のため、チェーンソーを持った怪人でもない。間違いなく日本刀のはずだ。

〈日本刀？……俺は武道家だ。おまえは臆病者《おくびょう》か！　これぐらいのことは平気なはずだ。しっかりしろ〉

日本刀というキーワードで武道家であったことを思い出すとようやく震えは止まった。

「日本刀だ。間違いない」

涼は、十九歳にして古武道である武田陰流の四段の腕を持つ。それだけに松田の首を斬った犯人の技量に驚くと同時に新たな疑問が浮かび、恐怖心を忘れた。

凶器が日本刀とするなら相当な修練がいる。というのも、松田のマンションの廊下の幅は、八十センチもなく、刀を振りかぶるにも天井が低過ぎる。身長が低ければ別だが、たとえ存分に刀を振り上げることができたとしても、居合を修練した者でなければ、ただ振り下ろすだけでは首どころか、巻き藁《わら》すら斬ることもできない。それに首を斬り落とすほどの勢いが刀にあったのなら、左の壁まで斬ることになる。動転していたとはいえ、壁にそんな傷痕《きずあと》はなかった。

涼は立ち上がり、両手で刀を持つイメージを思い浮かべ、刀を振り上げて天井を見てみた。高さは、松田のマンションとたいして変わりはない。身長一七七センチの涼では、振りかぶった瞬間に天井を突き刺してしまう。今度は、腰を低くして斬り下げてみた。天井を刺すことはないが、身長一七五センチの松田の首を充分に断ち切ることができるか疑問だ。おそらくできないだろう。

「そうか……」

松田が屈《かが》んだ状態なら、それができる。もう一度、左袈裟《けさ》斬りをしてみた。

「だめだ……」

頭の中で首を斬られた松田は、上部から加わる衝撃で前のめりに倒れた。後ろに座らせるには、松田がのけぞるように前方から強い衝撃を与えねばならない。

「まさか？」

涼は腰を低くし、刃を上向きにして左下に刀を構え、一気に右上に斬り上げた。刀は松田の首の左から右上を存分に斬り上げていた。しかも、衝撃で松田の体は廊下から後ろのドアまで吹き飛び、崩れ落ちるように座り込んだ。

確かに下から斬り上げるのなら、松田が殺された状態を再現できる。だが、それは高度な技が要求される。涼は居合も相当使いこなすが、自分ではとてもできるとは思えなかった。

涼は犯人の技量に驚愕《きょうがく》し、身震いした。

三

松田が殺されてから二日が経った。

新聞やニュースでは未《いま》だに報道されていない。季節は六月に入り朝晩は涼しいが、日中の温度は二十五度近くまで上がる。松田の隣近所ではそろそろ異臭がすると騒ぎ出す頃だろう。

涼は結局通報するタイミングを逸してしまった。公衆電話から匿名で通報することも考えたが、通報は警察で録音されると聞いたことがある。関係者を調べられたら、すぐにばれてしまうだろう。家出をしているという境遇のため、どうしてもポジティブに行動ができない。だが、日に日に松田を見殺しにしたようで罪悪感が募る。

午後七時四十分。晩飯を買いに来る客が落ち着いて、店内には、仕事帰りのＯＬや雑誌を立ち読みするサラリーマンが二、三人いるだけだ。

「涼君、何をぼーっとしているんですか。棚出しをしてください。おにぎりとパンが不足していますよ」

「はっ、はい」

店長の佐々木の言葉に涼は我に返った。

「そういえば、松田さんの忘れ物を届けてくれましたか」

佐々木が唐突に尋ねてきた。

「あっ、……はい……いいえ」

涼は、真っ青になった。

そもそも佐々木から忘れ物を届けるように言われていた。松田のマンションに行ったことまでは覚えているが、その後自分の部屋に帰って来るまでのことをよく覚えていない。しかも、部屋に帰って来た時には手ぶらだった。とすれば、松田の部屋に置き忘れて来たことになる。忘れ物は松田の洋服なのだから、彼の部屋にあってもいいのだが、店長の佐々木は、涼が届けに行くと思っている。それに服は、コンビニの袋に入れてあった。袋には、涼の指紋がべたべたと付いているに違いない。部屋で発見されれば、殺害現場に行ったことがばれてしまう。

「はっきりしないなあ。どっちなんですか」

「すみません。忘れていました」

脇の下に冷たい汗が流れた。

佐々木は、わざとらしく肩を竦《すく》めて、時計を見た。

「今日は遅いので、明日《あした》、バイトに来る前に届けてください。それから、松田さんにもう来なくていいと、必ず言ってください。お願いしますよ」

佐々木は、毎日午後八時に上がることになっている。時計を見なくても分かりそうなものだ。それに涼の仕事が終わるのは、午前二時、時計に関係なく、仕事が終わるのはいつだって遅いことぐらい分かっているはずだ。まったく嫌みな男だ。

涼は足取り重く、松田のマンションの前まで来た。

午前二時十分、三日前とほぼ同じ時刻だ。まだ、松田の死は、誰にも気付かれていないようだ。とにかく、部屋に置き忘れた松田の服を一旦《いったん》回収して、明日、バイトに行く前に忘れ物を届ける振りをして死体を発見したことにすれば、辻褄《つじつま》は合う。そこで通報すれば怪しまれないはずだ。家出していることがばれて一時的に犯人扱いされるかもしれないが、これ以上、松田の死体が人知れず放置されていることは忍びなかった。

五階でエレベーターを下り、まるで時間を遡《さかのぼ》ったように四日前と同じように廊下に置かれた自転車や三輪車の間を縫うように進み、北側の角部屋の前で立ち止まった。ドアの隙間に鼻を近づけてみた。異臭はしない。これでは近所に気付かれないはずだ。涼は、胸を撫《な》で下ろした。そして、用意して来た軍手をポケットから出して両手にはめた。呼吸を整え、ドアノブに手をかけた。

「えっ……」

ドアに鍵《かぎ》がかけられている。

〈落ち着け！〉

一旦手を離し、深呼吸をしてもう一度ドアノブを回そうとしたが、結果は同じだった。

〈そんな。馬鹿な！〉

さらに涼を驚かせたのは、インターホンの横に小林《こばやし》と書かれたプラスチック製の表札がかけられていることだった。

〈あれっ！　そうか……〉

涼は、あやうく声を出して笑うところだった。最上階である五階と思ってエレベーターを降りたが、ここは他の階に違いない。緊張のあまり、違う階で降りてしまったのだろう。非常階段は、エレベーターの横にある。階段を一番上まで行けばいいのだ。それにしても、このマンションは、どこの階も所帯染みてだらしがない。涼は、廊下に置かれている自転車や三輪車の間を抜けて非常階段に出た。

階段を上って行くと、突き当たりにドアがあった。

「うそっ!」

しかも鍵がかかっている。非常階段は、何度も使ったことがあるが、階の途中にドアなどはなかった。首を捻《ひね》りながら、階段を下りて、エレベーターのボタンを押した。階を示すランプが、五階で点滅し、ドアは開いた。

「………」

やはり五階だった。涼は、開いたエレベーターのドアが再び閉まるのを呆然《ぼうぜん》と見ていた。松田の死体どころか、存在すらなくなっているのだ。

どれだけエレベーターの前に立っていたのだろうか。回路が焼き切れたロボットのように立ち続けていたが、エレベーターが稼働する音で我に返った。下の階の住民が呼んだのだろう、エレベーターは三階で止まり、再び一階まで動いた。

とりあえず自分の部屋に帰って頭を冷やさねばならない。涼は、エレベーターは使わず階段を下りようとしたが、膝《ひざ》が笑って階段を踏み外しそうになった。なんとか壁をつたうように一階まで下りてマンションの外に出た。

「そうだ」

涼は慌ててマンションに引き返し、入口の郵便ポストを見てみた。五一二号室には、間違いなく小林と名前が記されていた。

四

歌舞伎町二丁目の区役所通り沿いにバッティングセンターがあり、夜の街らしく午前十時から、翌午前四時という深夜営業をしている。夕方以降は、酔っぱらったサラリーマンがネクタイを緩めて無心にバットを振っている姿や、バットをぎこちなく持った女とその横でいやらしい目つきで指導する男など不健全なバッターの姿が多々見られる。

場内は、初級から上級までを区分したグランドがあり、入口正面は、上級者向けのグランドが五打席あった。その一番左は、百三十キロの豪速球になっており、どの打席も料金は一ゲーム三百円で二十八球遊べる。

午前三時、百三十キロの豪速球の打席の後ろに人が集まりはじめた。

カーン！

バットの小気味いい音が響き、打球はネットの上部を直撃した。

「今何本になる」

「四十九本だ」

バッティングセンターの従業員がホームランのカウントをしていた。その横で、赤ら顔のサラリーマンが手を叩《たた》いて喜んでいる。このバッティングセンターでは、ホームラン競争といって、毎月ホームランの記録で上位から十五位までの客に対して、景品を出すことになっていた。

百三十キロの豪速球打席で一球も逃さずヒットかホームランを出しているのは、涼だった。松田のマンションでの不可解な出来事を自分の中で消化しきれず、部屋に戻らないでバットを一心不乱に振っているのだ。

松田の死体を涼は間違いなく見たはずだった。にもかかわらず、死体どころか部屋の住人まで変わっていた。この奇怪な出来事に理性を保つのがやっとだった。

〈あれは、幻覚だったのか？〉

何度も同じ疑問を自分にぶつけてみた。もし、首を斬られた死体が幻覚でないとしたら、一体誰が部屋を片付けたというのだろうか。犯人が部屋に戻り、掃除したのだろうか。それではあまりにも間が抜けている。だが、いくら考えても結論は出ない。

バットのグリップを握り直した。正面のグリーンのネットの穴からボールが飛び出してきた。ボールは確かに速い。だが、長年武道で鍛えた涼の目からすれば、百三十キロ程度なら、ボールの縫い目を見ることも簡単にできる。

気持ちいい音を発《た》ててボールは、ネット上部のホームランゾーンまで飛んで行った。また背後で歓声がする。再びバットを構えたが、ピッチングマシーンのボールがなくなった。

「止めるか」

疲れてはいないが、三ゲームで小銭を使い果たした。

だが、体を動かして気持ちはいくぶん落ち着いた。

見物客をかき分けて入口に向かうと、店の従業員に呼び止められた。

「お客さん。登録しなくていいの？」

「えっ、何？」

「何って、六十八球もホームラン出したんだよ。まだ月初めだけど、間違いなく今月のホームラン王になれる。ひょっとしたら、年間ホームラン王にもなれるかも」

従業員は興奮した様子で言った。

「別にそんなつもりじゃないから」

「一位の景品は、ドンペリだよ。本当にいいの？」

「ドンペリ？」

「高級なシャンペン。飲んだことない、……よね？」

まだ二十歳前だが、大衆居酒屋には松田と何度も行ったことはある。知っているのは、ビールと焼酎《しょうちゅう》と日本酒だが、高くても一杯五百円止まりの飲み物ばかりだ。シャンペンと聞いて一瞬心が動いたが、涼は首を振って店を後にした。松田はどう考えても殺されたのだ。そんな時に、浮かれている場合じゃない。

歌舞伎町のホテル街を抜け、職安通りを渡り、自分のアパートに戻った。

ドアを開けて、部屋の照明のスイッチを入れた。

「えっ！………」

入口にぽつんとコンビニの袋が置かれていた。もちろん、こんなところに置いた記憶はない。涼は、恐る恐る袋の中身を出してみた。松田が忘れたシャツが入っていた。

「いや待てよ。持って帰って来たのかも」

動転したあまりコンビニの袋は右手に持ったまま逃げ出したのだと、自分に言いきかせながら、袋からシャツを出すと、床に丸いプレートが付いた鍵が落ちた。

「………」

両眼が吸い寄せられるように鍵から離れなかった。コンビニの袋にシャツを入れたのは、涼だった。鍵など入れた覚えはない。我知らず持って帰っていたという淡い妄想は否定された。

「どうなっているんだ」

こうなれば、現実を見つめるしかない。

涼は鍵《かぎ》を拾い上げ、部屋に上がった。プラスチック製のプレートには三桁《けた》の数字が刻まれ、裏には、〝新宿駅西口コインロッカー〟と記されている。

「なんなんだ。これは」

いつもの癖で涼はジーパンのポケットから財布を出して、部屋の隅にあるカラーボックスの上に置き、万年床の布団の上に寝転がった。自分では想像もつかない陰謀に巻き込まれている。そんな気さえする。だが、どうしたらいいのか皆目見当がつかない。考えようとしたが、疲れには勝てず瞼《まぶた》はすぐに重くなった。

五

暗闇《くらやみ》に安っぽいラップミュージックの音が響いた。

涼ははっと目を覚まし、ラップの呼び出し音を発てる携帯をジーパンのポケットから取り出した。ゴミの上に置かれた腕時計は、午前四時六分を指している。

「誰だ。こんな明け方に」

携帯に表示されている電話番号に見覚えはない。放っておこうかとも思ったが、ラップは鳴り止まない。仕方なく、ボタンを押して耳に当てた。

「涼か」

しわがれた低い声だ。

「爺《じい》さん。……どうして俺《おれ》の番号を知っているの？」

涼の祖父である霧島竜弦だった。練馬にある自宅に道場を持ち、先祖伝来の武田陰流を日々鍛錬するのを日課としている。仕事といえば、自宅周辺の畑を耕し、売れるかどうかも分からない野菜を作って細々と生活をしているに過ぎない。そうかといって、金に困っているわけでもない。現に涼が通っていた私立大学の入学金や授業料もきちんと払われていた。

「おまえ、何かやらかしたか？」

「何かって、……どういう意味？」

涼は殺された松田のことが頭を過《よぎ》り、声がうわずった。

「家のまわりにうさん臭いやつらが大勢おる。そのうち踏み込んでくるかもしれない。わしに心覚えがないのだから、おまえが何かしでかしたに決まっている」

竜弦は、自信ありげに言ってきた。

「俺は、何もしてない」

「本当のことを言え」

子供の頃から、竜弦には何でも見透かされ、どんな悪さをしても結局ばれてしまうのが常だった。

「……知り合いの死体を見たんだ」

大きな溜息《ためいき》をついて本当のことを話した。

「どうせ警察に届けなかったんだろう。悪いことは言わない。いますぐそのアパートを出ろ」

「そのアパートって、俺の居場所、知っているのかよ」

「おまえの行動はすべてお見通しだ。命が惜しかったら、すぐにその場を離れろ！」

「わけの分からないことを言うなよ。俺はここを離れるつもりはないからね」

「ロッカーの鍵は見なかったのか」

竜弦は、唐突に言って来た。

「ロッカーの鍵？」

「プレートが付いた鍵のことだ」

「……コインロッカーの鍵のことを言っているのか？　まさか、俺の部屋に入ったんじゃないだろうな」

松田の服と一緒に入っていたロッカーの鍵を涼は手に取った。その途端、全身に鳥肌が立った。

「それは、わしからのプレゼントだ」

竜弦が携帯の向こうで低く笑っている。

「どういうことだ。教えてよ」

「今すぐ鍵を持って、そこから逃げろ。危険が迫っている」

「冗談きついよ。何言ってんだかさっぱり分からない。何が危険だよ」

「わしは武田陰流を伝える当主だ。武道を究めれば、おまえに迫る危難ぐらい予見できる。それとも、武道家としての私が信じられないか」

竜弦の口調は落ち着いている。それが妙に説得力があった。

「……分かった」

Tシャツの上にスエットのパーカーを着ながら、西の窓にかけてある洋服の隙間から、通りを見下ろした。狭い路地に車が二台停まり、人相が悪い男が数人降りてきた。

「本当かよ！」

竜弦の話は、まんざら嘘でもなさそうだ。慌てて靴を履いていると階下から複数の足音が近付いてくる気配を感じた。

涼は、ドアをロックして土足で部屋に上がり、北側の窓を開けた。窓のすぐ近くに雨どいがある。迷わずに窓から身を乗り出し雨どいに取り付いた。すると木製の玄関のドアが大きな音を発てて蹴破《けやぶ》られた。

雨どいを伝って下りようかと思ったが、涼はひさしに手をかけ、逆上がりをするようにひさしの上に飛び乗った。

「いないぞ！」

「どこに行った！」

「馬鹿な。窓から飛び降りたのか」

男の怒声、少なくとも三人はいそうだ。

三階のひさしから屋上の突端に両手をかけ、一気によじ上った。間一髪、直後に男が窓から身を乗り出し、道路を見下ろした。下に降りていたら見つかっていただろう。

屋上は、テレビのアンテナと大家さんの物干し台があるだけで屋上を囲む手すりすらない。アパートの南隣は、二階建ての民家で屋根は瓦《かわら》のため飛び降りれば突き抜ける恐れがある。たとえ降りられたとしても大きな音を発《た》てそうだ。北隣にある五階建てのビルは、英会話塾や小さな会計事務所が入る雑居ビルで、コンクリート製の外階段があった。

涼はためらうこともなく屋上を走り、アパートから二メートル離れた隣のビルに向かって飛んだ。目測を誤ることなく非常階段の三階の踊り場に飛び移った。階段の手すりは、コンクリート製で目隠しにもなっている。外から見られる心配はない。ここから飛び降りれば、アパートの裏の通りに出ることができる。通りを見下ろした。二人の男がアパートを見上げている。踏み込んだ男たち以外にも見張りがいるようだ。

足音を発てないように二階の踊り場まで下りて、裏の通りを見た。幸い誰もいない。地上までは、数メートルある。毎日武道に励んでいた頃と違い、体がなまっている。足首を軽く回して筋肉をほぐし、手すりを乗り越えた。半年のブランクはあったが、長年武道で鍛えたおかげでまったく衝撃を感じることなく路上に着地できた。

北に向かえば大久保通りに、南は職安通りに出られる。

「いたぞ！　裏の通りだ」

通りの北の角から男が飛び出し、声を上げた。

「くそっ！」

涼は、男と反対の南側に走った。突き当たりは三叉路《さんさろ》になっており、右左折どちらに曲がっても次の角を南に行けば、職安通りに出られる。

「あっ！」

三叉路の交差点に男がいきなり立ち塞《ふさ》がった。

思わず立ち止まり、後ろを振り返った。二人の男が背後に迫っていた。選択の余地はない。涼は猛然と前を向いて走り出した。相手が一人や二人ならどんな相手でも勝てる自信はあるが少ないに越したことはない。

「嘘だろう」

交差点に立つ男が、懐から銃を出した。想定外の事態になった。立ち止まれば殺される。それだけは分かる。涼は、スピードを落とさずに走った。

目の前の男が、両手で銃を構え、狙《ねら》いを定めた。走りながら銃を凝視した。男の右手の人差し指が動いた。その瞬間、涼はすばやく右に飛んだ。

銃口から煙が吹き出し、弾丸は涼の左肩をかすめるように飛んで行った。

男は慌てて銃を構え直したが、涼は右のビルの壁を蹴って跳躍し、男の頭上を飛び越していた。

「馬鹿な!」

唖然《あぜん》とする男を尻目《しりめ》に三叉路を左折し、次の交差点を右折した。背後に複数の足音がする。振り返る余裕はなかった。

涼は、職安通りに飛び出した。猛スピードで走って来るトラックの鼻先をかすめ、中央分離帯のフェンスを飛び越し、左から走ってくるタクシーにクラクションを鳴らされながら通りを横切った。

職安通りから、狭い路地に駆け込んだ。夜明けとともに眠りにつこうとする歌舞伎町である。さすがに人の姿も少ない。夢中で走り、二丁目の工事中のビルに逃げ込んだ。剝《む》き出しの鉄筋を背に涼は座り込んだ。体重が何倍にもなったかのように体が重く感じられる。疲れた。ただそれだけだった。

使命

一

歌舞伎町には、大手チェーン店の居酒屋が数多くある。酒の肴《さかな》も飲み物も安いのが取り柄で、店内は、ファーストフード店のように安普請《やすぶしん》だが、清潔感があり明るい。

松田耕一がビールのジョッキを片手に笑っている。くだらないジョークを交えながら、いつものように女も経験すべきだと、盛んに勧めてきた。恋愛論ではなく女を買って大人になれというのだ。松田は不思議な男だ。慈善家のように人の世話をする善人かと思えば、酒、煙草、女、賭《か》け事を人に勧める悪人にもなる。一人で大人の善悪を分かりやすく演じているようだ。

「乾杯！」

松田は、涼のジョッキを割らんばかりに自分のジョッキをぶつけてきた。松田は、とにかく明るい男だ。涼の愚痴を聞いても、決まって酒を飲んで忘れようと言って笑い飛ばす。不思議とこの男といると悩んでいることすら忘れてしまう。

突然、店内の照明が消えた。

「あっ！」

いつの間にか松田の背後に日本刀を持った男が、立っていた。暗いため、シルエットしか分からないが、大きな男だ。男はまだ刀を鞘《さや》から抜いていない。だが、右手を刀の柄《つか》に添え、恐ろしい殺気を放っている。

〈松田さん、危ない！〉

金縛りにあったかのように声が出ない。

男は、しゃがみ込むように体勢を低くし、刀を鞘ごと引っくり返した。次の瞬間、白い光が男の腰のあたりから伸び、松田の首を斜めに横切った。血しぶきをあげながら、首は勢いよく宙に飛んだ。男は、目にも留まらない速さで斬《き》り上げたのだ。

飛んできた松田の首を涼は両手で受け止めた。松田は、殺されたことに気付いてないのかまだ笑っている。首を失った胴体から、噴水のように血が噴き出して涼の顔に降り注いできた。その血はなぜか冷たい。

「…………」

血飛沫《しぶき》を浴びた感触で目を覚ました。見上げると大粒の雨が降り注いでいた。銃を持った男たちに追われ、ビルの工事現場に逃げ込んで、そのまま寝てしまったのだ。東の空が明るくなっている。夜は明けていた。

スエットのパーカーのフードを被り、ポケットから携帯を取り出した。着信履歴から祖父の霧島竜弦に電話をかけた。

「まだ、生きていたか。それは何より」

竜弦の低い笑い声が携帯から響いてきた。

「笑い事じゃないでしょう。殺されかけたんだよ」

竜弦は、武道の稽古《けいこ》の時は鬼のようになるが、普段は飄々《ひょうひょう》としている。それがかえってむかつく時がある。

「それがどうした。わしも若い頃《ころ》は何度も危ない目に遭ったものだ」

「自分と一緒にしないでくれ。松田さんが殺されて、僕まで襲われたんだ。説明してよ。何か知っているんだろう」

「ロッカーの鍵《かぎ》をちゃんと持っているか」

竜弦は、質問で切り返してきた。

「……持っているけど」

「それは、新宿西口駐車場と小田急の地下の間にあるロッカーの鍵だ。できるだけ早くそれを取りに行くんだ」

「何が、入っているんだよ」

「行けば分かる。言っておくが、わしもしばらく身を隠す。家も危ないから帰ってくるなよ。携帯の番号を変えるから、連絡はこちらからする。警察に泣き込むような真似だけはするな。行ったところで助けてはくれんがな」

竜弦は、涼の気持ちを逆なでするかのように低い声で笑った。

「いったい、何が起こっているんだ」

「…………」

電話を一方的に切られた。

「ちくしょう。あの爺《じじ》い！」

近くの鉄骨を蹴《け》り、携帯を投げつけたい気持ちをなんとか押しとどめた。

竜弦に指定された新宿小田急百貨店の地下食料品売り場の隣にあるコインロッカーまで涼は人通りが多い道を選んで辿《たど》り着いた。

手に入れたロッカーの鍵には、黄色いプラスチックのプレートがついており、五二七番と刻まれていた。

「五二七、五二七、……ここか」

ロッカーに鍵を差し込み、ドアを開けた。中には黒いバックパックが入っている。アウトドア用で竜弦が選んだにしてはセンスがいい。重くはないがひょっとして逃走資金が入っているのかもしれない。バックパックを小脇《こわき》に抱え、地下街の外れにある公衆トイレの個室に入った。便座の蓋《ふた》を閉め、その上にバックパックを置き、中を覗《のぞ》いた。

「手紙？」

バックパックの底に、封筒があり、中に手紙とライターが入っていた。

竜弦の筆跡で、
『自分の身は、自分で守れ。バックパックは二重底になっている。棒手裏剣を入れておいた。いざという時使え。それと一緒に入っている小柄《こづか》は我が家の家宝だ。おまえに託す。大事にしろ。これしきの危難は一人で乗り越えねばならない。危難の元は調べておいた。助かりたければ、言う通りにしろ。新宿西口地下駐車場の警備員から聞け。〝傀儡《くぐつ》〟にしておいた』
と書かれてあった。

霧島家には、代々武田陰流といわれる古武道が伝えられている。発祥は、武田信玄が甲斐《かい》の国を治めていた頃に遡《さかのぼ》る。伊那《いな》地方の地侍が、後に〝草の者〟と呼ばれる忍者となり、彼らが修めた武田流の武術が時を経て武田陰流という独立した武道になったと竜弦からは聞いている。

また、先祖が世に言われる忍者のせいか戦国時代から脈々と伝わる怪しげな術も受け継いでいる。〝傀儡〟とは操り人形を意味し、〝傀儡〟の術は、催眠術で人を操る技だ。基本的には、伝言を残すことを目的とし、術をかけられた見知らぬ人間が、レコーダーの役割をする。その他にも見たものを一瞬で覚える訓練から、ヘアピンなど身近な道具で鍵を開ける方法や警報器の解除の方法なども教えられた。なんでそこまでするのか意味はまったく分からなかった。そのため、子供の頃、祖父は泥棒かもしれないと真剣に悩んだこともある。

バックパックの底を調べると、底が二重にできており、マジックテープで外れるようになっていた。

「これか」

黒い革袋に長さ十五センチの先の尖《とが》った棒手裏剣が三本入れられていた。テレビや映画の時代物では、周りがギザギザのものや十字形の手裏剣が出て来るが、武田陰流の手裏剣は、のみのような棒状の手裏剣を使う。周りに刃がある手裏剣は、敵の行動を一時的に止めるのを目的としているが、棒手裏剣は、殺傷を目的としている。胴や頭に当たれば、敵を簡単に殺すことができる。それだけ威力があるということだ。

竜弦が家宝と言っていた小柄は、紫の布に包まれて入っていた。全長十八センチほどの鍔《つば》のない幅十五、六ミリの小刀で、刀身は十センチほどあり、白鞘に入っている。刀の鞘に仕込む武器なので、それ自身に鞘はないが、家宝として保管するために木製の白鞘が後から作られたのだろう。

鞘から抜いてみると、鋭い切っ先は美しい光を帯びていた。刀身に傷はなく、使われた形跡はない。小柄を鞘に戻した。黒い柄の下に小さな金の飾りがある。飾りは真ん中に四角い穴の開いた六つの丸に金が流し込んである。六文銭とか六連銭とか呼ばれるものだ。

「六文銭？」

涼は首を捻《ひね》った。

子供の頃から学んできた武田陰流は名前の由来どおり武田家のお家芸であった武田流からの分派で、先祖が武田家家臣と言われても不思議はない。だが、六文銭の家紋といえば、真田《さなだ》幸村《ゆきむら》で有名な信州の真田家である。武田家の家臣だった先祖が、武田家が滅びて後に真田家の家臣にでもなったのだろうか。興味がないのでこれまで聞いたことがなかった。

〈なんでもいいや〉

深く考えることでもなかった。涼は、小柄を適当に紫の布で巻き付けて、バックパックの二重底のポケットに仕舞った。

「それにしても〝傀儡〟だって、馬鹿馬鹿しい」

涼は、吐き捨てるように言った。バックパックを肩に担ぎ、便器の蓋を開け、手紙の端にライターの火を近付けた。手紙は、青白い炎を上げて一瞬で燃え尽きた。これは、昔から霧島家に伝わる〝火紙《ひし》〟と呼ばれる伝言用の紙で、薄く漉《す》いた紙に発火性のある鉱物を混ぜてあるため、灰をほとんど残さずに燃え尽きてしまう。

「爺いのやることはよく分からねぇ」

涼は、肩を竦めた。

二

新宿西口駐車場は、三百八十台の車両と三十六台のバイクを収容できる駐車場で、西口の周辺のビルと地下でアクセスしている。

涼は、小田急側の出入口から駐車場に入り、祖父である霧島竜弦が〝傀儡〟の術をかけたと思われる警備員を探した。

「めんどくせえなあ」

命を狙《ねら》われているというのは、バイト先の先輩である松田が殺されたことに関係しているに違いない。松田は首を斬られて殺された。そして、その死体は跡形もなく片付けられ、部屋はいつの間にか他人が住んでいる。松田は、陽気で親切な人間だったが、反面賭《か》け事もそうとうしていたらしい。ひょっとすると麻薬の密売などの犯罪に手を染めていたのかもしれない。竜弦は危難の元を見つけたというが、ヤクザや麻薬シンジケートなどが相手だとしたら、早く東京を離れたほうがいいのじゃないかと思う。

それにしても竜弦は助かる方法を伝言として残したようだが、こともあろうに〝傀儡〟の術を使ったという。戦国時代の忍者のような方法を用いた祖父の意図を計りかねて涼は苛立《いらだ》っていた。

「まったくどこにいるんだよ」

駐車している車の運転手らしき人は見かけるが警備員の姿は見あたらない。

「警備員室とかにいるのかな」

結局駐車場の中を半周して中央の出入口にある管理事務室に辿り着いた。事務室には、紺色の上下に真っ赤なネクタイをした警備員が二人いた。伝言を聞かせるだけなら、二人に術をかけるとは思えない。どちらか一人にかけてあるのだろうが、怪しまれないように二人を引き離して聞く必要がある。

〝傀儡〟の術は、術をかけられた人に合い言葉を言えば、伝言を聞き出すことができる。術をかけられた者は、術者や伝言の内容もまったく記憶にない。だが、一度合い言葉を言われると正確に伝言をしゃべりだす。また伝言を話した後は、術が解けてしまうため二度と聞くことはできなくなる。涼も訓練を受け、術は習得しているが、使ったことがないし、使う気もない。

涼は、駐車場の端まで行き、監視カメラの死角を探した。駐車場だけに車がある場所に死角はほとんどないようだ。警報器付きの車にいたずらをして警備員を分けようと考えたが甘かった。仕方なく涼は、管理事務室に戻った。

警備員は、二十代後半と五十代前半と思われる男が椅子《いす》に座っている。

「すみません」

わざと管理事務室から離れたところから声をかけた。

二十代後半の若い警備員が立ち上がり近付いてきた。

「霧、色即是空《しきそくぜくう》」

一つ目の合い言葉を早口で言ったが、警備員は首を傾げた。

「霧、三途《さんず》の川」

〝傀儡〟の術に使う合い言葉は、自由に決められるが、竜弦は、年寄りのせいか仏教用語を好んで使う。特に何も聞かされていないため、合い言葉は特別なものではないはずだ。古くさくて言うのも恥ずかしいが、涼が知る限り、〝色即是空〟と〝三途の川〟の二つ以外にない。また、合い言葉の前に術者の名前の一部を入れることになっている。組み合わせることにより、術をかけられた人が、意図せずに合い言葉と同じ言葉を聞くことを防ぐためだ。

「君、何言っているの？」

意味不明な言葉を口走る涼に警備員は、怪訝《けげん》な眼差《まなざ》しを向けた。どうやら、〝傀儡〟をかけられているのは、年配の警備員のようだ。

「財布のブランド名です。昨日、この駐車場で財布を落としたんですが、知りませんか」

聞かれると思い、考えてきた苦しい嘘《うそ》をついた。

「ブランド名？　それでどんな財布なの？」

「黒い二つ折りの財布ですが、向こうの警備員さんにも聞いてもらえますか」

若い警備員は首を傾げながらも管理事務室に戻り、別の警備員に説明をはじめた。年配の男は、机の中から台帳のようなものを取り出して調べ、首を横に振った。

「届出はなかったそうです」

若い警備員が戻って来て答えた。

「そうですか」

涼は頭を下げてその場を離れ、管理事務室が見える車の陰に隠れた。

午前十一時四十分、管理事務室の見張りをはじめて二時間近く経《た》った。二人の警備員は、トイレか見回りに行くためにすぐにでも別行動をとるものと思っていたが、管理事務室前の出口から出て行く車の対応に追われているのか、意外に事務室の外に出ることはなかった。

「腹減ったなあ」

朝ご飯は、コンビニで牛乳とパンを買って食べたが、一時間前から腹の虫は鳴っていた。アパートから逃げ出す時、気が動転していたために、財布を忘れてしまった。むろん銀行のカードや通帳など持ち出せるものではない。それでもポケットに入れてあった小銭入れにたまたま千円近くあったのは幸運というべきだろう。昼飯は、腹に応《こた》えるようなものを食べたいが、先々のことを考えると使う気にはなれない。ほとぼりが冷めてからアパートに戻るしかないだろう。

「爺《じじ》いめ。今度会ったら絶対許さないからな」

祖父の竜弦に悪態をついたが、本人を目の前にしてはそうはいかない。竜弦は、今年で七十二歳になるが、武田陰流の伝承者として未《いま》だに鍛錬を続けており、涼が敵《かな》う相手ではない。それに子供の頃から親代わりに育てられて来たために頭が上がらないのだ。

「おっ！」

昼飯でも買いに行くのか若い警備員が管理事務室から離れ、甲州街道方面に出る出口に消えた。

涼は辺りを見渡し、人がいないことを確認すると、車の陰から飛び出して管理事務室に走り寄り、年配の警備員の肩越しに合い言葉を言った。

「霧、色即是空！」

「なっ！」

警備員は驚いて振り返った。

「霧、三途の川！」

二つ目の合い言葉に反応し、男は遠くを見るような表情になった。涼は、大きく息を吐き、胸を撫《な》で下ろした。

「〝傀儡《くぐつ》〟よ。話せ」

「横浜工科大学の生命科学研究室のキタガワ・カオリを探せ。彼女の窮地を救えば、救われる。以上」

男は、抑揚のない声で竜弦からのメッセージを伝えると首を垂れて気を失った。前に倒れかかる男を受け止め、椅子から落ちないように姿勢を直し、涼はその場を立ち去った。

三

横浜工科大学は創立から十八年と新しいが、私立大学としては珍しく当初からバイオ科学に力を入れ、バイオエネルギーの分野では日本で有数の大学として知られる。

大学は横浜市都筑《つづき》区の中原街道沿いにあり、閑静な住宅街に九万三千平米、東京ドーム約二倍の敷地面積を持つ。最寄りの駅は、地下鉄ブルーライン（横浜市高速鉄道一号線・三号線）・グリーンライン（同四号線）のセンター南駅である。駅からは千二百メートルほどあり、二十分近くかけて歩く学生もいるが、大抵の学生は駅からバスを利用するようだ。

涼は、昼間祖父の竜弦から託されたメッセージを〝傀儡〟にされた警備員から聞き、その足で横浜工科大学のキャンパスにやって来た。新宿からは、電車と地下鉄を乗り継ぎ、節約するため東急田園都市線の江田《えだ》駅から東南五キロの方角にある大学まで歩いた。歩くのは苦ではないが、あまりの空腹に工科大学に到着するなり、学生に学食の場所を聞き出した。

学食が入っているビルは三階建ての学生会館といい、一階に各種レストランがあった。中でも一番安いメニューを出している店に入った。新しい大学らしく学生証を券売機にかざして食券を買う学生がいる。学生証がＩＣカードになっているようだ。カードを出して順番を待つ学生に混じり、涼は、なけなしの二百円で一番安いカレーの食券を買った。

カレーをかき込んだ後、涼は〝傀儡〟から得た情報を頭の中で反芻《はんすう》させた。

「生命科学研究室のキタガワ・カオリだったな」

名前からして女性ということ以外学生なのか教授なのかも分からない。まだ腹は満たされていないが、レストランにいても仕様がないので、涼は大学内をぶらぶらと歩いてみた。涼の大学は駿河台《するがだい》にある。学部ごとに校舎は分散されており、運動場は郊外にあった。基本的に学部のある校舎で用は足りるので、学内での移動はあまりない。

だが、横浜工科大学は、講義棟から実験棟、体育館、グランドまですべて同じ敷地にあった。九万三千平米というのは、大学としてはこぢんまりとしているかもしれないが、外部の者が、知らずに歩くには広過ぎる。しばらく実験棟が立ち並ぶ歩道を歩いてみたが、一つ一つ確かめる気になれず、まずは大学の概要を知るため、学生会館の隣にある大学の事務室に向かった。この大学では、学生サービスセンターというらしい。

センターは、ホテルのようなエントランスがあるガラス張りの五階建てビルだ。外見だけでなく、内部も豪華で二階までの吹き抜けになっている一階フロアーには、ゆったりとした木製のカウンターの窓口がずらりと並んでいた。贅沢《ぜいたく》な造りに思わずシャンデリアがあるのではないかと天井を見上げてしまった。事務室がJRのみどりの窓口のような涼の大学とは大違いだ。

各窓口の前には、革張りのソファーが設置され、その横にブックスタンドがあり、大学案内などの冊子が置かれていた。

涼はソファーに腰をかけ、大学案内をめくった。学生募集用のもので学部と学科までは記載されているが、詳しく書かれていなかった。大学関係者に接触するのは避けたかったが、窓口で聞く他ないだろう。

中央の総合受付と書かれた窓口の前に進んだ。

「すみません。生命科学研究室に行きたいのですが、研究棟を教えてもらえますか」

「第三実験研究棟にありますが、今は誰もいないかもしれないな」

涼は十九歳、髪は長くバックパックを肩にかけた格好からしてもこの大学の学生と見られてもおかしくない。受付の案内係の若い男は、怪しみもせずに答えた。

「どうしてですか？」

「生命科学研究室の大貫《おおぬき》教授が先週から不在なんですよ」

「そうなんですか。研究室のキタガワ・カオリさんに会いに来たのですが」

教授が不在ということは、キタガワは、研究室に通う学生か、助手といったところだろう。

「北川《きたがわ》、香織《かおり》さん？……少し待ってもらえますか。調べてみますから」

担当者は一瞬眉《まゆ》をぴくりと動かしたが、すぐに笑顔を浮かべて窓口から離れ、後ろのデスクに座る中年の女と小声で話しはじめた。女はちらちらと涼を見ては、小さく頷《うなず》いている。

「もう少し、お待ちください。今事務の者に北川さんのことを調べさせています。なんせ五千人も在学していますからね。ちなみに君はどこの学部なの？　うちの学生だよね」

「情報学部ですけど」

食堂で食券を買っている背格好の似た学生の学生証を思い出した。一瞬で見たものを記憶することを幼い頃から訓練を受けているので間違いない。

「念のために名前を聞いてもいいかな。うちの学生にしか教えられない規則になっているんだよ。万が一、君が外部の人間だと困るからね」

「高松慶太《たかまつけいた》です」

担当者は、受付窓口に置かれたパソコンに名前を打ち込んだらしく頷いてみせた。

「情報学部二年生の高松君ですね。学部が違うけど、北川香織さんにどんな用事があるのかな」

涼は、舌打ちをした。北川香織に何か問題があるようだ。高松という学生を目の前のパソコンで瞬時に調べたのに、彼女のことを電話で調べさせるのはおかしい。しかも、学生の情報には顔写真もあるはずだ。涼が別人だということもばれているに違いない。

「急用を思い出したので、もう結構です」

「高松君、もうすぐ分かるから、ここで待っていて」

「本当にいいです。すみません」

振り返ると、出入口から二人の警備員が入ってくるところだった。

警備員を無視して、入口に向かおうとすると、

「警備員さん、その学生を摑《つか》まえてくれ！」

背後で担当者の絶叫が聞こえた。

「なんだよ。まったく」

涼は警備員の真ん中を突っ切り、出入口から外に飛び出した。

まさか人の名前を聞いただけで警備員を呼ばれるとは思わなかった。学食で昼飯を食べて学生気分に戻ったため、油断していた。まして、殺人事件に遭遇し、怪しげな連中に追われているということも忘れていた。

「くそったれ！」

一目散に大学の正門から出た涼は、脇目も振らずに中原街道を走った。

四

腹の虫が鳴く音で涼は目を覚ました。いつのまにか陽は沈んでいる。

横浜工科大学から逃げ出した後、あてもなく中原街道を歩いた。川崎《かわさき》市に入ったところで見つけた公園を木陰の座っているうちに眠ってしまったようだ。

ポケットの小銭は、残り百四十円、電車賃にもならない。それでもパンを一つぐらいなら買える。しばらく悩んだ末、涼は、公園に来る途中で見かけたコンビニに向かった。

時刻は、午後八時半。中原街道沿いにあるコンビニの駐車場には、改造バイクが無造作に停められ、茶髪の男数人が、しゃがんでカップヌードルを食べていた。夜のコンビニではありふれた光景だ。

涼は空腹のあまり、男たちの食べているカップ麺《めん》に目が釘付《くぎづ》けになった。すると茶髪の一人と目が合った。男は挑みかけるように涼を睨《にら》みつけてきたが、気にも留めずに視線を外して店に入った。

「やった！」

残金百四十円、コンビニでバイトしたことがあるだけに買えそうなものは分かっていたが、おにぎりが三個入ったパックの賞味期限が近いため、半額の百四十円で売っていた。当然のごとく涼は、値引きパックを買って意気揚々と店を出た。駐車場にいた茶髪の男たちが、幸せを満喫している涼の前に立ち塞《ふさ》がったが、彼らの間をすり抜け、昼寝した公園に向かった。

水銀灯の下にあるベンチに座り、バックパックを隣に置いた。すると、腹に響く爆音が轟《とどろ》き、公園の入口に六台の改造バイクが停められた。コンビニでたむろしていた茶髪の男たちが六人降りてきた。

涼は無視をして、コンビニの袋からおにぎりのパックを出して封を開けた。少し小振りだが、梅干し、たらこ、こんぶのおにぎりにタクアンまで添えてある。

「うまそう」

思わず両手をすり合わせた。

「ふざけんな。コノヤロ！　喧嘩《けんか》売って、しかとしてんじゃねぇよ」

茶髪の一人が吠《ほ》えた。前に三人、後ろに三人でベンチを囲み、前にいる両脇の男二人が金属バットを持っている。よく見ると、素手と思っていた男たちはいずれも右手にナックルダスターをはめている。四本の指を入れ、拳《こぶし》を握りしめる金属製の武器だ。力がある者なら、一撃で人を殺すこともできる。

涼はさっと見渡し、鼻で笑った。彼らの身長は、いずれも一七〇センチ以上あり、茶髪にピアスと凶悪な顔をしているが、総じて筋肉はなまっている。喧嘩慣れしているかもしれないが、一人では何もできない連中だ。

家伝として伝承されている武道を人前で見せてはいけないと、祖父の竜弦から喧嘩を、厳しく戒められていた。だが、涼はむしゃくしゃすると繁華街や夜の公園に出かけては喧嘩相手を捜したことも一度や二度ではない。目の前の男たちが、これまで会ったつるむタイプとなんら変わらないことは分かっていた。

「飯を食うまで待っていろ」

とにかく血糖値が下がっている。何でもいいから腹に入れたかった。

「ざけんな！」

左で金属バットを持っていた男が、いきなり振り下ろしてきた。涼は咄嗟《とっさ》にバットを紙一重で避けて男の金的《きんてき》を蹴《け》り上げた。男はベンチの上に勢いよく倒れ、おにぎりのパックを道連れに地面の上に転がった。

「あっ！」

有り金はたいて買ったおにぎりは、無残にも砂と土にまみれていた。

「ふざけるな！」

頭に血が逆流し、アドレナリンが大量に放出された。

祖父の竜弦からは「闘う時は、感情を殺し、冷酷になれ」と教わってきたが、そんなことは知ったことではない。大事な食い物が台無しになったのだ。許せるものではない。

「ふざけてるのは、てめえだ！」

右に立っていた男が涼の頭を狙って、金属バットを振り下ろしてきた。

涼は右に飛んで、左掌底《しょうてい》で男の顎《あご》を強烈に突き、男が倒れる前に金属バットを奪って、ベンチの上に立った。

「絶対に許さないぞ！」

振り返りもしないで、ベンチの右後ろにいた男の首にバットを当てた。男たちの位置は見なくても把握している。男が白目を剝《む》いて倒れるよりも早く振り返って、隣の男の首を強打した。間髪《い》を容れずに姿勢を低くし、バットを水平に流して後ろの一番左にいた男の胴を存分に殴りつけた。男は口から泡を噴き気絶した。肋骨《ろっこつ》二本を折った手応《てごた》えがある。一瞬で五人の男を倒した。

「わあー」

正面にいた最後の男が、背中を見せて逃げ出した。

涼は、バットを男の足目がけて投げつけた。生物のようにバットは足に絡まり、男は頭から地面に突っ込んで倒れた。

「助けてくれ！」

「ふざけるな！　馬鹿野郎」

男の腕を後ろ手にねじ上げて、膝で男の後頭部を押さえて、顔面を地面に擦《こす》り付けた。

「何でもするから、助けてくれ」

男は鼻血を流しながら叫んだ。

「何でもする？……」

涼は、一瞬考えた。目の前の馬鹿を懲《こ》らしめても、腹は満たされない。

「それなら、弁償してもらおうか」

「弁償？」

「おまえらが、つぶしたおにぎり代だ。一個、一万円で三万円貰《もら》おうか」

三万もあれば、当面の軍資金になる。一人五千円の慰謝料と考えれば安いものだ。

「三万！」

「払えないのか！」

男の腕をねじ上げた。

「はっ、払います」

腕を放してやると、男はズボンのポケットから財布を出したが、中身を出して困惑の表情を見せた。

「六千円しかありません」

恐る恐る男は答えた。

「馬鹿野郎。だれがおまえ一人で払えと言った。全員の財布を集めて来い」

男は、気絶している仲間から財布を回収し、涼に差し出した。

全員の財布から、五千円ずつ抜き取り、財布を男に投げ返した。

「今日は、これで許してやる。今度見たら、ぶっ殺すぞ」

男は、上目遣いに首を上下に振った。

涼は公園を後にし、中原街道沿いのコンビニを目指した。こってりとした弁当を二つは買うつもりだ。

五

夜半から降り出した雨を避けるため、東急田園都市線あざみ野駅の高架下で、一夜を過ごした。野宿は昨日と同じだが、違うのは懐が暖かいため朝ご飯を牛丼屋でリッチに食べたことだ。元来くよくよ考える方ではない。金がなくなったら、また悪ガキに喧嘩を売って、金を巻き上げればいい。その方が、世の中のためにもなると今は勝手に解釈している。

腹が膨れたところで、駅の近くにある図書館に入った。この半年、たまにニュースを見ることはあっても、新聞を読んだことがなかった。図書館の新聞雑誌コーナーで、とりあえずここ二、三日の新聞を読んでみた。横浜工科大学でいきなり警備員を呼ばれるのだから、何か事件が起きているのかもしれない。

「これか」

二日前の朝読新聞の朝刊に、小さな記事が載っていた。

〝横浜工科大学の生命科学研究室の大貫雅彦《まさひこ》教授（四十九歳）が五日前から行方不明。研究室に教授のものと思われる血痕《けっこん》が残っており、警察では、教授がなんらかの事件に巻き込まれた可能性もあり、事件として捜査を始めたと発表。また、教え子で、教授の助手も務めている大学院生の北川香織（二十三歳）も同時期に行方不明になっている。家族から捜索願が出されており、警察では事件との関連を調べている〟

行方不明の学生をのこのこと訪ねて行ったのだ、大学の事務窓口の担当者が怪しむのは当然のことだった。ひょっとしたら警察に通報されたかもしれない。

「くそ爺《じじ》いめ！　この記事を見て俺をはめたな。何が危難の元が分かっただよ。分かるはずがないじゃん」

竜弦は、「北川香織を探せ」と新宿駅西口の地下駐車場の警備員を傀儡《くぐつ》にしてまでメッセージを残している。だが、コンビニの先輩である松田耕一の死と涼が襲われたこと、そして横浜工科大学の事件とを繋《つな》ぐものは何もない。いくら古武道の達人だからといって、殺人事件の原因など分かるはずがない。信じて行動した自分がおろかしく思えた。

「のどが喝いたな」

朝っぱらから牛丼を食べたせいでのどが渇いてしまった。涼は、図書館を出て牛丼屋の近くにあったコーヒーショップに向かった。

一度見た風景を涼はまるで写真を撮ったように記憶することができる。これは、子供の頃から、瞬時に写真や絵を見せられて記憶する訓練を受けて身につけたものだ。見た時は気にもとめなくても、後から思い出し、静止画を見るように改めて状況を摑《つか》むことができる。これだけはずば抜けているとめったに褒《ほ》めない竜弦からもよく褒められた。

コーヒーショップでアイスカフェオレを注文しカウンターテーブル席に座った。ここ数日間に起きたことを一つ一つ思い出してみた。先輩の松田が殺されたことからすべてはじまった。正体の知れない連中に下宿先のアパートを襲われたことも未だ理解できない。

「そうだ」

涼は、ぽんと手を打った。自分は何も知らないで逃げているが、涼を襲った連中は、事情を知っているからこそ追っていたに違いない。彼らを捕まえて聞き出すか、あるいは彼らを逆に尾行すれば、何か分かるかもしれない。銃を持っている連中だけに危険ではあるが、近付く価値はある。竜弦の戯言《ざれごと》に付き合って横浜をうろついているよりましだ。涼は、昨夜暴走族のような男たちを簡単に叩《たた》き伏せることができたので気が大きくなっていた。

カフェオレを飲み干し、駅に向かった。

「やばい」

駅の改札の近くに制服姿の警官が二人立っていた。横浜工科大学では警備員を振り切って逃走している。ひょっとして警察に通報されて、警戒されているのかもしれない。昼間は目立つために、日が暮れてから移動した方がよさそうだ。

駅とは反対方向に足を向け、とりあえず近場の百円ショップで適当に買い物をした。下着やタオル、それに財布などの日用品を買った。細々したものを十点買ったが、千五十円と大したことはない。

おみやげ感覚で買い物をした後、図書館に戻った。とりあえず午後五時までは時間が潰《つぶ》せる。適当に小説を借りて読みふけり、昼飯を挟んで閉館まで居座った。これで晩飯を食べてアパートに戻ればいい。追っ手がいなければそれはそれで久しぶりにアパートでシャワーを浴びて布団の上で寝られる。

「歩くか」

口から言葉が自然に出て苦笑した。いつのまにかひとり言が多くなったようだ。

太陽は西の空で赤みを帯びているが、食事にはまだ早い。時間を潰すには何も考えないで歩くのが一番だ。子供の頃から、祖父の竜弦の言いつけでよく歩かされたために自然と習慣になった。竜弦は口癖のように「自分の足で歩け。歩けば、街を知り、地形が分かる」といつも言っていた。

そうかといって、涼が十六歳の時に、半強制的に車の免許を取らされた。竜弦の知り合いの自動車学校に通わされたのだが、まるで軍隊のように徹底的にしごかれた。特別メニューだったらしく、試験に関係のないスタントカーレーサーのような運転技術まで覚えさせられた。

竜弦曰《いわ》く、「車の運転技術も修行」だそうだ。もっとも、危険だがスリルが味わえる高度な運転技術を覚えるのは楽しく、しごかれても平気だった。さしもの鬼教官も涼の上達ぶりを褒めたほどだった。

涼は、田園都市線沿いに東京方面に向かって歩き出した。次のたまプラーザ駅は急行も停車する。駅前に食堂やレストラングらいありそうだ。懐はまだ暖かい。ステーキや豚カツや焼き鳥というのもいい。

駅の東側を通る線路沿いの道を北に向かった。道は緩い坂道になっており、まっすぐたまプラーザまで続いている。ぶらぶらと道に面したラーメン屋などを横目で見ながら、歩く。坂道を上るため適度な足にかかる負荷が、なまった体の筋肉を刺激して気持ちがいい。涼は、危険を忘れ弛緩《しかん》しきっていた。

六

たまプラーザ駅は、涼の想像とは違い、大きな区割りにきれいなビルが整然と並んでいた。

時刻は六時を過ぎ、腹が減ってきた。駅の北側の通りを歩き、ちょっとしたデパートのような郊外型東急ストアの前で立ち止まり、あたりを見渡した。都内でよく見かける食堂やレストランがひしめく駅前の風景はなかった。それに、小さな店が軒を並べる商店街もありそうもない。

溜息《ためいき》混じりに歩き出すと、涼の脇を二人乗りのバイクが通り過ぎた。

「いたぞ！　あいつだ」

後ろに乗っている男が、振り向いて大声を出した。茶髪にピアス、昨夜、叩きのめした男の一人だ。

〈懲《こ》りない連中だ〉

今度はぶっ殺すと脅しておいたのに、涼を探していたようだ。この分では、昨夜と同じく晩ご飯を気持ちよく食べさせてもらえそうにない。無性に腹が立ってきた。

昨日よりもきつく言い聞かせる必要がある。だが、街中では何もできない。涼は、東に向かって走りはじめた。五、六キロ走れば、多摩《たま》川の河川敷に出られるはずだ。

「逃げたぞ！」

思惑通り、バイクはUターンして、涼を追ってきた。目の前に東名高速道路が見える。東名と並行する道に左折し、今度は北に向かって走った。

「待てこら！　くそがき」

バイクの後ろに乗った男が粋《いき》がっている。無視をすると、携帯でどこかに連絡をとりはじめた。仲間を呼んでいるのだろう。

「馬鹿か、おまえ。走って逃げられると思っているのか」

バイクは、涼の横にぴたりと並んだ。確かに男の言うことに一理ある。幸いあたりに人気はない。

「死ぬなよ」

涼は、バイクを運転している男の脇腹に飛び蹴《げ》りを喰《く》らわせた。男はだるま落としのようにバイクから転げ落ちた。一方ライダーを失ったバイクは後ろの男を乗せたまま住宅のブロック塀にぶつかって横転した。スピードを出していなかったために、バイクはさほど壊れていない。運転していた男はうめき声を上げて腕を押さえている。腕を骨折したようだ。後ろに乗っていた男に大きな怪我はないらしく、ふらつきながら立とうとしている。

涼はバックパックから、棒手裏剣を一本抜き出し、左手で男の右手を捻《ねじ》り上げ、首筋に手裏剣の先を突き立てた。

させた。

「死にたいのか」

「止めてくれ！」

茶髪の男は、黄色い声で叫んだ。

「俺を乗せて行け」

棒手裏剣を突き立てると、男は、素直に頷《うなず》いた。

涼はバイクの後ろにまたがり、多摩川の河川敷まで走らせ、男に携帯で仲間に連絡をさせた。

「あんた。死ぬぜ」

連絡を終えた男は、にやにやと笑っている。その訳は、十分後に分かった。バイクの爆音が近付き、日が暮れた河川敷に乗り込んで来たのは、三十台前後のバイクだった。どうやら痛めつけた連中は、今時流行《はや》らない暴走族だったらしい。

バイクのライトを点けたままの男たちがぞろぞろと歩いて来る。どの顔も凶悪だ。二人乗りをしていた連中がいるため四十人以上と頭数は多い。ご丁寧に全員金属バットか、木刀を持ち、手ぶらの者はいない。彼らは、近付くと急に走り出し涼を何重にも取り囲んだ。涼がびびって逃げ出さないようにという配慮なのだろう。

一人だけ黒いつなぎを着た背の高い男が、木刀をだらりと下げてゆっくりと近付いてきた。男の前で人の輪がさっと分かれて道ができた。どうやら、暴走族の頭らしい。

「仲間に怪我させたのは、てめえか」

「今度は、ぶっ殺すと注意をしておいた。聞いてないのか」

涼は肩を竦めてみせた。

「なんだと！　おまえ、頭、おかしいのか。ぶっ殺されるのはてめえだ！」

ピアスをした鼻の穴を膨らませて、男は怒鳴った。

茶初に鼻ピアス、それに両腕に刺青と凶暴な風体だ。


「やってみな。頭数揃《そろ》えるしか、能がないくせに」

「上等だ。俺がおまえの頭をかち割ってやる」

鼻ピアスの男は、一八五、六センチ。でかいだけに持っている木刀もブナで、長さも一メートルを超す。涼が素手だと思って強気でいるようだ。

「死ね！」

男が木刀を振り上げるのと同時に涼は前に飛び出し、振り下ろされた木刀の柄《つか》を左手で押さえた。狂気に満ちた男の目が驚きに変わった。一撃で倒す自信があったのだろう。

「今度からは、相手を見て喧嘩《けんか》を売るんだな」

木刀の中程を右手で持って下に回転させ、男の金的を突き上げた。男は口から泡を噴いて崩れ、木刀は涼の手に残った。

取り囲んだ男たちが凍り付いたように静まり返った。

「気の済むまでやらせてもらうぞ」

取り囲んだ男たちの中に殴り込んだ。金属バットや木刀で応戦する者もいたが、涼の木刀を受け止めることが出来る者はだれもいない。

「かかって来い。どチンピラが」

涼が動くたびに、男たちは次々と倒れて行く。急所は外しているが、木刀で強打するのだ、必ずどこかを骨折することになる。

子供の頃から祖父の竜弦に武田陰流の稽古《けいこ》をつけられ、人前では使うなと戒められていた。だが、ひとつだけ守れないときがあった。それは、空腹時に喧嘩を売られることだ。若いせいもあるが、血糖値が下がると、歯止めが利かなくなる。

「助けてくれ！」

今や、悪鬼のような涼の一方的な闘いぶりに男たちは逃げ惑った。すでに二十人は倒している。残りの半分は散り散りになって逃走をはじめた。

「待てこら！」

涼は、完全に理性を失っていた。

堤防の方角からパトカーのサイレンが響いてきた。

「やべぇ。逃げろ！」

男たちは口々に叫び、バイクが停めてある土手下に走り出した。

堤防の上から、二十人近い警官が降りてきた。彼らは、手に持っているハンドライトを河川敷にあてた。涼に倒された男たちや、金属バットや木刀を持った男たちの姿がライトに照らし出された。

「逮捕しろ！　全員逮捕！」

現場指揮官なのだろう。堤防の土手に立っている警官が大声を出した。

「逃げるな！」

「ふざけんな！」

「逮捕だ！」

怒号が飛び交った。警官がバイクに乗ろうとする男たちを次々に引きずり降ろしては捕まえはじめた。

木刀を捨てた涼は、すばやく河川敷の枯れ草に身を隠した。

土手から、応援の警官が次々と降りてくる。武器を持った暴走族が街から遠くない河川敷に集結したために通報されたのだろう。

体中を駆け巡ったアドレナリンは、すっかり治まってしまった。

「仕様がない」

涼は暗闇の多摩川に身を沈め、対岸に向かって泳ぎはじめた。

北川香織

一

殺された松田耕一の住んでいた〝大久保テラス〟は、不動産屋ではマンションとして紹介されているが、築二十三年経った五階建ての老朽アパートに過ぎない。ひび割れたコンクリートで覆われている屋上は、貯水タンクと階段室があるだけで、出入口に鍵《かぎ》がかけられているため、上がることはできない。

涼は、一昨日《おととい》多摩川の河川敷で暴走族と乱闘した後、多摩川を泳いで渡った。ずぶ濡《ぬ》れの体では、さすがに交通機関を使うこともできずに徒歩で新大久保まで帰って来たが、自分の部屋がある〝清風荘〟には戻らず、〝大久保テラス〟の屋上で過ごしている。コンビニで食料を買い出し、二日間屋上で過ごした。川を泳いだせいで着ているものが悪臭を放ち、人前に出たくても出られないということもあったが、襲撃者が銃を持っていた以上、部屋に戻るのが安全かどうか確認したかった。

昼間は〝大久保テラス〟の屋上から、自分のアパートの部屋と周辺のビルの屋上を監視し、夜はアパートの近くまで行って探ってみた。驚いたことに〝大久保テラス〟の屋上の東側から、〝清風荘〟の涼の住んでいた西側の角部屋がよく見えた。松田の住んでいた部屋は、五階の東側の角部屋だったので、涼の部屋は、よく見えたはずだ。二、三度遊びに行っているが、いつもカーテンがかけられていたために窓の外を見ることはなかった。松田は駅のホームから丸見えになるので、開けたことがないと言っていたが、涼の部屋が見えるとは一言も言っていなかった。

一方涼は、部屋にエアコンも付いていないため、換気のためによく窓を開けていた。今自分がしているように松田も涼を監視していた可能性も考えられる。家出して保証人もない涼に、監視しやすい部屋を紹介したというのは考え過ぎか。

この二日間、少しでも怪しい者を見つけたら尾行するつもりだったが、不審な人物を発見することはなかった。

〈行ってみるか〉

〝大久保テラス〟の屋上の貯水タンクの上で、新宿の高層ビルの夜景を眺めていたが、ようやく重い腰を上げることにした。とりあえず、部屋に戻って財布や雀の涙ほどの残額しかない通帳を取り戻したい。部屋に侵入してきた連中が涼の私物に手をつけていなければの話だが、最低限着替えだけでも持ち出したかった。

さすがに〝清風荘〟の表玄関からは入れない。大家の吉田菅子はなぜか耳が異常にいい。見つかれば、壊されたドアの修理代を請求されるだけでなく、賃料も滞納しているので追い出されるかもしれない。

四日前、アパートから脱出した逆の手順で、隣のビルの非常階段からアパートの屋上に飛び移った。そして、雨どいを伝い、涼の部屋の北側の窓を開けて、中に侵入した。

「何！」

万年床だったはずの部屋は、嘘《うそ》のようにきれいに片付けられていた。布団は小さくたたまれ、押し入れに仕舞ってある。窓にかけられていた洋服は、カーテンレールの一箇所にまとめてかけてあり、床に散らばっていたゴミもない。

「ない！」

部屋の隅に置いてあるカラーボックスの上に財布や通帳を置いてあったはずだが、それもなくなっていた。

ふと入口を見ると、蹴破《けやぶ》られたドアは取り替えられて真新しいドアに変わっていた。涼の頭にドア修理代と書かれた請求書を持ってにやりと笑う吉田の姿が浮かび、ぶるっと悪寒が走った。

「うん？」

入口のすぐ横にある照明スイッチの上にメモ用紙が貼《は》ってある。

〝泥棒が入ったようなので、掃除しておきました。財布と通帳は、不用心なので、預かっています。吉田菅子〟と書いてある。

涼は、項垂《うなだ》れて入口近くに座り込んだ。吉田が預かっているのなら、たとえ財布が戻って来ても、中身は戻って来ないだろう。そればかりか、ドアの修理代を請求され、貯金通帳の残高もゼロになるのは目に見えている。大家さんには悪いがこのまま部屋を出た方がよさそうだ。とりあえず、悪臭を放つ洋服を着替え、棒手裏剣が入っているバックパックに着替えを入れた。

西側の窓を開けて、裏通りに飛び降りた。

「うっ！」

ふくらはぎに微《かす》かな痛みを感じた。着地の衝撃かと思えば、右足のジーパンの上から樹脂製の細い筒が刺さっていた。筒のお尻《しり》に赤い房のようなものがついている。涼は慌てて抜き取ったが、軽い目眩《めまい》がしてその場に座り込んだ。

「あれっ？」

抜き取ったはずの筒が左の肩にも刺さっていた。刺さったのは、一本だけではなかったのだ。左肩の筒も抜こうとすると睡魔が襲い意識が遠のいた。

二

鼻先も見えない暗闇《くらやみ》に水が滴る音がする。それ以外の音は聞こえないだけに、水が落ちる音はひと際耳に響く。

突然空気を擦《こす》る音がした。

とっさに身をかわし、頭をかすめるように飛んで来た飛翔物《ひしょう》を避けた。今度は、背後で気配がする。前転しながら、持っている木刀で飛翔物を叩《たた》き落とした。

木刀で床に落としたものは白い布だった。やがて布は白い鳩《はと》に姿を変え、赤い血を流しながら痙攣《けいれん》をはじめた。

「馬鹿な!」

暗闇を飛んできたのは、祖父の竜弦が放つ、鏃《やじり》がコルクで出来た矢のはずだった。深夜、家の道場で反射神経と気配を覚《さと》る勘を養う稽古《けいこ》をしていたのだ。だが、叩き落としたのは、生きた鳩だった。

「馬鹿者が、おまえはいつも見るべきものを見ようとしないから、失敗するのだ」

竜弦の怒声が暗闇から聞こえてきた。

「うるさい!」

声を出した瞬間、涼は目覚めた。だが、相変わらず目の前は暗かった。耳を澄ますと水が滴るような音が聞こえる。夢の中で聞いた音と同じだ。体を起こし右腕を動かすと同時に左腕が引っ張られた。手錠をはめられているようだ。

「やっと気が付いたわね」

すぐ近くで女の声がしてきた。

「誰だ?」

「あなたこそ、誰?」

声の調子から、若い女らしい。だが、警戒しているのかきつい口調だ。

「霧島涼。君は？」

「霧島涼？　知らないわね。私は、北川香織」

「北川香織！」

祖父の竜弦に助かりたければ、探せといわれた人物の名前が出てくるとは思わなかった。そもそも、竜弦の言葉を信じていなかった。

「失礼ね。人の名前を呼び捨てにして。私のこと知っているの？」

新聞では、二十三歳と書いてあった。声はどちらかというと低く、落ち着いた感じがする。

「横浜工科大学の大学院生で一週間前から行方不明になっているって、新聞に載っていたんだ」

暗闇で顔も見えない相手に、竜弦からの伝言で名前を知っていたなどと説明できない。

「新聞に載ったんだ。どういうふうに書かれていたの？」

「横浜工科大学の生命科学研究室の大貫雅彦教授が五日前から行方不明。研究室には教授の血痕《けっこん》が残っており、警察では、事件として捜査を始めた。また、教え子で、教授の助手も務めている大学院生の北川香織も同時期に行方不明になっているため、事件との関連を調べると、朝読新聞に載っていた」

「大貫教授は、行方不明のままなの？」

「一緒に拉致《らち》されたんじゃないのか」

「少なくともここには教授はいないわ。それにしても、その記事の内容じゃ、まるで私が事件に関与しているようにも取れるわね」

「そんなことはないと思うけど」

涼は適当に返事をしながら、立ち上がった。目が暗闇になれてきたために周りの様子が分かってきた。

部屋は、コンクリートの打ちっぱなしの十畳ほどの広さで、鉄の頑丈そうなドアが一つだけあり、高さ二メートル三、四十センチの天井の近くに小さな窓が一つだけある。わずかな光が、そこから漏れてくる。部屋の片隅に簡易ベッドが置かれ、その隣に洋式便器があり、高さが一メートルほどのつい立てで仕切られている。便器のタンクが壊れているのか、水の滴る音がする。そのためか部屋は湿気臭い。

北川は、ジーパンにTシャツ、おしゃれなミリタリー調のジャケットを着て、簡易ベッドに座っていた。目鼻立ちははっきりとしており、どちらかというと美人だ。彼女には、手錠はかけられていない。

「ここは、どこ？」

「知らない。目隠しをされて来たから」

北川は、肩を竦めた。

涼は、ちいさな高窓に飛びつき、懸垂《けんすい》の要領で外を見た。窓の高さに地面があり、遠くに外灯がある。外灯の光で室内が見えるというわけだ。湿気臭いのは、便器が室内にあるためと思っていたが、地下室のせいかもしれない。

「地下室か、ここは。それに今は夜なんだ」

「運動神経はいいみたいね。私はその窓の外を見たことがないわ」

「拉致されてから、ずっとこの部屋にいるのかい」

「見ての通り。ずっとね。ただ二日に一度シャワーを浴びるのに別の部屋に連れて行かれる。食事は三度出されて、雑誌も差し入れられるわ。そういう意味では、ある程度人権を尊重しているみたい。でも男の人と同室というのはね……」

北川は首を横に振った。

「俺だっていやだよ。トイレなんか困るし。ベッドだって一つしかない。外の人間呼ぶのは、どうしたらいいの？」

涼は頭を掻《か》いた。

小便ならともかく、大便を女の前でできるわけがない。それに、いい加減野宿も飽きているのに、床に寝るのも勘弁してもらいたい。

「この部屋ね。監視カメラと盗聴器があるようだから、大声出さなくても、すぐにだれか来るわよ」

涼は、北川の言う通り、外で複数の足音が近付いてくる。

涼は、耳を澄ませた。

〈二人か〉

手錠をかけられていても二人なら倒す自信がある。だが、北川を連れて脱出するとなると、彼女が足手まといになる。肩の力を抜いた。脱出はいつでもできる。とりあえず敵の正体を知る必要があった。

鉄のドアが開いた。

「霧島涼。外に出ろ」

ドアの向こうから男が命令してきた。

涼は、溜息《ためいき》を漏らしながら頷《うなず》いた。

三

湿気臭い地下室の外は、左右どちらを見ても廊下が長々と続いていた。意外に大きな建物の地下らしい。廊下の照明は薄暗く、陰鬱《いんうつ》な感じがする。

涼は、一八〇センチを越す二人の男に挟まれ、廊下を歩いた。二人とも濃いグレーのスーツを着て体格もいい。途中にいくつもドアがあり、人の出入りがある。突き当たりを右に曲がると、また長い廊下が目の前に現れた。回廊になっているのかもしれない。脱出をするには確実に内部を把握してからの方がよさそうだ。

前を歩く男が、二度目の廊下の突き当たりにあるドアを開けた。背中を後ろの男に押された部屋に入った。目映《まばゆ》い光に思わず目を細めた。

「霧島涼君、その椅子《いす》にかけたまえ」

訛《なまり》のある日本語だ。

照明の明るさに慣れて正面を見ると、銀髪の白人が部屋の奥にある椅子に座っていた。年齢は五十前後、銀縁のメガネをかけ明るいグレーのスーツを着ている。涼を連れて来た二人の男はどちらかというとヤクザ風だが、白人はビジネスマンといった感じだ。部屋は、十五、六畳で右側に天井まである棚があり、書類がびっしりと収められている。男の前には、大きなデスクがあるところを見ると、この男の仕事部屋なのかもしれない。

「座りたまえ」

男は掌《てのひら》で涼の目の前に置いてある椅子を示した。すると連れてこられた男たちに両脇《わき》から肩を押されて、無理矢理座らされた。

「君はいつも勝手に大学を休むのかね」

大学は駿河台にあるM大学だ。一年の後期になってから、家出してしまったので、それ以来行っていない。アパートの部屋にあった涼の学生証で調べたに違いない。

「大学を休んだくらいで、拉致されて手錠をかけられるのか」

「我々は、君や北川さんを保護しているに過ぎない。君たちを付け狙《ねら》う連中は大勢いるからね」

「ちょっと、待ってくれ。俺《おれ》は関係ないでしょう」

「君は、自分たちの研究の重要性が分からないわけでもないだろう」

涼は、首を捻《ひね》った。M大学経済学部の経済学科の二年生で、しかもゼミや研究室に入っているわけでもないからだ。

「それに、大貫雅彦教授の失踪《しっそう》に関係しているかもしれない。君に対する容疑が晴れるまでは、ミス北川同様、この施設に留《とど》まってもらうことになる」

「ますます分からない。俺と大貫教授はどこに接点があるというんだ。教授が失踪したのも、三日前新聞ではじめて知ったんだぞ」

「そんな見え透いた嘘《うそ》を言うと、ますます疑われるぞ。君は、横浜工科大学のバイオ科学部に在籍する四年生、それに生命科学研究室にも所属している。我々は、大学の名簿で君をちゃんと確認しているんだ。だから、わざとらしくミス北川と初対面の振りをしても無駄だ」

「なっ！」

頭の中が真っ白になった。祖父の竜弦に横浜工科大学の北川香織を探して、彼女を助けろとは言われた。それまで北川どころか、大貫教授のことも知らなかった。にもかかわらず、いきなり当事者扱いされている。しかも涼の学歴まで変えられているようだ。

〈爺《じじ》いのせいか？〉

一瞬涼の家出に腹を立てた竜弦の仕業だと思ったが、すぐに思い直した。練馬でほそぼそと半農生活を送る年寄りに大学の学歴を書き換えることなど出来るはずがない。竜弦が言っていたように、危難の元は、北川香織であり、彼女に関わろうとすれば、より多くの災難に巻き込まれるのかもしれない。ここで、学歴は書き換えられたと言っても信じてもらえないだろう。

「質問させてくれ」

「質問するのは、こちらの仕事だが、私は寛大だ。耳を貸そう」

白人は、笑って首を縦に振ってみせた。

「まず、あんたたちは、何者なんだ。警察でもないのに、俺や北川さんを監禁する権利なんてないはずだ。まして、保護するだなんて、体のいい嘘を言うなよ」

「組織名は言えないが、嘘は言っていない。ある政府の組織とだけ言っておこう」

「あるじゃ分からない。それに、あんたの名前を教えてくれ。人にものを聞くときは名乗るのが礼儀だろう」

「なるほど、君の言う通りだ。スミスと呼んでくれ」

白人は、肩を竦めながらも答えた。だが、欧米人でスミスというのは、日本で太郎というのと同じで、英語の教科書にも使われるほどだ。嘘に決まっている。

「それじゃ、スミスさん、俺がどんなことを言えば、気がすむのか教えてくれ」

「それは、簡単だよ。大貫教授が何者かに拉致されたのなら別だが、自ら失踪したとなれば、潜伏先を教えて欲しい。少なくともヒントとなるコメントを我々は、期待しているんだ。君は、教授の助手をしていたミス北川と違い、研究室には、大学三年から在籍しているに過ぎない。そういう意味では、研究室の他の学生と変わらないので、期待はしない。だが、教授が失踪する前に君は長期間学校を休んでいる。大貫教授が潜伏するための隠れ家を準備していたと思われても仕方がないだろう」

「俺は大学が嫌になって、コンビニでバイトしていた。大学も辞めるつもりだったんだ。調べれば分かる」

「確かに君は、新宿のアパートに住んでいた。それにコンビニで働いていることも確認している。だが、それを大学が嫌になったからと言われても、我々としてはにわかに信じることはできない」

「やっぱり、銃を持って襲って来たのは、あんたたちだったんだ」

　涼の生活を知っている。アパートを襲撃したのは、この連中に違いない。

「銃？　それは、実弾の込められた銃を意味するのかね。我々が君に使用したのは、麻酔銃だけだ。しかも市販されてはいないカスタム銃だよ」

　スミスは、机の引出しから、銃身の長い銃を取り出した。カセット式の弾倉を取り出し、中から長さ四センチほどの樹脂製の弾を抜いて、摘《つま》んで見せた。弾の直径は四、五ミリでお尻《しり》に赤い房のようなものがついている。確かにアパートで撃たれた時に足や肩に刺さっていたものと同じだ。

「とぼけるなよ。先週の夜中にいきなり襲われた。だから、俺は逃げ回っていたんだ」

「銃を使うとしたら、中近東の連中だろう。彼らは、君たちを抹殺しようとしている。

君たちを保護しているというのも、そのためだ」

スミスは視線を外すことなく答えた。嘘をついているようには見えない。

「とにかく、この施設を出たかったら、君は自分の潔白を証明することだな。頭を冷やしてよく考えることだ」

曾祖父《そうそふ》の震伝の姿が涼の頭に浮かんだ。戦時中、政府の特別の任務に就いていたと震伝からよく聞かされた。涼が幼いため詳しくは聞かなかったが、陰謀の中に身を置く仕事をしていたと、自慢げに話していたのを思い出した。想像もできないような謀略に巻き込まれているのかもしれない。

「連れて行け」

スミスは、顎《あご》で立つように示した。すると両脇に立っていた男二人に腕を摑《つか》まれ無理矢理立たされた。

「部屋をなんとかしてくれ！　俺に床に寝ろと言うのか」

両脇の男たちに挟まれて涼は叫んだ。

「分かっている。夜が明けたら、別の部屋を用意させる。男女を同じ独房に入れるほど、我々は野蛮ではない。むしろ、君が女性に手を出さないか私は心配している。手錠はそのためだよ」

スミスは、にやけた表情で答えた。

四

涼は、再び北川と同じ独房に戻された。部屋のドアは、ＩＣカードで電磁ロックされるタイプだった。

「ずいぶん早く帰って来たのね。何もされなかった？」

北川は、簡易ベッドから起き上がり、眠そうな声で尋ねてきた。

携帯も腕時計も取り上げられているが、夜明け前の午前四時半ごろということは分かる。これも修行のたまもので、体内時計を読み取るのだ。誰でも訓練を積めばできるが、涼の場合、誤差は二、三分程度だ。しかし、麻酔で眠らされていたのでひょっとしたら狂っているかもしれない。

「部屋のことだけど、夜が明けたら、別々にしてくれるそうだ」

「よかったと喜ぶべきだけど、話し相手がいなくなるのはちょっと寂しいわね」

部屋を出る前と違って、北川の口調が柔らかくなっていた。涼が取り調べを受けたことで同じ境遇と知り、警戒心を解いたのだろう。

「北川さんは、どうして拉致《らち》されたの。それに連中はいったい何者なんだ」

北川はトイレの近くに行き、涼に手招きをして来た。

「彼らのことはよく知らないの。私はトイレに用事があるからあっち向いていて」

口元に人差し指を立て、北川はわざと声を上げた。涼が近寄ると、彼女は右手でトイレの水を少しずつ流しはじめた。盗聴器を心配しているのだろう。

「トイレは、監視カメラの死角になっているらしいの」

水の音に紛れそうなほど小声で北川は話してきた。

「彼らの目的は、大貫教授の研究。教授は世界中の諜報《ちょうほう》機関から狙われているの。もし、今も教授が逃走しているなら助手の私が関係していると彼らは思っている」

「世界中の諜報機関から狙われている！」

涼は思わず吹き出してしまった。

「大きな声を出さないで、あなたは、大貫教授の研究を知らないからそんな呑気《のんき》なことを言うのよ。私の勘では彼らはＣＩＡか、その出先機関よ」

眉間《みけん》に皺《しわ》を寄せて北川は言った。

「それってスパイ映画の見過ぎじゃないの。第一、ＣＩＡって米国の諜報機関じゃない。米国は、日本の友好国でしょ」

涼も北川の耳元で囁《ささや》くように言い返した。

「米国が日本の友好国ですって。それはあくまでも表面上のことで、利害によっては敵になるの。独房にわざと二人を入れたのも、私たちの会話を聞くためよ」

確かに彼女の言うことには一理ある。

「それじゃ聞くけど、世界から狙われる研究って何？」

「バイオ燃料って聞いたことあるでしょう」

「サトウキビとか芝とかを発酵させたりして作るアルコール系の燃料だろう」

「まあ、そういうのもあるけど。バイオ燃料で現在注目されているのは、藻類なの。多くの藻は、栄養として油を造りだしては体内に蓄える性質を持っている。油を蓄えた藻を収穫し、それを分解して燃料を抽出する方法はこれまでも研究されてきたけど、それではあまりにも効率が悪いの。教授が遺伝子組み換えで造りだした藻は、これまでの藻の常識を覆したわ。光合成をして油を体外に放出し、猛烈なスピードで分裂するから、あっという間に大量の油を製造してくれる。しかも光合成により、大気中の二酸化炭素を取り込み、酸素を放出するというわけ」

北川は、得意げに説明した。

「それって、すごいと思うけど実用化されたの」

「まだ実験段階だけど、先月も研究室で三十センチ四方の実験用プールで培養をはじめたら、三日間で藻は十リットルのトリグリセリドを製造したわ」

「トリグリセリドって、何？」

「藻油のことで、普通の藻類では、炭素と水素、それに酸素原子で構成されるけど、酸素が含まれると燃焼効率が悪くなる。しかし、博士の造りだした藻は、スーパーJと呼んでいたけど、炭素と水素原子だけで構成されているため、燃焼効率がいいの。計算上では、生長速度が速いから、もしダムなんかで培養したら、一、二ケ月で油田になってしまう。必要な物は、水と二酸化炭素と光だけ。水が豊富にある日本は、一躍エネルギー大国になるわ」

「それって、究極のエコエネルギーじゃない。日本がエネルギー大国になるのか」

「産業が発達している日本がエネルギー大国になるのよ、確実に現在よりも盤石な経済大国になれるわ。石油を輸入しなくてもすむのよ。逆にエネルギー輸出国として、世界は日本を中心に回って行くわ」

「そうなれば、日本人はうれしいけど、喜ぶ国はいないな。友好国だった米国すら敵に回すことになるのか」

スミスは、涼を襲ったのは中近東の連中だと言っていた。北川の言うような新しいエネルギーが開発されることを一番恐れるのは、中近東の石油産出国のはずだ。米国などの先進国は、研究を盗もうとするかもしれないが、石油を持っている国は、研究そのものを葬ろうとするに違いない。

「分かってくれた？」

北川は、トイレの水を流すのを止めた。

北川が立ち上がったので、涼も立った。彼女の身長は、一六五センチほどか、女性としては背が高い方だろう。目線が下になり、彼女と目があった。潤んだ瞳《ひとみ》に濡《ぬ》れた唇、北川は近くで見ると本当に美人だった。

高校二年の夏、同級生と同じような状況になった時、迷わずキスをした。ファーストキスだった。友人からは遅いと笑われたが、彼女とは一年付き合い、卒業と同時に別れた。現在彼女はいない。

北川はじっとしている。彼女の肩に両手を乗せればそれでいいはずだ。もっとも手錠が邪魔だ。彼女を抱きしめるには、手錠ごと両手を彼女の背中にまわすしかない。

「変なこと考えていないでしょうね」

涼の妄想を読み取ったように、北川は眉間に皺を寄せた。

「なっ、何、変なことって」

「霧島君って一体いくつなの」

これまで北川よりも優位に立とうとして、敢《あ》えて横柄な口をきいていた。

「一浪したから、今年で二十三だよ」

今さら年下だなんて言えなかった。もっとも四日ほど髭《ひげ》を剃《そ》っていない。年齢以上に老けて見えるはずだ。

「同じ年っていうわけ。大学生なの？」

涼は慌てて口に人差し指を当てた。尋問してきた白人は、涼のことを横浜工科大学の四年生だと思っている。別にばれても構わない気もするが、ばれればそれはそれで出自を疑われ、面倒なことになる。

「トイレ、行きたくなっちゃったな」

涼は、北川の肩を摑《つか》んで座らせ、しゃがみながらトイレの水を流した。

「なぜか、スミスは、俺を横浜工科大学の学生だと思っている。だから、適当に話を合わせてくれ」

「本当？」

「それより、俺はここを脱走する。一緒に逃げよう」

大きく瞳を開き、口を開こうとした北川の口を右手で押さえた。

計らずも祖父の竜弦が言ったように彼女の危難を救うことになりそうだ。信じてはいなかったが、彼女のかわいらしい顔を見ていたら、現実になったことを素直に認めようという気になっていた。

「嘘じゃない。信じてくれ」

涼が目を見つめると、彼女はゆっくりと頷《うなず》いてみせた。

五

原油価格の高騰で、サトウキビやトウモロコシから得られるバイオ・エタノールが一時注目された。だが、どちらも発酵させてから作るということに加え、トウモロコシは、食品や飼料の高騰を招く弊害を生じた。また、原油価格の下落と同時に生産コストが高いバイオ・エタノール産業は衰退した。

現在先進国で最も注目されているのは、藻だ。藻は、油を蓄える性質があり、生物工場と呼ばれている。だが、藻から油を抽出する必要があり、研究の先端を行く米国では、巨額の投資をして藻が油を流出させる研究をしている。もし、体内に蓄えず効率的に油を排出する藻を大貫教授がすでに開発しているのなら、世界は化石燃料に頼らない新しいエネルギーの時代を迎えることになる。

夜が明けて、涼は北川の隣の部屋に移された。部屋の構造は彼女の部屋とまったく同じでトイレもある。準備しているとスミスから聞かされていたので、倉庫でも片付けているのかと思っていたが違っていた。やはり、北川の言うように二人を同室にさせ、会話を盗聴するのが目的だったのだろう。

食事が出されればの話だが、朝食前にまたスミスの部屋で尋問が行われた。

スミスは、うまそうにトーストを頰張《ほおば》り、コーヒーを飲みながら質問してきた。これも一種の拷問かもしれない。涼の腹の虫は、遠慮もなく泣き叫んだ。

「少しは眠れたかね」

「拉致《らち》された日に眠るほど、神経は図太くないよ」

別に拉致されたことで、眠れなかったわけではない。夜明けまで北川と同室だったため、彼女と危ない状況に陥る妄想で一睡もできなかった。健全な若い男の本能が眠りを妨げただけだ。

「前にも言ったが、拉致じゃない。我々は飽くまでも二人を保護しているのだ。それから、君を襲った連中が分かったよ。サウジアラビアの総合情報庁アル＝イスタフバラフ・アル＝アマフが雇ったヤクザだ」

　スミスは、舌がもつれそうな名前を得意げにすらすらと言った。

「そのアルなんとかって、どうして分かったんだよ」

「君のアパートの周辺をうろついていたヤクザを尾行させていたのだ」

「なんでヤクザなんか雇っているんだ、そいつらは」

「彼らの目的が、君らの殺害だからだ。アル＝イスタフバラフ・アル＝アマフはおそらく中東諸国を代表して、日本に送り込まれているのだろう。現在日本で一番活発に活動している情報機関だ」

「馬鹿馬鹿しい。何で俺が殺されなきゃならないんだ」

「むろん、大貫教授の研究と関係者を抹殺するためだ。産油国にとって、地下に眠る石油を一滴残らず金に変えるまでは新しいエネルギーの研究は邪魔なだけだ」

　スミスは掌を喉元で横に引いてみせた。

「確かに。でもなんでそんな情報機関が教授の研究を知っているんだ？」

「もともと大貫教授の論文は、科学誌ネイチャーの先月号に発表される予定だった。だが、その内容を事前に知った日本政府は、大貫教授を説得し、掲載の延期をさせた。教授の研究を国の管理下に置くためだ。発表されれば、研究を海外の大学や企業に買われてしまうことを彼らは恐れたのだ」

「政府はせこいな」

スミスの話を聞いて涼は舌打ちをした。

「問題は、掲載予定だった原稿が盗まれて闇に流されてしまったことだ。おかげで我々も教授の研究内容を知ることになったのだが、他国の情報機関もこぞって日本にエージェントを送り込んできた。西洋諸国は言うまでもないが、アル＝イスタフバラフ・アル＝アマフ、中国の六一〇弁公室、韓国の国家情報院など数え上げたらきりがない。今や東京と横浜工科大学周辺では、石を投げればスパイに当たるという状況になっている。だが、日本政府は黙って指を加えている他ないのだ。諸外国の情報部と違って日本の情報機関は、警察権はおろか逮捕権もない。海外から来た情報機関を取り締まることもできない」

「まるでスパイ天国だな。B級映画でも、今時そんな設定にはしないね」

思わず涼は鼻で笑ってしまった。確かに世界中から狙われるというのは分かるが、海外から来たスパイを野放しにする他ない日本政府の情けなさを笑ったのだ。

「笑い事じゃないよ、霧島君。自分の立場を分かっているのかね。我々に協力するのが、一番安全なのだ」

「もし、あんたが外国の情報機関だとしたら、協力すれば日本を裏切ることになる。だろう？」

わざとらしく肩を竦めてみせた。

「君は馬鹿じゃないね。だが、大貫教授への対処を間違ったために、日本政府は、周辺国を敵に回してしまった。教授の研究を独占し、利益を独り占めしようというのはフェアじゃない」

「それで、同盟国である米国は、日本に代わって、大貫教授の研究を独り占めしようとしているんだ。あんたたちは、ＣＩＡなんでしょ」

北川から聞いた仮説をあえてぶつけてみた。

「…………」

スミスは、仏頂面になり口を閉じた。しばらく天井を仰いでいたが、大きな溜息《ためいき》と共に口を開いた。

「よかろう。我々のバックは米国政府であることは素直に認めよう」

否定をしないところをみると、スミスは、北川の言うようにＣＩＡのエージェントなのかもしれない。

「米国は日本と違い、教授の生み出した新しいエネルギーを手に入れたとしても、同盟国に公平に分配するだけの国力がある。これはとても大事なことだが、米国には世界一の軍事力がある。もし、日本がエネルギーを独占しようものなら、ロシアや中国に領土問題をネタに紛争を起こされることは目に見えているのだ」

涼は、異論がないので頷いてみせた。

「とにかく新しいエネルギーは、中東の産油国を敵に回す。石油が売れなくなったら、中東の国々は、残らず世界で一番の最貧国に成り下がるだろう。そうなれば、何が起こるか分かるかね」

素直に首を横に振った。

「イスラム系のテロリストがこぞって、日本に押し寄せてくる。今でこそ、欧米の軍事力でなんとか押さえつけているが、最貧国になった中東諸国がすべてテロ国家に変貌《へんぼう》するからだ。日本政府はそんな覚悟もなく、エネルギーを独占しようとしているのだぞ」

なるほどと涼は唸《うな》った。スミスの言うことに反論ができなかった。だが、拉致されていることを正当化することはできない。

「協力してほしいなら、まず態度で示せよ。たとえ逃げ出しても非力な学生を取り押さえるのは簡単なことだろう」

涼は、両手を上げて手錠をがちゃがちゃと鳴らした。

「分かった」

スミスは、涼の右側に立つ男に右手を回して合図を送った。男は、すぐさまポケットから鍵《かぎ》を出して涼の手錠を外した。

「俺は、あんたの知っているように横浜工科大学のバイオ科学部に在籍しているけど、大貫教授の生命科学研究室では落ちこぼれなんだ。だから、はっきり言って、教授の行方なんて知らないし、予想もつかない。だけど、北川さんは違う。何と言っても助手だからね。だから、俺がさりげなく彼女から情報を聞き出す役を買って出るよ」

涼は、手首についた手錠の痕《あと》をさすりながら言った。

「グッド・アイデアだ。正直言って、ミス北川の強情さに我々は参っていたところだ」

「気晴らしと称して、時々彼女と二人になるようにしてもらえれば、世間話でもしながら聞いてみる。ただし、独房じゃだめだ。彼女は盗聴器があるところでは絶対本音で話さない」

「分かった。そうしよう」

「もし彼女から、秘密を聞き出せたら、二人とも無条件で解放するんだ。解放が前提でなければ、一切協力しない」

非力な人間を装うためにあえて交換条件を言ってみた。

「もちろん。最初からそのつもりだった」

スミスは、大きく頷《うなず》いてみせた。

脱出

一

朝から降りはじめた雨は、独房の高窓に泥を跳ねかけてはそれを洗い流すという単純作業を繰り返している。窓は二重ガラスになっているらしく、雨音は聞こえない。

飽きることなく高窓を眺めていたが、雨は泥跳ねを高窓に残したまま昼近くに止んだ。

〈そろそろ正午になるはずだ〉

朝食前にスミスに簡単な尋問を受けてから、四時間は経《た》つ。涼は、子供の頃《ころ》から、時計を見ずに時間を体で感じるように訓練を受けてきた。腹の虫も規則正しく泣き声を上げはじめた。

廊下に人の気配がする。足音からして三人の男だろう。

「霧島君、出たまえ」

ドアを開けたのは、スミスだった。

涼は、前後を監視の男に挟まれ、スミスと並んで廊下を歩いた。廊下の要所要所には監視カメラが設置してある。回廊を歩き、スミスの部屋も通り過ぎて階段を上がった。途中に二箇所ドアがあったが、スミスは、その都度首にかけてあるICカードをドアの横にあるセキュリティボックスに差し込んで解除していた。どうやら、この建物は、ICカードさえ持っていればフリーパスらしい。おそらく涼たちの独房も同じカードで開くに違いない。カードさえ盗めば、脱出も可能ということだ。

階段の先の廊下には大きな窓があり、太陽の光が当たっていた。まぶしさに思わず手をかざして見ると、薄日が射した窓の外に、緑の芝生を敷き詰めた庭が広がっていた。百坪はありそうな広さがあり、黒い網のフェンスで囲まれている。フェンスの高さは、二メートルもない。いつでも脱出できそうだ。

「ここは、どこだ？」

庭の向こうに広がる景色は、深い緑に覆われ、森の木々の隙間《すきま》から山々が霞《かす》んで見える。見渡す限り建物はないようだ。

「日本ということだけ教えておこう」

スミスは、これ以上伸びないというほど、唇の両端を上げて笑って見せた。

独房が消灯されると、高窓から光が射し込んでくる。てっきり、道路の街灯だと思っていたが、庭の外灯だったようだ。

「朝からの雨でどうなるかと思ったが、幸いランチには間に合ったよ。ついてきたまえ」

スミスは、涼の肩を馴《な》れ馴《な》れしく叩《たた》いて外に出た。

雨に濡《ぬ》れた庭は、芝と若草の香りで満たされ鼻腔《びこう》を心地よく刺激する。

庭の真ん中に木製のテーブルと二つのベンチタイプの椅子《いす》が置かれてあった。テーブルには、まるでピクニックのようにローストビーフやベーコンを挟んだクラブサンドイッチとコーヒーやオレンジジュースなどの飲み物が用意されている。

「へえー」

涼は、テーブルを彩るごちそうに思わず生唾《なまつば》を飲み込んだ。

「座りたまえ。私は、君とミス北川のデートをセッティングしておいた。これから、君たちは、二時間ほど自由に話をしてくれ。見ての通り、広い庭の真ん中だ。それに盗聴器もしかけていない。君たちの会話は聞きたくても聞こえないというわけだ。そのかわり、教授の手掛かりになるようなことを聞き出せたら、必ず報告してくれ」

「分かった」

涼は頷《うなず》いて、椅子に座った。

「庭は自由に歩き回って構わないが、くれぐれもフェンスには近付かないでくれ、この施設を囲むフェンスには高圧電流が流されている。この辺は熊《くま》や猪《いのしし》が出没するから、そのためのものだ。だが、人間が触れても感電死するから、忘れないでくれ」

「高圧電流と聞いて、ここが収容所だと納得したよ」

「ミス北川、こっちだ」

スミスは涼の皮肉を無視し、部下に連れて来られた北川に手招きをした。

「外でランチなんて、どういう風の吹き回しかしら」

「いや、これまでの無礼を謝りたいと思っているだけだよ。こちらへ、お嬢さん」

テーブルの上のごちそうに目を奪われているらしく、北川は首を傾げながらも涼の向かいの席に素直に座った。

「それじゃ、二時間後に迎えに来るから、それまで二人ともゆっくりしてくれたまえ。霧島君、フェンスのことは君から北川さんに教えてくれ。よろしく頼んだよ」

「何？　フェンスのことって」

北川は、スミスの後ろ姿を見ながら聞いてきた。

「この施設を囲むフェンスに高圧電流が流れているそうだよ」

「連中なら、やりかねないわね」

「北川さん、この風景を見て、この施設がどこにあるのか分かる？」

「日本にはどこにでもある風景よ。それより、食事を先にすませましょう。お腹空《す》いちゃった」

北川は、大皿に盛られたサンドイッチにいきなり手を伸ばして口に入れた。よほど腹が空いていたのだろう、すばやい動きだった。

「このクラブサンドイッチおいしい。だけど、私が世の中で一番好きなものはフライドチキン。あなたは何？」

北川は呑気《のんき》なことを言っている。とても拉致《らち》されている人間とは思えない。

涼もサンドイッチを口に運んだ。認めたくはないが、用意されたサンドイッチは見た目以上にうまい。

北川は正面を向いたまま、テーブルの下や椅子の下を探っている。

「何しているの？」

「盗聴器がないか調べているのに決まっているでしょう」

「スミスは、何も仕掛けてないと言っていたけど」

「あなたは、育ちがいいの？　それともただのお人好《よ》し？　連中の言うことをまともに信じないことね」

北川に睨《にら》まれ、涼は苦笑いを浮かべた。歳は三つ上に過ぎないが、彼女は大人で、自分はどうしようもない子供に思えて少々情けない気分だ。

テーブルの上のごちそうは、瞬く間になくなった。少なくとも三人前はあった量をほぼ等分に食べている。若干彼女の方が多いかもしれない。

「ちょっと、歩きましょう」

「あっ、ああ」

食事がすむと北川は突然立ち上がったので、涼もつられて椅子から腰を上げた。

「離れないようにして」

北川は涼の左腕にしがみつくように寄り添ってきた。

「何、どうしたの」

彼女の胸が左の肘《ひじ》に当たり、心拍数が一瞬跳ね上がった。

「あなた、そうとうぶね。これぐらいで驚かないでよ。盗聴器がなくても、集音マイクで盗み聞きされているかもしれないでしょう。連中が特別なことをするのは、必ず狙《ねら》いがあるからに決まっている。寄り添って小声で話せば、いくぶんましよ。できるだけ建物から離れましょう」

北川の顔は真剣だった。妙にときめいて損をしてしまった。

二人は、フェンスに沿って西に進みながら、施設の建物を観察した。

一メートル八十センチほどのフェンスは、上部に有刺鉄線が絡ませてある。〝高圧電流危険　一万ボルト〟と英語で書かれたプレートが五メートル間隔で張り出されている。

「本当に、高圧電流が流れているのかしら」

北川は、プレートを見て首を捻《ひね》った。

建坪が百五、六十坪はありそうな建物は、赤い瓦《かわら》で屋根が葺《ふ》かれた二階建ての洋風邸宅だ。

建物の左横とフェンスとの間は四メートルほどあり、直径二メートルはありそうな巨大な衛星パラボラアンテナが設置してあった。アンテナの周囲にはフェンスと同じ高さの柵《さく》が立てられ、壁とフェンスの間を塞《ふさ》いでいる。柵にも高圧電流が流れている可能性があった。

「ここから建物の前面には出られそうにないな。反対側に行こう」

仕方なく二人は、庭を横断して反対側に向かった。

建物の東側には、幅一メートルほどの通路があるが、頑丈そうな扉で仕切られ、しかも鍵《かぎ》がかけてあった。

「こっちもだめね」

北川は溜息《ためいき》を漏らした。

「川があるのかな?」

フェンスの向こうは崖《がけ》になっており、下まで見えないが、水の流れる音がする。かなり荒々しい音だ。雨上がりのせいかもしれないが、流れが急な川に違いない。

建物から少し離れた庭の東側に楠《くすのき》が二本立っていた。

「立派な木だな」

おそらくこの施設が建設される前からあったのだろう。二本とも高さ十五メートル前後の大木で、一番下の枝まで二メートル近くある。フェンスとの距離はおよそ一・五メートル、涼ならこの大木を利用して脱出できる。

「庭から脱出するのは無理ね。何かいいアイデア浮かんだの?」

楠を見上げて感心していると、北川は尋ねてきた。

「考え中だよ」

まだ何も考えてないが、両腕を組んでみせた。

「あなたは、私を連れて脱出してくれるんでしょう。安全に逃げる方法を考えてね」

北川は涼の腕を取り、顔が触れそうなくらい近付いてにこりと笑った。

「もっ、もちろんだ」

答えたが、声のトーンが高くなってしまった。北川を抱きしめてその唇を奪う衝動を抑えるのに涼は必死だった。

二

水墨画のように色を失った山際に霧が発生したかと思ったら、しとしとと雨が降ってきた。スミスと約束していた自由時間はまだ三十分近く残っているはずだが、建物に入るしかなさそうだ。

涼が帰ろうとすると、北川は涼の腕を引っ張った。

「どうしたの？　濡れちゃうぜ」

「雨が降ってきたからこそ話すチャンスじゃない。集音マイクを使っていても、雨音で会話はかき消せるわ」

北川は、驚くほど冷静だった。

「あなたは、私から情報を聞き出すようにスミスから頼まれたのでしょう？」

「確かに引き受けたけど、それは相手を油断させるためだ」

「私を連れて脱出すると言っているけど、あなたの本当の目的は何？」

北川にこれまで見せていた笑顔はなかった。わざとらしいランチが用意されたことで涼に疑いを持ったのかもしれない。

「話しても信じてもらえないだろうけど、ある殺人現場を目撃してから、命を狙われているんだ。うちの爺《じい》さんは、なぜか北川さんを助ければ、それを解決すると思っているらしい。殺人事件が、大貫教授の失踪《しっそう》と関係していると考えているんだろう」

松田が殺された状況は、説明しなかった。あまりにも非現実的だからだ。涼は、これまであったことをかいつまんで話した。

「不思議な体験をしたのね。それにしても、あなたのお爺さんって、いったいどんな人なの。いくら古武道の達人でも、あなたに起きた災難と大貫教授の失踪事件を絡ませて考えるなんて、普通じゃないわよ。というか、あなたの話ははっきり言って信じられないわ」

「俺《おれ》も正直、未《いま》だに信じられないんだ。うちの爺さんが君の名前を出したのは、でまかせだと思っていた。だけど、拉致されてこうして君に会った。これはまぎれもない事実だ。爺さんの言ったことが、嘘《うそ》なのか奇跡なのかは分からない。だが、どの道、ここを一緒に脱出する他ないだろう」

話さなければよかったと後悔した。戦時中、特別な任務に就いていたという曾祖父《そうそふ》の武伝ならともかく、武道一筋の竜弦が国際的な謀略に関与できるはずがない。だが、コインロッカーの鍵を渡され、〝傀儡《くぐつ》〟の術で、北川の名前を教えられたことをどう解釈していいか未だに分からなかった。

「ひょっとしたら、爺さんは、知り合いから聞いたのかもしれない。というのも、顔が広いのか、爺さんの元へはときどき色々な客がやって来るんだ。商店街のおじさんというような人もいれば、スーツを着ている社長タイプの貫禄《かんろく》のある人もいる。確か警察の関係者もいたはずだ」

これも事実だ。竜弦を頼り色々な客が訪ねて来る。訪問客のほとんどは、家の隣にある十坪ほどの道場に上がる。昼間訪ねて来ることもあれば、真夜中に突然現れることもあった。

「挨拶《あいさつ》して、名前や職業を聞いたことないの？」

涼は、首を捻った。子供の頃からあまりの修行の厳しさに竜弦を嫌っていた。そのため、彼を訪ねて来る客にも意識して顔を見せないようにしていた。関わりたくなかったのだ。

「何年も一緒に住んでいたのに仕様がないわね」

北川は、涼の様子を見て溜息《ためいき》をついた。

今から考えると、竜弦にとってもかわいくない孫だっただろう。武道に人生をかけている祖父にとって、先祖伝来の武術を伝えることこそ、彼の愛情だったのかもしれない。

「分かったわ。あなたのことは一応信頼する。お爺さんは、私を救えば、あなたも救われると考えていたのね。それなら、まずここを脱出することだけど、私の一番の願いは、大貫教授を見つけ出して、彼の研究を世に発表することなの。一緒に手伝ってくれる？」

「もちろんだ」

涼は、快く返事をした。どうせ逃げ回るのなら、かわいい女の子を守るために働く方がいい。それに元の生活に戻ったところでコンビニのバイトをするだけだ。

「大貫教授の研究は、確かに独占すれば巨万の富を産むけど、教授はそんなこと全然考えてなかったの。彼は、研究の特許すら申請するつもりはなかった。純粋に人類のエネルギー危機に対処するつもりだった。彼の研究こそ人類から貧困をなくす鍵になるとは思わない？」

北川は熱く語った。ただ漫然と生きて行くことだけを考えていた涼とは違い、彼女は崇高な精神を持っているようだ。

「だからこそ、彼を捜し出し、一刻も早く研究を公のものにしなければならないの。それに研究内容が世界中に知れ渡れば、私たちも命を狙われることはなくなるはずよ」

「……」

涼は黙って頷いた。

大貫教授を見つけ出さない限り、北川は再び襲われるだろう。彼女にとっても教授を見つけ出すことは死活問題というわけだ。

「迎えに来たわよ」

北川の指差す方向に、スミスの二人の部下が傘をさして庭に入って来るのが見える。二人とも険しい顔をしていた。彼女の言う通り、集音マイクで音が採れなくなったために、苛立《いらだ》っているのかもしれない。親切心でないことは確かだ。

「涼君、演技するわよ。どうして雨の中にいたかって聞かれるわ」

「演技って？」

「雨に濡《ぬ》れてまで、ただの世間話をする人はいないでしょ」

「どういう意味？」

涼が聞き返すと、北川は涼の首に両腕を絡ませて、いきなりキスをしてきた。彼女を抱きしめたいという欲求は、雨に濡れそぼって萎《な》えていた。だが、彼女の熱い唇は、とても演技とは思えず、涼も彼女の背中に両手をまわして応《こた》えた。

「おい！　おまえら、雨の中で何をしているんだ。いい加減にしろ」

二人は男たちに無理矢理引き離され、涼はスミスの元に連れて行かれた。

「最初のデートで彼女にキスをするなんて、霧島君、君もずいぶん大胆な男だね。それとも、元々付き合っていたのか」

銀縁のメガネの奥で、スミスの粘り気のある目が光った。

「まさか。彼女は研究室の先輩だからね。飽くまでも彼女の警戒心を解くためさ。それにあんたは米国人なんだろう。キスぐらいで驚くなんておかしいよ」

涼はわざとらしく肩を竦めてみせた。

「やるね、君も。何か彼女から情報は得られたのかね」

スミスは、口元に品のない笑みを浮かべながら言った。

「彼女は、予想以上に口が固い。大貫教授のことは話したがらないんだ。だから、今日は彼女との溝を埋めることだけを考えた。今まで気が付かなかったけど、彼女は僕に気があったらしい。時間さえもらえれば、彼女から必要な情報を絶対引き出す自信はある。まかせてほしい」

胸を叩き、涼はにんまりと笑った。

「それは、頼もしい。君は予想以上に役に立ちそうだ」

スミスは手放しで喜んでいる。北川の大胆な演技が、功を奏したようだ。

「その前に、着替えさえてくれないか。風邪をひきそうだ」

小雨降る中、十分以上外で話をしていた。おかげで下着まで濡れている。

「シャワー室で着替えるといい。君のバックパックを持って行かせるから、自由に着替えたまえ」

廊下で待っていたスミスの部下に連れられて、シャワー室に行った。部下は、これまでと違い一名になっていた。涼に対する警戒心が薄れているのか、施設から抜け出すことは不可能と彼らが考えているのかどちらかだろう。

シャワールームと表示されたドアが一階の西側に二つあり、右側のドアの前に監視が立っていた。おそらく先に連れて行かれた北川が使っているのだろう。彼女の裸身が頭に浮かび、慌てて頭を振って邪心を追い出した。

左側のドアを開けて中に入った。十畳ほどの部屋は更衣室になっており、六つのロッカーがある。部屋の奥を覗《のぞ》くと、ガラス張りのシャワールームが六つあった。

一番手前のロッカーの扉が開いており、涼の黒いバックパックが入っていた。服を脱ぎながら、監視カメラがないか確かめた。さすがに更衣室には仕掛けてないようだ。涼は、二重底になっている自分のバックパックを確かめた。

「よかった」

棒手裏剣と小柄《こづか》は、無事だった。

シャワールームには、シャンプー、ボディソープは揃《そろ》っているが、髭剃《ひげそ》りまでは用意されていない。小柄の刃で剃ろうかとも思ったが、家宝であることを思い出して止めた。無精髭《ぶしょうひげ》はもうしばらく我慢する他なさそうだ。

シャワーを浴びて気分も爽快《そうかい》になり、自分のバックパックを持って廊下に出ると、外で待っていた男に取り上げられた。

「俺のだぞ。部屋に持って行っても構わないだろう」

「洋服を繋《つな》いで首吊《くびつ》り自殺をされても困るんだ」

男は、無表情に答えた。

「馬鹿馬鹿しい」

大げさに肩を竦めてみせたが、涼は内心ほくそ笑んだ。バックパックに隠してあった棒手裏剣と小柄は、新しく着替えたジーパンのベルトに差し込んで隠し持っていた。

三

暗闇《くらやみ》に北川の顔が浮かび、彼女を抱きしめたときの柔らかい感触が両腕に蘇《よみがえ》った。降りしきる雨が冷たかっただけに彼女の唇がとろけるように熱く感じられた。

北川のことを思い出す度に彼女の裸身を想像してしまい、心拍数が上がってしまう。こんなに強い性欲を感じたことはこれまでなかった。おそらく独房に入れられて何もすることがないために雑念が増長するのだろう。

「くそっ！」

涼は、頭を壁に打ちつけた。そして大きく息を吐いて座禅を組んだ。家出してからは一度もしていなかった。毎日苦しい修行に明け暮れた生活に嫌気がさして家出をしたが、今から考えれば、それなりに充実した生活を送っていたのだと改めて思い知らされる。

昼間、北川と話して分かったことは、彼女は、自分のことよりも失踪《しっそう》した大貫教授を心配し、彼の研究は人類に役に立つと考えて、スミスらと闘っている。それに比べ自分は、北川の演技としての所作に無駄に胸をときめかせ、卑猥《ひわい》な想像ばかりしている。彼女の崇高な精神に対して、己の下半身の欲望にまみれた稚拙《ちせつ》な頭の構造に我ながら呆《あき》れ果てた。

座禅を組んで三時間ほど経った。

頭の中にあった闇すら今はなく、体は大宇宙に吸い込まれたように無の世界を漂っていた。涼は、下っ腹、いわゆるヘソ下三寸、丹田《たんでん》とよばれる場所に気が満ちて来るのを感じた。ヨガでは、ここをチャクラというそうだ。チャクラに気が充分に溜《た》まるのを感じた涼は、両眼を開けた。精神は静謐《せいひつ》な気で満たされ、体中の五感は研ぎすまされている。暗闇にもかかわらず、壁に埋め込まれた監視カメラのレンズと盗聴マイクの場所すら正確に察知できた。

時刻は、午前零時近くになっているはずだ。

「うん？……」

若くして武道の達人の域にある涼は微《かす》かな足音とか匂《にお》いで人の気配を察知することができた。だが、今はそれとは別の異常に危険なものを感じる。それが何かとは言えないが、肌で感じるのだ。

涼はベルトに隠し持った棒手裏剣を一本抜き、すばやく天井の一点に投げつけた。ガチンという音がして、跳ね返ってきた手裏剣を空中でキャッチした。

待つこともなく部屋の照明が点《つ》き、外に人の気配を感じた。棒手裏剣で監視カメラを破壊したのだ。ドアが開いて、いつもの監視役の男がドアの隙間から覗《のぞ》いた。

「部屋を点検させてくれ」

まさか棒手裏剣で破壊されたとは思ってもいないのだろう。

「どうぞ」

涼は、愛想良く言った。

男は、脚立《きゃたつ》を持って部屋に入ってきた。外には、もう一人の男がドアが閉まらないように押さえている。涼は手伝う振りをして、脚立を持った男と入れ違いに外に出た。

「あっ！」

外でドアを押さえていた男は、声を上げた。次の瞬間、涼は強烈な膝蹴《ひざげ》りで男の股間《こかん》を蹴り上げ、男を床に沈めた。

「貴様！」

脚立を持った男が慌てて中から飛び出してきた。

男の首にかけてあるICカードを掴《つか》み、男の鳩尾《みぞおち》に前蹴りを喰《く》らわした。男は、勢いよく部屋の奥の壁に頭をぶつけて気絶した。

廊下で気絶している男のICカードも奪い、ジーパンのポケットにねじ込んで、男を部屋の中に押し込み、ドアを閉めた。念のためにドアのセキュリティボックスに蹴りを入れて破壊した。これで、ドアを破壊しない限り、外に出られないだろう。

北川の部屋のセキュリティボックスにICカードを差し込んでロックを解除した。

「北川さん、出るんだ」

涼はドアを開け手招きした。

「どういうこと」

北川は、物音で起きていたようだ。

「早く。ここから、逃げるんだ」

彼女の腕を取って部屋の外に引っ張り出した。

「逃げても、すぐに連れ戻されるわよ」

自由になった北川は、おろおろしている。

「理由は、言えないが、ここは危ない。今すぐ逃げないといけないんだ」

さきほど感じていた嫌な気配を、今では全身にぴりぴりするほど感じる。危険が身近に迫っているという確信があった。

「分かったわ」

北川は涼の真剣な眼差《まなざ》しに頷《うなず》いてみせた。

「どこから、逃げるつもりなの」

「建物の前面に危険を感じる。庭から逃げよう」

「でも高圧電流のフェンスはどうするの？」

「大丈夫、一箇所、庭から逃げられる場所がある」

昼間庭に出た時に東のフェンスの前に楠《くすのき》が立っていた。樹に上れば、枝を伝って外に出ることは可能なはずだ。

「ちょっと待って、私たちの荷物を取りに行きましょう」

「何を呑気《のんき》なことを言っているんだ」

「一階のシャワー室の横にある倉庫に私たちの荷物は保管されてあるはずよ。庭の出入口とは反対側だけど取りにいきましょう」

「よくそんなこと知っているな」

「シャワーに入る前に、監視の男が隣の倉庫から私の着替えを持ってくるのを見たことがあるの。お金がないと逃げることもできないでしょう」

着替えはともかく、確かに財布や携帯はあった方がいい。

「分かった。取りに行こう」

「それに、腕を離しても大丈夫よ。ちゃんとついて行くから」

北川はにこりと笑った。彼女の腕をまだ握っていた。涼は苦笑して手を離した。

「俺の側を離れるなよ」

格好をつけたわけではない。年上の北川に感じていたコンプレックスのようなものも今は感じない。ただ、目の前の女を守りたいという気持ちが言葉になった。

四

二人が部屋を抜け出したことはまだ気付かれていないようだ。おそらく、監視カメラを見ていたのは、部屋にカメラの修理に来た二人だけだったのだろう。運がよければ、監視が交代する時間まで誰にも気付かれずに脱出できるかもしれない。回廊を走り、スミスの部屋の前も通った。おそらく彼らの宿泊する部屋は、地上階なのだろう。

一階に通じるドアを奪ったＩＣカードで解除し、二人は階段を駆け上がった。

「こっちだ」

廊下を庭と反対側に向かった。

「いけない」

シャワー室から、首にタオルをかけた男が出てきた。身長が一八〇センチを越える大男だ。隠れる場所はない。

北川に離れるように指示をして、涼は堂々と男の前まで歩いた。

「何だ。おまえらは」

男は、涼らの監視がいないか辺りをきょろきょろと探した。

「悪いけど、眠っていてくれ」

無造作に右足で前蹴りを放った。すると男は、両手で涼の蹴りをあっさりと摑んだ。図体が大きい割に恐ろしい反射神経だ。武道の心得があるに違いない。少々甘く見ていたようだ。

「なめんなよ、小僧」

大男は、鼻で笑って見せた。

左足でジャンプし、そのまま男の顎《あご》を狙った。男は、涼の右足を離し、のけぞって左の蹴りをかわした。バク転するように後方に着地した涼は、体勢が崩れた男のスネを蹴って倒した。間髪を容《い》れずにミサイルのように体を捻《ひね》ってジャンプし、左肘《ひだりひじ》に全体重を乗せて男の鳩尾に当てた。男は、海老《えび》のように体をくの字に曲げて気絶した。

「手間がかかったな」

涼は、男の巨体を持ち上げて、シャワー室に放り込んだ。

「すごい！　霧島さん」

振り返ると、北川が抱きついてきた。

「脱出するぞ」

涼は、北川を引き離した。抱き合って喜んでいる場合じゃない。

二人は、シャワー室の隣の倉庫に入った。スチール棚が並び、段ボール箱が整然と積まれている。

「手分けして探すんだ」

倉庫の奥に向かった。積み上げられている段ボールは、外側にラベルが貼《は》られている。タオルとか石鹸《せっけん》だとか、日用品が多い。

「あったわ」

倉庫の手前を探していた北川が声を上げた。

出入口のすぐ右側に引出しのついたロッカーがあった。北川は、赤いバックパックを取り出していた。

「ほら、見て、私の携帯と財布もあったわ」

ファスナーがついたビニール袋に北川の貴重品は入れてあった。

涼は、北川の荷物が入っていた隣のロッカーを見た。案の定、涼のバックパックが入っていた。彼女と同じように財布と携帯はビニール袋に分けてある。袋から取り出すのも面倒なので、二人はビニール袋ごと自分のバックパックに入れた。

どこからかブザーのような音が聞こえてきた。

「しまった。ばれたぞ」

ドアの隙間から廊下を覗《のぞ》くと警報器がけたたましく鳴り響き、銃を持った男が血相を変えて、目の前を通り過ぎて行った。おそらく玄関に向かって行ったのだろう。

「行くぞ」

男をやり過ごした二人は、廊下を走り、庭に出る手前のドアも解除した。すると、外部から銃声が聞こえてきた。

「ここが攻撃されているんだ」

庭に面した窓ガラスを開けて外に出て、北川に手を貸した。外は冷え冷えとした空気が流れているが、雨は止んでいた。

銃声は、建物の前方から聞こえてくる。

「急ごう」

北川の手を取って庭の東側に向かった。外灯があるものの庭全体を照らし出すほどの光を放っていない。二人は、植栽が造りだす闇に紛れて東側のフェンスの近くにそそり立つ楠の下まで辿《たど》り着いた。

「ちょっと待って」

適当な枯れ枝を拾い、フェンスに投げてみた。途端にバチッと火花を散らして、枝は煙を上げて跳ね返ってきた。

「いやだ。高圧電流って、本当だったんだ」

北川は、溜息《ためいき》をついた。

「この木に上って、フェンスを飛び越すしかない。手を貸すから、先に上ってくれ」

「無理よ。一番下の枝まで二メートル以上あるわ」

「大丈夫だ」

涼は、木の幹に向かって中腰になった。

「俺を台にして上るんだ」

北川は、涼の腰に足をかけ、次に肩に足を乗せた。

「両肩に足を乗せるんだ」

北川の両足が肩に乗ったのを確認して、涼は上体を起こした。

「なんとか枝に手が届いたわ」

枝に手が届くと北川は意外に速く枝の上まで上った。運動神経はいいのかもしれない。

「あなたは、どうするの」

北川が心配げに見下ろしている。

涼は、楠から距離を取り、手を使わずに一気に枝まで駆け上った。

「あなたはいったい何者なの。まるで忍者みたい」

北川の言葉に涼は、苦笑を漏《も》らした。言葉通りに霧島家に伝わる武田陰流は、隠密の武道であり、霧島家は今で言う忍者の家系だからだ。子供の頃から鍛錬を続けた武道がこんなところで役に立つとは思わなかった。

「先に飛び降りる。俺の真似をするんだ」

楠《くすのき》の一番下の枝は、フェンスを越えて外にまで伸びている。だが、先まで歩いて行けば途中で枝が折れてしまうだろう。涼はまるで綱渡りをするように枝の上を二歩進み、そこからジャンプし、軽々とフェンスを飛び越えて敷地の外の地面に着地した。

「思い切って飛ぶんだ。ちゃんと受け止めるから。それに君の体重なら枝は折れない」

涼は、両手を拡げた。

「怖い」

北川は、楠の幹にしがみついている。

「そんなこと言っている場合か。殺されるぞ。狙いは俺たちかもしれないんだ」

銃声は散発的だが、今も響いている。スミス側も反撃しているようだ。

北川は頷《うなず》き、体を何度も前に出しては引っ込める仕草をしていたが、最後はバランスを崩しながらも、枝が折れる寸前のところまで歩いて飛び降りて来た。

「だいじょうぶか？」

転びそうになった彼女を抱きとめた。

「だっ、だいじょうぶ」

言葉とは裏腹に北川の手は震えていた。

「とりあえず、フェンスに沿って南側の森に逃げ込もう」

北川の右手を握って歩き出した。

彼女は黙って従い、右手に力を入れて握り返してきた。震えは収まったようだ。

二人は、フェンスに触れないように南に向かった。

「待って」

北川の肩を押さえてしゃがんだ。前方から無数の人の気配がする。

「敵は、西側からフェンス沿いに近付いてくる。おそらく建物の前面から襲撃している連中とは別なんだろう。このまま進めば鉢合わせになる」

涼は、舌打ちした。脱出する際に三名の男を倒している。人員が不足し、スミスは劣勢になっているに違いない。

二人は、来た道を戻った。

「仕方がない。崖《がけ》を降りよう」

「嘘でしょう。崖の下は暗くて何にも見えないわよ」

「大丈夫だ。俺にはちゃんと見えている」

一旦《いったん》脱出した楠の側まで戻り、北川の手を取って、崖を降りはじめた。涼は、夜目が利く。星明かりでも充分だが、幸い今日は、雲の切れ目から半月が覗《のぞ》いている。

崖といっても傾斜があり、足下は意外にしっかりとしていた。川は数メートル下を勢いよく流れているが、川岸を歩いて行くことは可能だろう。

北川は、恐る恐る崖を降りてきた。体が崖に沿うように斜めになっている。上体は立っていた方が体重は真下にかかるため安全だが、斜めになるほど滑り易くなり危険だ。崖に道があるわけではない。しかも浮き石があって危険だ。

「慌てなくていい。体を起こして、ゆっくり降りるんだ。浮き石がある。石の上に乗るんじゃないぞ」

北川の体が滑らないように彼女の手を取った。その途端背後に人の気配を感じた。油断していたわけではないが、いつの間にか背中をとられたのだ。

「きゃっ！」

北川が、足を滑らした。

背後の敵に身構えたために反応が一瞬遅れた。彼女の手を引っ張ろうとしたが、足場が悪いため支えきれなかった。二人は崖を滑り落ち、そのまま流れが急な川に落ちた。

六月半ばとはいえ、川の水は身を切られるように冷たかった。北川は気絶したのか、泳ごうともしない。

涼は、北川を後ろから抱えながら川の流れに逆らわないように泳いだ。

五

星明かりすら届かない暗闇の中で意識は目覚めた。

背後に気配を感じた。それは、まるで無から湧《わ》いたように突然恐ろしい殺気に成長した。北川と川に落ちる寸前に感じたものと同じだ。涼は、腰のベルトに差してある棒手裏剣を摑《つか》み、斜め前に飛びながら、背後の敵に投げつけた。だが、手裏剣は殺気とともにむなしく闇の向こうに消えた。

「どこだ！」

突然前方に出現した光芒《こうぼう》が、涼の体を右下から左斜め上に走った。

「何！」

涼は、右脇腹《わきばら》から左の鎖骨まで深々と斬り割《さ》かれていた。敵の姿を見ることなく、刀で斬られていたのだ。胸から血が噴水のように吹き出している。大動脈を切断されていた。バイト先の先輩である松田耕一の首を斬り落とした犯人の仕業に違いない。

「くそっ！」

大量の血が口から溢《あふ》れ、意識が遠のく。

涼は、咳《せ》き込んで一旦《いったん》薄れて行った意識を取り戻した。はっとして、思わず胸や腹に手を当てたが、冷たく濡《ぬ》れた体に異常はない。斬られたのは夢の中だったようだ。

「大丈夫だべか」

耳元で男の声がした。

「なっ！」

反射的に起き上がり、身構えた。

「うわっ！　うったまげた」

初老の男が尻餅《しりもち》をついて、声を上げた。男はタオルを首に巻き、薄汚れた作業服のようなものを着ている。小柄で痩《や》せており、年齢は六十前後か。突然起き上がった涼を見て怯《おび》えた表情をしている。

「すみません。驚かしてしまって」

涼は、頭をかきながら座った。足下に毛布が敷かれている。濡れた洋服のまま寝かされていたようだ。

「年寄りを驚かせるでねえ」

涼が頭を下げると、男は胸をさすりながらあぐらをかいて座った。

六畳の畳部屋の片隅に今時珍しい太いロウソクが小さな皿の上に乗せられていた。その近くに使い古された大型のリュックサックが置かれている。部屋には、涼と初老の男だけで、北川の姿はない。

「一緒に、女性がいたはずですが、知りませんか？」

「女の子は、隣の部屋に寝かせてあるど。まだ気を失ったまま……」

男の言葉も終わらないうちに、涼は襖《ふすま》を開けて隣の部屋に入った。北川も濡れた服のまま毛布が掛けられて寝かされていた。毛布を上げて彼女の体をおおざっぱに調べてみた。さすがに服を脱がせるのはためらわれた。肌が露出している部分に擦《かす》り傷程度のものはあるが、目立った外傷はなさそうだ。それに静かな寝息を立てロウソクの光で見る限りは顔色も悪くはない。

「早く着替えさせた方がいいだべ。体しゃっけえからね。うわっぱりは脱がしたけど、それ以上は、あんたしてくんろ。彼氏だべ」

訛《なまり》のある男の言葉は、聞き取り辛《づら》いが分からないことはない。東北までいかない北関東の方言かもしれない。

「彼氏じゃありません」

言われてまんざらでもないが、一応否定した。

「そうかい。それじゃ、自殺じゃねえのけ？」

「自殺！　そんなわけないですよ」

「だども、川岸に倒れていたぞ」

「誤って、川に落ちたんですよ」

涼は北川とともに川に落ち、二百メートル近く流されて岩に引っ掛かっていた流木に掴まり、川岸に上ったのだが、不覚にもそのまま気絶していたようだ。日頃の鍛錬不足がこんなところに出るものだ。

「夜中だで、警察には知らせていねえだども、どうして川に落ちたのけえ。普段は荒れる川じゃないが、雨が続いたから、一歩間違げえたら、死んでいたぞ」

「川岸でキャンプしていたんだけど、彼女が落ちて、それで助けようとしたら、俺まで落ちて、後はよく覚えていないんです」

咄嗟《とっさ》に嘘を言った。ここで拉致《らち》されていたことを言って、警察沙汰《ざた》にされては、大貫教授を見つけ出すことができなくなるかもしれない。

「都会の者は、無茶するだで、困るだがねえ」

男は、首を横にふってみせた。

「おじさん。ここは、どこですか」

「ここけえ。ここは山の上の白岩村《しらいわ》だぞ」

「白岩村？　すみません。住所を教えてください」

「住所？　埼玉県飯能《はんのう》市上名栗《かみなぐり》だ。おまえさん、名前は何なん？」

「すみません。俺は、霧島涼、彼女は、……北、北山由美子《きたやまゆみこ》といいます」

捜索願が出されている北川の名前を出しては元も子もない。

「霧島さんけえ。俺は、石垣哲郎《いしがきてつろう》だ。麓《ふもと》の村に住んでいるだが、この近くで炭焼きをするときだけ、この村に来るんだ。途中、偶然あんたたちを見つけてよかったぞ」

石垣は、人のよさそうな顔をして頷《うなず》いてみせた。だが、車道から真夜中の川岸に倒れている二人を見つけたとしたら、それは奇跡というものだ。あり得ないといった方がいいだろう。

「よく俺たちを見つけましたね」

涼は、愛想笑いを浮かべて聞いてみた。

「一人で、真夜中の山道を運転していたら眠くなっただで、川で顔を洗おうと思って、川岸に降りただ。そしたら、川岸に光る物があるだがねぇ、それで、あんたたちを見つけられたんだ。長年炭焼きの薪を運んで鍛えた体だけど、運ぶのは大変だっただべよ」

「光るもの？」

真っ暗な川岸に懐中電灯を点《つ》けて降りた石垣は、岩の陰に光る物を見つけた。何かと思って近寄ると、ビニール袋に入れられた携帯電話が開いて、その画面が光っていたらしい。どうやら、涼のバックパックに入れてあった携帯が、川岸に上がった時に何かのはずみで飛び出していたようだ。携帯の近くに、二人が倒れていたことは言うまでもない。石垣は、小柄な老人だ、ずぶ濡れの涼と北川を車まで運ぶのは相当な難儀だったに違いない。

「そうですか。本当にご迷惑をお掛けしました。ありがとうございます」

両手をついて頭を下げた。濡れたまま川岸で倒れていたら、下手すれば六月といえども凍死していたかもしれない。涼はともかく北川は危なかっただろう。石垣は命の恩人と言えそうだ。

「当たり前のことをしただけだがねぇ」

石垣は、柔和な顔を綻《ほころ》ばせた。

涼は、北川の肩を優しく揺り動かした。彼女は、目覚めて石垣を見て驚いたが、事情を話すと、恐縮して何度も石垣に礼を言った。彼女のバックパックは、防水になっていたため、着替えは濡れていなかった。北川は着替えてまたすぐに横になった。よほど疲れているのだろう。

涼のバックパックも防水になっているようで、ジーパンの替えはないが、乾いたTシャツとパンツにはきかえた。川岸に上がった際にバックパックの口が開いていたらしいが、着替えはほとんど濡れていなかった。それに携帯がビニール袋に入れてあったことも不幸中の幸いだ。

石垣も相当疲れているらしく何度もあくびをしながら別室に消えた。

念のために家の外に出て辺りを窺《うかが》った。小さな家が森に囲まれて三軒ほど星明かりにうっすらと浮かんで見える。周囲にも今のところ何も怪しい気配は感じない。もっとも襲われるとしたら、すでに拉致されるか殺されていただろう。

夜空を見上げた。今まで見たこともないような星が無数に煌《きら》めいている。夜空を帯状に南北にまたぐ天の川も見える。東京育ちの涼には滅多に見られない光景だ。

「寝るか」

大きく背伸びをして、涼は家の中に戻った。

六

東の空に赤みが射しはじめた。

午前四時十分、涼は宿泊した家の前に立って空を眺めていた。

「若いのに、ずいぶんと早起きだで」

振り返ると、石垣がにこにこと笑って立っていた。石垣の笑顔を見るとほっとさせられ、懐かしさを覚える。おそらく幼い頃、曾祖父《そうそふ》の震伝と遊んだ時のことを思い出させるからなのだろう。祖父の竜弦と違い、震伝は涼に笑顔しか見せたことがなかった。幼い時に死んだのだが、少なくともそう記憶している。

石垣は不思議と足音を発《た》てることもなく、気配もほとんど感じさせない。山の中で生きている人は、自然と一体となり草木と共に呼吸しているせいなのか。

気配は人の生き様を映すと祖父の竜弦から教えられたことがある。卑しい人間ほど、気配を露《あらわ》にする。逆に崇高な精神の持ち主ほど大気や自然に馴染《なじ》み、気配を感じることすら難しくなると言っていた。聞いた当時は、ああそうですかという感じだったが、石垣を見ているとなるほどとも思えてくる。

「ちょっと早いかもしれないが、朝飯にするだべえ。俺は仕事が早いだで」

石垣に従い、家の中に入ると、握り飯が盛られた皿がちゃぶ台に置かれていた。

「おはよう」

隣の部屋から、北川が元気そうな姿で現れた。

「大丈夫かい？」

「一晩寝たら、元気になったわ。それよりお腹が空《す》いた」

北川は、早々に握り飯に目が奪われたようだ。

「熱いみそ汁でも出せればいいが、この家は、借り物だで、火は使えんのでなあ。昨日麓の村で握ってきた握り飯を食べてくんろ」

聞くと、白岩村というのは、近くの鉱山の関係者が住んでいた村で、何年も前に廃村になったそうだ。石垣は、山奥の炭焼き小屋に行く途中で、知り合いが住んでいた家を勝手に使っているに過ぎないらしい。火事の心配もあるが、使っていることが知られることを嫌っているのかもしれない。

握り飯は、梅干しと鰹節《かつおぶし》の何の変哲もない具だが、米がいいのか炊き方がいいのか、これまで食べた握り飯では一番の味だ。

「石垣さんは、この辺りのことは詳しいんでしょう？」

「六十年も住んでいるだべぇ。よく知っている」

石垣も握り飯を頰張《ほおば》りながら答えた。

「俺たちを見つけた川の上流に大きな施設があると思うんだけど、何か知らない？」

涼は石垣の話から、白岩村というのは、脱走した施設よりも山の上にあると見当をつけていた。

「川の一番上流にあるのは、石灰を採掘している白岩鉱山だべぇ」

「鉱山じゃなくて、結構大きめの白い二階建ての建物なんだけど」

「ああ、キャンプ場の近くにあるアメリカさんの保養施設けぇ。行ったことはねぇけど。それにおらみていな山の者は、入れねえけどな」

石垣は笑って答えた。

「米国人の保養施設？」

「なんでも、大きなコンピューター関係の会社のものらしいぞ」

スミスが所属しているのが米国の情報機関なら、外資系の企業を隠れ蓑《みの》にしていてもおかしくはない。

「俺たち、街に出たいんだけど、その施設の前を通らなければ行けないのかな。できれば、別のルートで違う景色を見ながら帰りたいんだ」

「六文銭使い損なって、まだ観光気分けぇ」

石垣が年寄り臭い言い方をしたので思わず苦笑してしまった。

六文銭とは、仏式の葬儀の時、遺体に添えられる一文銭が六つ描かれた紙で、昔、三《さん》途《ず》の川の渡し賃が六文かかると言われていたことに由来する。戦国時代の侍は、死を覚悟し六文銭を肌身離さず持つ者もいたらしい。それを旗印にしていたのは、真田幸村で有名な信州の真田家や、あまり知られてはいないが、やはり信州の海野《うんの》家だったということを祖父の竜弦から聞いたことがある。

涼は、ふと祖父の竜弦から託された小柄《こづか》を思い出した。新宿のコインロッカーに入れてあったバックパックの底に三本の棒手裏剣とともに隠されていたものだ。棒手裏剣はズボンのベルトに差し込んでいつでも使えるようにしてあるが、家宝といわれる小柄は紫の布に包んでバックパックに入れてある。小柄の柄の部分には六つの穴の空いた丸、六文銭が彫り込まれていた。

「六文銭か……」

思わず呟《つぶや》いていた。竜弦がわざわざ大切な家宝の小柄を涼に託したのは、柄に彫られた六文銭の意味することを教えたかったからに違いない。つまり、死を覚悟して働けということなのだろう。

「六文銭が、どうしたんだべか？」

石垣が不思議そうな顔をしている。

「なんでもないです。観光気分というわけじゃないけど、俺たちはハイキングが好きなもので聞いてみたんです」

「まあ、歩いて行くのなら、峠の反対側のさくら湖まで出て、秩父《ちちぶ》鉄道の浦山口《うらやまぐち》駅で電車に乗るのがいいだべぇ。東京に帰るにはちょっと大回りだども、雨さえ降らなければ、山の頂の景色はいいよ」

「それはいい。浦山口駅までの距離はどれくらいあるの？」

「大したことはねぇ、鳥首峠《とりくび》を越えて十キロぐらいだべぇ」

「十キロ！」

黙々と握り飯を頬張っていた北川が奇声を上げた。

「うったまげることはねぇ、この辺りの山は低いから、大したことはねぇ。平地だったら十五キロくれぇ歩くのとかわんねぇ」

「十五キロ……」

北川は肩を落として溜息《ためいき》をついた。


朝食を終えた二人は、すぐに身支度を整えて草木に埋もれた白岩村を見下ろす山道に入った。まだ百メートルほど進んだに過ぎないが、かなり急な坂だ。後ろ髪を引かれるように振り返ると、律儀に石垣が村の外れでまだ見送っていた。涼が手を振ると石垣は深々と頭を下げた。村の三百メートルほど後方に石垣から聞いた鉱山のサイロのようなものが見える。

「あれっ？」

村の近くまで車道があるものと思っていたが、よくよく見れば木々で隠れているのか見つけられない。両脇から草木に攻められるようにトンネル状になった山道は、村のかなり下の方まで続いている。村に至る車道はないのかもしれない。気を失った涼と北川を車で運んで来たとしても、深夜、車から村まで運ぶのは相当な重労働だ。はたして、小柄な石垣にそんなことができたのだろうか。

「もうすぐ日の出よ。早く行きましょう」

北川が携帯で時間を確かめ、軽く涼の背中を押して先を促した。

「分かっている」

涼は、自分の携帯がビニール袋に入れたままになっているのを思い出した。慌ててバックパックからビニール袋を出し、中から携帯を取り出した。携帯の電源は入っていたが、電池の残量が少ないので電源を切った。

「おかしい？」

涼の携帯は、二つ折りで開いて使用する型だ。落としたりするとロックが外れ、勝手に開く可能性がある。だが、ビニール袋の中ではロックが外れたとしても、ほとんど開かない。ある程度、開かないと画面は表示されないのだ。

石垣は、真夜中の川岸で涼と北川を見つけたとき、涼の落とした携帯の画面の光に気が付いたと言っていた。だとするとビニール袋からも携帯は飛び出していたことになる。だが、袋はファスナー付きで口はしっかりと閉じられているため、もし飛び出すほどの衝撃があったのなら、携帯は壊れていただろう。

「ここで待っていてくれ」

唖然《あぜん》とする北川を残して村に戻った。

「石垣さん！」

涼は、沸き起こる疑問をぶつけるように大声で呼んだ。家の中に石垣の姿はない。見通しが利くため、石垣が山道に出ていないことだけは確かだ。彼の言っていた炭焼き小屋は、道から外れているのだろうか。だとしても、彼が見送る姿を最後に見たのは、ほんの一分ほど前の話だ。

〈いったい。何だったんだ〉

石垣は命の恩人だが、今から考えれば言動がおかしい。いったい何者なのだろう。

人気のない家に上がった。

「あっ！」

居間のちゃぶ台の上に、折り畳まれた紫の布に小刀が載せられている。バックパックの底に隠したはずの小柄だ。

「いつの間に」

慌てて小柄を布に包み、バックパックを下ろして二重底に入れようとしたが、涼の小柄はちゃんと入っていた。

「馬鹿な！」

すでに仕舞ってあった小柄を出し、二本を並べて比べた。すると、柄に付いている六文銭の彫り物が微妙に違っていた。涼が持っていた小柄は金が流し込まれていたのに対して、ちゃぶ台に載っていたのは、銀が流し込まれているのだ。

「どうしたの？　忘れ物でもしたの」

北川が、家の玄関口から心配顔で尋ねてきた。

「なんでもない」

涼は慌てて二本の小柄を布に包んでバックパックの底に隠し、外に出た。

「すまない。先を急ごう」

涼は、首を捻《ひね》りながらも山道に戻った。

新たに見つかった六文銭の小柄は、石垣の物に違いない。ちゃぶ台に置かれた状態から して、自分に託されたのだと判断し、躊躇《ちゅうちょ》することなく自分の小柄とともに仕舞った。

石垣の正体は分からない。だが、少なくとも味方ということは分かった。

逃避行

一

鈍色《にびいろ》の空の下、遠くの山々に霞《かすみ》がかかり、線路沿いののどかな風景も色をなくしている。白岩村から峠を越えて秩父鉄道の浦山口駅に辿《たど》り着いた涼と北川は、二つ目の御花畑駅で西武秩父鉄道に乗り換え、東飯能でJR八高線に乗り八王子に向かっていた。八王子《はちおうじ》から群馬県高崎《たかさき》市の倉賀野《くらがの》間を走る八高線の由来は、倉賀野から高崎駅間は高崎線に乗り入れ実質高崎を起点として運行されているためである。ダイヤは一時間に一、二本と数少なく、のんびりと走る。

涼は変化のない車窓の風景を見て、大きな溜息をついた。自分の行動が、はたしてポジティブなのかネガティブなのか分からない。北川香織を救い出し、彼女の希望を聞き入れて一緒に旅をすることになったが、失踪《しっそう》した大貫教授が見つかるあてはない。むしろ、正体の知れない襲撃犯と拉致《らち》されていたスミスからの逃避行と言った方が相応《ふさわ》しいだろう。

次の目的地は、甲府ということで取りあえず八王子を目指しているのだが、大貫教授が自ら身を隠したのなら、簡単に行き先が分かってしまう親戚《しんせき》や大学関係者の所ではないだろう。北川の話では、教授には知られざる趣味があり、普段から密に連絡を取り合い、年に数回会合を開く仲間がいたという。その会合のお知らせを助手である北川は代行したことがあるため、メンバーの名前や住所を知っているらしい。

メンバーは、一都三県に亘《わた》り、教授を除いて五人いる。東京には二人のメンバーが住んでおり、香織はその内の一人を訪ねる途中で、スミスに拉致されてしまったらしく、東京は最後に訪問することにした。

教授の知られざる趣味というのは、刀剣を鑑賞することらしいが、歴史に名を残す曰《いわ》く付きの刀が対象ということで一般の市場には出てこない闇《やみ》で取引されるものが多く、必然的に人目を避けるように同じ趣味を持つ仲間が集まったのだそうだ。

北川は、隣の席で二十三歳とはとても思えないあどけない表情で眠っている。峠越えの険しい道を涼に遅れまいと気丈に歩いていたが、八高線に乗った途端、気を失うように眠ってしまった。雨で増水した川岸で気絶していた二人を助けてくれた炭焼きのなぞの老人石垣哲郎は、浦山口駅までの道のりは大したことはないと言っていたが、実際は十一キロ以上あった。途中雨にも降られ、峠を越す山道はかなり険しかったこともあり、駅まで四時間近くかかった。雨はさすがに閉口したものの涼にとってハイキング程度だったが、北川にとっては重労働だったに違いない。

八王子まで後二十分ほど、午後十二時半頃《ごろ》着く予定だが、涼は腹が減って眠ることもできずに流れ行く景色を漠然と眺めていた。

「眠らなかったの？」

いつの間にか北川は起きていた。

「甲府でどうするか考えていたんだ」

腹が減って眠れないとは格好悪くて言えなかった。

「甲府へ行ってから考えましょう。私お腹が空《す》いちゃって、何も考えられないわ」

「えっ、そうなの」

北川があっけらかんと言うのを聞いて、苦笑する他なかった。

「駅弁とかじゃなくて、八王子の駅で降りて、外で食べない？」

「ああ、いいよ」

ちゃんとしたレストランで食べるのは大歓迎だ。ただ、暴走族から巻き上げた軍資金は二万を切っている。先々のことを考えるとあまり贅沢《ぜいたく》はできない。

北川は八王子駅周辺のことをよく知っているらしく、駅の北口から脇目《わきめ》もふらずにケンタッキーフライドチキンに直行した。拉致された翌日、二人で思わぬランチをした際、確かに彼女は世の中でフライドチキンが一番好きだと言っていた。

「涼君、スミスたちはまだ私たちを追っていると思う？」

チキンを三本無言で食べた後、北川は店に入ってはじめて口を利いた。しかも、いつの間にか君付けになっている。

二人は二階の一番壁際の席に座っていた。周りは、ばか騒ぎをする高校生で埋まっているので、何を話しても気にすることはない。

「襲撃してきた連中に殺されていなければ、追っているだろうな」

スミスの粘ついた視線を思い出した。紳士的に振る舞ってはいたが、どん欲な性格が目つきに表れていた。簡単に諦《あきら》めるタイプではない。

「それなら、怪しまれないように、私たちはもっと周囲に溶け込む必要があるわね」

北川は、離れた席で騒いでいる高校生たちを見ながら言った。

「どういうこと？」

涼はコカ・コーラを飲みながら聞き返した。

「せっかく二人ともバックパックを持っているんだから、恋人同士で旅行している振りをするのはどう？」

北川の妙な提案に涼は、むせてしまった。

「ちょっと、そんなに咳《せ》き込むほどのこと？」

「いや、もっと戦略的なことかと思ったから、驚いただけだよ」

「バックパッカーに扮《ふん》することは、りっぱな戦略じゃない。問題でもある？」

大学院生という北川は、知的な面があるかと思えば、食事は馬鹿食いするし、三歳も年上とはとても思えないアンバランスさを感じる。

「ちょっと聞いて。例えば、離れてばらばらに歩いていたら、若い二人ということで目立つけど、寄り添って歩いていたら、カップルということになり、どこにでもある風景になるの。分かる？　名前だって、お互いさん付けじゃ、他人行儀な男女として、人の記憶に残り易い。だから、私はあなたのことを涼って呼ぶことにするわ。私のことも、香織って呼び捨てで呼んでね」

屁理屈《へりくつ》とも思えるが、まじめな顔をされて言われると妙に説得力があった。涼は、思わず頷《うなず》いていた。

「それじゃ、涼、そろそろ行かない」

「そうだね。……香織」

「ブブー。だめだめ、名前をわざとらしく後に付けたら余計おかしいでしょう」

香織は、人差し指を立てて注意をした。

「分かったよ」

「無理に付けない方がいいわ。その方が自然でしょう」

悔しいが、彼女の言っていることに一々納得してしまう。

「行くぞ！」

なかばやけくそになった。

「待って、涼」

香織は嬉《うれ》しそうな顔をして付いてきた。

二

　ＪＲ八王子から、特急スーパーあずさに乗った。わずか五十四分の乗車だが快適なシートで乗り心地はいい。もっとも運賃が三千円近くかかり、財布がまた軽くなったことが痛かった。涼と香織の二人は、食事や移動の経費は、すべて個別に払っている。金欠の涼と比べ香織は、支払いを気にすることなどない。所持金に余裕があるのだろう。この調子で使っていたら、後二、三日で破綻《はたん》してしまう。

　二人は、甲府駅前から、南北に走る幹線の平和通りを歩き、ファンシーロード８番街とどこかレトロなアーケード沿いに歩いた。三つ目の交差点で左折して平和通りの二本ほど東に位置する春日《かすが》モールと呼ばれる商店街に入った。この辺りは、甲府中央商店街と呼ばれる地域で、大小様々な店が軒を連ねる甲府で一番活気のある場所らしい。

「俺は、刀剣の鑑賞という趣味はないけど、曰《いわ》く付きの刀ってどんな刀なんだ？」

　居合の稽古《けいこ》をするときは、真剣でさせられていた。目利きというほどではないが、日本刀に関しては最低限の知識はある。香織から聞いていた大貫教授の趣味がどうして、人目を避けるのかよく分からなかった。

「大貫教授に聞いた話だけど、戦争前の日本には、数百万本も古い刀があったらしいわ。それが、戦争中軍に拠出させられたり、戦後のＧＨＱの刀狩りで、十分の一以下に減ってしまったそうなの」

「十分の一！」

「だから、近世までの記録だけ残っていて、所在不明という名刀は、沢山あるそうよ。教授たちの趣味は、所在不明で歴史的に名を残した刀を探すことだったらしいの。なんでも見つかれば国宝級のものばかりと言っていたわ。だから、表の市場には出て来ないらしいの」

「なるほど、宝探しみたいなもんだな」

二人は話しながら春日モールから春日アベニューという商店街も抜け、いつのまにか店舗もない住宅街を歩いていた。

「住所は、この近くのはずだけど、おかしいな」

駅前の本屋で地図を頭に叩《たた》き込んでいたために道に迷っているとは思わなかったが、商店街にあると思っていただけに民家が立ち並ぶ風景は想像していなかった。

「すみません。この辺りに〝三条骨董店《こっとう》〟という店があると思うんですが、知りませんか」

涼は、通りすがりの犬を散歩させている老人に聞いてみた。

「〝三条骨董店〟！　悪いことは言わない。骨董品を買うのだったら、他の店に行った方がいいよ」

「いえ、どうしてもその店に用事がありまして」

「せっかく人が親切に言っているのに。……店はその先の角を曲がった所にある」

老人は、眉間《みけん》に皺《しわ》を寄せ不服そうな顔をした。

「そうですか。ありがとうございます」

頭を下げると老人は、何も言わずに首を横に振りながら去って行った。

「何よ、感じ悪いわね。今の人、馬鹿じゃない」

香織が鼻息荒く、悪態をついた。

涼もまったくだと頷《うなず》いたが、理由はすぐに分かった。

通りから、人目を避けるようにひっそりと〝三条骨董店〟はあった。間口は、四メートル弱、昔で言う二間《けん》ほどの狭いガラスの引き戸が店の入口になっている。表のガラス戸から中の様子は分かるが、薄暗くて営業しているのかも分からない。試しにガラス戸を引いてみると、がたがたと音を発《た》てて開いた。店内の両脇にたぬきの置物や仏像などの骨董品がところ狭しと並べられている。店の中央に六十センチほどの隙間《すきま》があり、店の奥に通じる通路になっていた。

香織の記憶では、店の主人は、大門利勝《だいもんとしかつ》、六十四歳だそうだ。

「すみません」

涼は店に足を踏み入れ遠慮がちに呼んでみた。

「何か……」

ぼそりと男の声が聞こえてきた。

まったく人の気配を感じなかったために危うく声を上げるところだった。

「いつから……」

店の右側に置いてある大きなたぬきの置物の横に身長一六〇センチに満たない小柄な老人が立っていた。濃い灰色の作務衣《さむえ》と呼ばれる着物を着て、白い口髭《くちひげ》を蓄えているために周囲の骨董品と見分けがつかなかったようだ。

「冷やかしなら、帰ってくれ」

老人は、涼と店の外で様子を窺《うかが》っている香織をじろじろと見た後で吐き捨てるように言った。バックパッカーの振りをしているだけに金を持っていないと判断したのだろう。

「俺たちは、冷やかしじゃありません。大門利勝さんに会いに来たんです」

むっとしながらも努めて笑顔で言った。

「わしに？　客でないのか。なおさらさっさと帰れ。シッ、シッ！」

大門は、まるで犬でも追い払うように涼を店の外に追いやり、引き戸をぴしゃりと閉めた。

「客じゃなきゃ帰れだって、参ったな」

「よくあんな態度で、店が潰《つぶ》れないわね」

香織は目を吊《つ》り上げて、追い出された涼よりも腹を立てているようだ。

「バックパッカーじゃ、客にならないと思っているんだろう」

涼は無精髭《ぶしょうひげ》をはやして髪も長く乱れている。香織はどう思っているのかしらないが、端から見れば貧乏旅行人の代表のような格好に見えるのかもしれない。

「それもそうね」

バックパッカーに扮装《ふんそう》することを提案しただけに、香織は肩を竦めてみせた。

「そうだ。涼、店の商品を買って客になれば文句はないんじゃない。とりあえず、大門さんの警戒心をなくすにはそれが一番よ」

ぱちんと香織は手を叩いた。

「俺は、反対だね。見たところどの商品にも値札はついていなかった。とんでもない値段をふっかけられたらどうするんだ。結局買わないと言ったら、ますます怒らせるだけだよ。だいたい欲しくもない物を買ったって仕方がないじゃん」

店の中を一通り見渡した時の映像が頭に残っている。興味が湧《わ》くような物は何もなかった。

「よくそんなことが分かるわね。でも骨董屋さんで客といったら、骨董品を買うか売るかのどちらかでしょう。売る物を持っていないんだから、買うしかないじゃない」

「売るか。なるほど、売る振りをして鑑定してもらうなら、客になれるな」

バックパックに隠してある先祖伝来の小柄《こづか》を思い出した。

「外で待っていてくれ」

香織に小柄のことを知られたくないので、涼は再び一人で店に入った。

「帰れと言ったはずだぞ」

店の奥から、大門が出てきた。

「客なら、文句ないですよね」

「ほう、店の商品を買ってくださると言われるか」

大門は態度を急変させ、にやりと笑ってみせた。

「買うばかりが客じゃないでしょう。骨董品を鑑定してもらえますか。売るかどうかは、値段次第だけどね」

「若いのに骨董品を売りに来られたか。それなら、客だ」

高い声で笑いながら、大門は手招きをして店の奥へと涼を案内した。店のすぐ裏に土足のまま上がれる四畳半ほどの薄暗い部屋があった。まるで占いでもするかのような小机があり、スタンドライトと大きなルーペが置かれている。

「そこへ、おかけなさい。品物を拝見しましょう」

涼は机の前に置いてある折りたたみ椅子《いす》に座り、バックパックから自分の小柄を包んだ紫の布を取り出し、机の上に置いた。

大門は、ライトのスイッチを入れて、紫の布を丁寧に解《ほど》いた。

「こっ、これは、……」

小柄を見た途端、大門の顔色が変わった。

「これをどこで手に入れられた？」

大門の目が吊り上がっていた。

「これは、家宝だ」

「大切な家宝を売りに来る者はいない。おまえは何者だ！」

大門の態度があまりにもおかしいので、涼は小柄を大門から奪い返した。

「待て、小僧！　貴様、盗んだな」

「ふざけろ、爺《じじ》い！　偏屈なあんたに会うために客の振りをしているだけだ」

さすがに泥棒扱いされて、涼も頭にきた。

「俺は、帰る」

涼は、小柄をバックパックに投げ入れ、店の外に出た。

「どうしたの？」

店から飛び出して来た涼を香織は追いかけながら聞いてきた。

「頭にきた。今度は、香織が会ってくれ。俺は二度とあの爺いとは口を利かない」

涼は振り返りもしないで駅に向かって大股《おおまた》で歩いた。

三

〝三条骨董店〟の主人、大門利勝への聞き込みは、明日《あす》の朝、香織が菓子折りを持って、改めて行くことになった。二人とも長距離の移動で疲れていたこともあるが、涼が大門を怒らせてしまったために一晩時間を空けた方がいいということになったのだ。

二人は早めの晩飯を食べて、甲府駅にほど近いビジネスホテルにチェックインした。朝食付きシングル五千五百円と都内ではありえない値段だが、涼にとって破産へのカウントダウンを早める結果になった。まさか一人だけ野宿するとは言えずに、香織が見つけたホテルに決めたのだ。しかし、シャワーを浴びて久しぶりに髭を剃《そ》るとと気分をリフレッシュできた。おかげでネガティブな思考が嘘《うそ》のようになくなった。

午後十時過ぎ、涼はグレーのパーカーにジーンズ姿で部屋をこっそりと抜け出し、香織に内緒で繁華街に向かった。はじめての土地だが、半年近く新宿という日本一の繁華街にいたせいで、夜の街の性格は分かっているつもりだ。

「調子狂うな」

中央商店街の近くにある繁華街のゲームセンターやコンビニを覗《のぞ》いてみたが、どうも涼の想像とは違っている。要は、新宿に比べて、甲府の街は健全なのだ。

涼は、ゲームセンターで遊ぶ高校生に、もっと大きな遊び場を知らないか聞いてみた。すると、三キロ近く南西に離れたバイパス沿いのファッションビルに、夜中の一時まで営業しているゲームセンターがあるらしい。

ランニングを兼ねて三キロ近い道のりを一気に走った。ネオンが煌々《こうこう》と点《つ》いたピンク色のビルが遠くからでも分かった。目的のゲームセンターは、三階建てのボウリング場に併設されているものでかなり広いスペースがある。だが、ここで遊ぶ連中は、ボウリングの後で時間を潰《つぶ》す、見たところ健全な若者ばかりだった。

「うまくいかないなあ」

涼は、川崎で暴走族に絡まれた経験を生かし、甲府でも同じことをして臨時収入を得ようと思っていたのだ。先に手を出さなければ、暴走族から金を巻き上げたところで誰からも文句は言われないだろうと、皮算用をしていたのだが、世の中甘くはない。

「もっと遅い時間ならいいのかな」

時刻は、午後十一時を過ぎたばかりである。深夜というには早過ぎる。

仕方なく、一旦《いったん》建物から外に出てみた。

「おっ」

外にある駐車場は、ビルの前と横、それに別棟の立体駐車場があるが、バイパスではない裏道に面した駐車場の片隅に、バイクを適当に置いて、その近くで寝そべったり、排便スタイルで煙草を吸っている十代後半の連中がいた。人数は、八人、茶髪や坊主、格好もだぶだぶのジーンズや迷彩柄の綿パンを穿《は》いている。数に問題はない。むしろ、相手が数に頼って気が大きくなる可能性がある。条件は揃《そろ》った。

涼は、たむろする連中の真ん中をわざと横切った。すると涼の挑発とも知らずに、寝そべっていた男が、転ばせようと足を伸ばしてきた。涼は伸びてきた足を跨《また》ぐ振りをして踏んづけてやった。

「いてぇー、この野郎！」

涼は、薄笑いを浮かべて振り返りもせずに、闇に紛れるようにビルの裏手に回った。

「ふざけるな！」

思い通り茶髪たちは、涼を追いかけてきた。この手の連中の単細胞は全国共通だ。例外はない。

「ちくしょう。どこに行った」

「俺のことか」

男たちが残らず人目につかないビルの裏手に入って来るのを待ち、彼らの背後に立った。もちろん一人も逃がさないためだ。

「何か用か」

「何だと、ぶっ殺してやる！」

「ぶっ殺す？　ひどい言葉だ。俺は今、非常に不愉快な気持ちになった。立ち直れないかもしれない」

涼は、胸を両手で押さえて見せた。

「馬鹿かおまえは！」

「俺の純粋な心は深く傷ついた。そこで、おまえたち全員に慰謝料を請求することにした。一人五千円で許してやる」

前回の経験から、この手の相場を一人五千円と勝手に決めていた。八人で四万円、なかなかいい稼ぎだ。

「ふざけるな！　こいつの頭カチ割ってやれ」

寝そべっていた男が、喚《わめ》いた。どうやらヘッドらしい。

男たちは、前に四人、後ろに二人、六人で涼を取り囲み、残りの二人は、前に二重になるように立った。ヘッドらしき男は前の奥の左手にいる。卑怯《ひきよう》な喧嘩《けんか》の仕方は知っているようだ。後ろに回った男たちは、じりじりと近寄ってくる。涼を羽交い締めにするつもりなのだろう。

後ろの男たちが大きく動いた。涼はその動きに合わせ、斜め右後ろに飛んで右の肘撃《ひじう》ちを男の鳩尾《みぞおち》に決め、体を左にスライドさせ、低い体勢から左後ろの男の脇腹に左肘撃ちを当て、二人を倒した。この間、わずか二秒。

「何！」

前方の男たちがあっけにとられている隙に、涼は前に飛んで左の掌底《しようてい》を左から二番目の男の顔面に決め、右の手刀をその右隣の男の首筋に深々と入れた。

四人の男が、倒されてはじめて両端にいる二人の男たちが動いた。左の男が大振りのパンチを出し、その下を潜《くぐ》ると、右端の男が体重を乗せた左のボディブローを放ってきた。これは、思いの他スピードが速い。右の肘撃ちで受け止め、そのまま男の左脇腹に肘を入れた。メシッと肋骨《ろつこつ》が折れる音がした。空手で言うところの、くり受け、右肘撃ちだ。さらにパンチをかわされた男が慌てて左のパンチを入れてきたのに合わせて、クロスカウンターぎみの左掌底を男の胸に当て、そのまま顎《あご》を突き上げた。男はたまらずのけぞって後頭部から倒れた。前の四人を倒すのに四秒もかからなかった。

六人の男たちが倒れると、右奥に立っていた男が尻餅《しりもち》をつき、左に立っているヘッドの男が、ポケットからナイフを取り出して握り締めた。ヘッドになるだけあって、多少は根性があるようだ。

「ナイフは、高いぜ。二万円はもらおうか」

刃渡り十二、三センチほどのジャックナイフだ。ナイフを握るということは、殺意があるということだ。有り金全部もらってもおかしくはない。

「ごちゃ、ごちゃ、うるさいぞ。殺してやる！」

男は、叫びながらナイフを振りかぶり、右から左に顔面を狙《ねら》った攻撃をしてきた。定番通りの攻撃だ。もっと熱く燃えるような激しい闘いを期待していただけにがっかりした。

涼が一撃目を避けると、男はナイフを心臓目がけて突き入れてきた。左に体をかわし、右手で男の手首を握って、男の体勢を引き崩した。

「くそっ！」

体を起こそうと男が腕を曲げたところに今度は、左腕を搦《から》ませてねじ曲げ、そのまま男を後方に投げ飛ばす。投げる瞬間男の左肩が外れる鈍い音がした。合気道で言う、腕搦めという技だ。後頭部からコンクリートに落下した男は昏倒《こんとう》した。

「言っただろう。ナイフは高くつくって」

鼻で笑った涼は、尻餅をついている男の前に立った。

「おい、おまえ。これから、慰謝料を徴収する。全員の財布を集めて来い。金を払えば、警察沙汰《ざた》にはしないでやる」

　真っ青な顔をしている男に命令した。男は何度も頷《うなず》くのだが、立とうとしない。腰が抜けたようだ。仕方なく、尻を蹴《け》り上げてやると、男は悲鳴を上げて立ち上がった。

「さっさとしろ！」

「わっ、分かりました」

　男は、気絶している男たちから財布を集めてきた。涼は、一人ずつ律儀に五千円ずつ徴収し、ナイフでかかってきた男からは、二万円をまきあげて、財布を徴収した男に返した。

「おまえは、俺に向かって来なかったから、特別にただにしてやる、その代わり、こいつらが目覚めたら、金がなくなっている理由を説明しろ。俺は泥棒じゃないからな」

　男は、おろおろするだけで動きが鈍い。仕方なく涼は、戻る道すがら気絶している男たちの鳩尾を踵《かかと》で蹴りながら起こしてやった。男たちは、悲鳴を上げて目を覚ました。乱暴だが、鳩尾に打撃を加えるのが正気に戻す手っ取り早い方法だからだ。

〈五万円か、まあまあだな〉

　涼は、予想を上回る収穫に満足した。

四

下弦の月が、まだらに浮かぶ雲の隙間から夜空に浮かび上がった。

午後十一時五十一分、梅雨時にしてはめずらしく明るい夜になった。

涼は、バイパス沿いのファッションビルから、来た道とは違う昭和通りという狭いが駅前のホテルまでまっすぐ通る道を歩いた。

街の中心部に入るには、荒川という大きな川を渡る。荒川は、甲府市街から笛吹《ふえふき》川へと合流する富士川水系の河川で上流には能泉湖というダムがあり、流域は公園や散歩道が整備されて市民の憩いの場となっている。

ファッションビルの駐車場から出た途端、涼は、背中にナイフを突き立てられたような恐ろしい視線を感じていた。これがよく祖父の竜弦がいうところの殺気なのだろうか。走ってホテルまで帰ろうかと思ったが、下手に居場所を知られて香織に危害が加えられないとも限らない。どんな敵だろうと事前に殲滅《せんめつ》すべきだ。今の涼には、誰にも負けない自信があった。

やがて荒川に架かる橋にさしかかった。川沿いの土手の道が目に入った。さりげなく後ろを振り返ったが、尾行を確認することができない。仕方なく、土手から河川敷に降りた。

まだら雲が風に流され、月が陰った。途端に雑草に覆われた河川敷は闇の支配するところとなった。

「尾行しているやつ、出て来い」

背後の闇に向かって涼は叫んだ。

目の錯覚か、闇から滲《にじ》み出たように背の高い男が土手の草むらから現れた。身長一八五、六センチ、口元までマフラーのようなものを巻いて半ば顔を覆っている。黒っぽいマントのような大きめのコートを着ているようだ。気になるのは男が一メートル近い長さの杖《つえ》をついていることだ。だが、足が悪いかと思えば、普通に歩いている。古武道には、杖道《じょうどう》という三尺（約九十センチ）の棒を使う棒術がある。その杖より若干長い。充分武器になる。

男は、杖をつきながらゆっくりと近付いて来た。どこにも隙がない。

「どうして、俺を尾《つ》けてくる？」

杖を武器と考え、間合いを取って油断なく構えた。

「命だけは、助けてやる。おまえが持っている小柄《こづか》を寄越せ」

男は涼の質問を無視し、地の底から湧き出るような低くしわがれた声を出した。

「なっ！　どうしてそれを」

「どのみちおまえは、すべて集めることはできない」

男は意味不明のことを言い出した。

「どういう意味だ」

男は、懐から何かを取り出し、前に突き出した。

「何だ。それは」

「よく見ろ」

「あっ！」

思わず声を上げてしまった。

男が握り締めているものは、柄に銀色の六文銭の家紋が入った小柄だった。涼が持っている二本の小柄は、バックパックごとホテルの金庫に預けてある。預けたものが盗まれたのなら二本見せるはずだ。

「それが、どうした！」

一瞬動揺したが、自分の物でなければ、涼にとって問題はない。

「やせ我慢か？　それとも意味も知らずに集めているのか」

男は、右目だけ大きく見開いた。

「おじさん、誰だか知らないけど、あんたに小柄をやる理由はない。それとも何本か集めると懸賞でも当たるのか」

「馬鹿な。本当におまえは何も知らないのか」

「俺は忙しいんだよ。付き合っている暇はないんだ。邪魔するのなら、闘ってもいいけど、怪我するぜ」

勝つ自信はあったが、闘う理由もないので、土手の方に向かった。

「身のほど知らずが、しかも無知ときている。お笑いぐさだ」

男は、涼の前に立ち塞《ふさ》がり、乾いた声で笑った。

「邪魔するなと言っただろ」

「おまえは、〝守護六家の印〟の意味も知らずに集めていたというのか」

「〝守護六家の印〟？」

はじめて聞く言葉だ。

「知らないのなら、それでいい。悪いことは言わない。小柄を寄越して、おまえは違う人生を歩むのだ」

男は、まるで諭《さと》すように言ってきた。

「他人のおまえにとやかく言われる覚えはない。どけ！」

見下した男の口調にむかっときた。

「渡さねば、おまえを殺すまでだ」

男は腰を屈《かが》めた。その瞬間、凄《すさ》まじい殺気が襲ってきた。

雷に打たれたように男の圧倒的な気に押され、その瞬間バク転で後方に飛んでいた。考えるより先に防衛本能が働いたのだ。涼の跡を白い光が追ってきた。顎の先に冷たいものを感じ、目の前を突風が過《よぎ》った。

着地をして前を見ると、男は同じ姿勢で杖をついて立っていた。だが、男は両目を大きく見開いていた。

「まぐれか？　よくぞ私の一撃をかわしたな。他人の金を巻き上げるチンピラが」

「何！」

迂闊《うかつ》だった。男は、不良たちと格闘している涼の行動を見ていたのだ。金を作ることばかり考えて、周りにまで気を配れなかった。

「えっ！」

目に染みるような痛みを顎《あご》の下に感じた。触ってみると、べっとりと血がついた。全身に鳥肌が立った。

「小柄を集め、〝守護六家〟を潰《つぶ》すのが私の望み。ことのついでに、おまえのような馬鹿もあの世に送ってやる」

涼は、咄嗟《とっさ》にベルトの棒手裏剣を抜いて、男に投げつけた。

男は、杖の頭に手をやったかと思うと、目にも留まらないスピードで刀を抜き付け、手裏剣をはじいた。男の手には、刀身六十センチ以上ある刀が握られている。杖には、反りのない刀が仕込まれていたのだ。

悪寒が走り、気持ちが悪くなってきた。殺されるという恐怖心が体を支配し、全身が硬直した。

「死ね！」

男の刀が振り下ろされた。

ガキッ！

目の前を黒い影が通り過ぎて、男の刀を払った。

「邪魔をするか！」

いつの間にか、男と涼の間に三人の黒装束の男が立っていた。着物なのか、スポーツウェアなのか分からないが、とにかく真っ黒な服を身につけている。

真ん中に背の低い男が一人だけ刀身も柄も黒い短刀を両手に持ち、その両脇は、涼と変わらない身長の男たちが黒塗りの杖を持って構えて立っていた。

「馬鹿者どもが、私に敵《かな》うと思っているのか。四人まとめて、殺してやる」

男は、鼻で笑った。だが、三人の男たちはその場を微動だにしない。

「むっ！」

男は、振り向き様に刀を振った。金属音とともに河原に棒手裏剣が落ちた。手裏剣は、間断なく飛んできた。男の背後にも新たに二人の気配を感じる。

目にも止まらない速さで男は刀を振り、手裏剣を避ける。男が跳ね返した手裏剣の一本が涼の方に飛んできた。

「うっ！」

涼が避けようと思う前に、黒い短刀を持っていた男が手裏剣を払っていた。

「くそっ。今日のところは見逃してやる。おまえら〝守護六家〟を根絶やしにすることが私の願いだ。忘れるな」

男は、いきなり凄まじい速さで横に走り、土手を越えて見えなくなった。

涼はなんとか立ち上がった。目の前の男たちの姿も風のように消えていた。

「……」

いつの間にか肩に日本手ぬぐいがかけてあった。

涼は、手ぬぐいを折りたたみ顎に当てた。手が震えた。今さらながら、襲って来た男の恐ろしさに怯えているのだ。

「あいつだ……」

男が松田耕一の首を落とした犯人であると確信した。

五

暗闇の中、川のせせらぎだけが間近に聞こえる。

涼は外灯もない河原を歩き、川が合流する中州のような場所で行く手を川に阻まれ、しばらく呆然《ぼうぜん》と立っていた。魚が川面《かわも》を跳ねた音で我に返り、あまりの無防備さに慌てて車道に出たのだが、ホテルに戻ったのは午前一時を過ぎていた。

自分の部屋に入ろうとすると、隣の部屋から香織が飛び出してきた。

「いったい、今まで、……えっ、何！」

香織は、涼の姿を見て口元を両手で押さえた。傷を見せまいと手ぬぐいで隠していたが、手ぬぐいも着ているグレーのパーカーも血で真っ赤に染まっていた。

「怪我しているじゃない。大丈夫なの」

「血は、止まっている。平気だ」

惨めだった。何者かに助けてもらわなければ、今頃河原で冷たくなっていた。香織にこんな姿は見られたくなかった。

「病院へ行きましょう」

「放っといてくれ」

「何よその言い方は。私がどれだけ心配したか、知らないでしょう」

香織は、両手を腰にあて涼の前に立ち塞がった。

「いいから、一人にさせてくれ」

香織を突き飛ばすように部屋に入り、ベッドに仰向けに寝た。

これまで、自分は武道の天才だと思っていた。家出をするきっかけは、祖父の竜弦との生活が嫌になったということもあるが、練習稽古《けいこ》ではじめて竜弦に勝ったことがきっかけとなった。いつも勝てるわけではないが、もう学ぶものはないと思った。すると稽古の意味合いを感じなくなり、生活の苦しさだけが残ってしまったのだ。

「くそっ！」

涙が両眼に溢《あふ》れてきた。

まったく歯が立たない敵と遭遇し、恐怖を味わったショックも大きいが、その敵にチンピラ呼ばわりされたのが、むしろ涼のプライドを傷つけた。金を調達する手段として、止むを得ないと自分で言い聞かせてきたが、本当は悪ガキをやっつけるという快感に酔いしれていた。いくら多人数でも、相手は素人だ。言ってみれば弱いものいじめ。その弱くて悪い連中をいじめることが楽しかった。それをこともあろうか、敵に指摘されたのだ。これ以上の屈辱はなかった。

涙が涸《か》れた涼は、シャワーで血と汗を洗い流し、残り少ないシャツに着替えた。

ベッドに横になろうとすると、部屋のドアがノックされた。

「涼君、開けてくれる？」

香織だった。

シャワーを浴びて、いくぶん気が楽になっていた。涼は、ドアを開けた。

「傷の手当、させて」

香織の手には、コンビニの袋が握り締められていた。

「こんな夜遅く、一人で出歩いたのか！　俺は殺されかけたんだぞ」

「ごめんなさい。もう喧嘩《けんか》したくないから、責めないで」

香織は、涼の脇を抜けてベッドに座ると、座れとベッドを右手で叩《たた》いてみせた。

涼は肩を竦めて素直に従った。

「ずいぶんひどい傷ね。ほんとうは縫った方がいいわよ。その方が傷痕《きずあと》は残らないから」

「血が止まっていれば、十分だ」

傷痕が残るのなら、その方がいい。傷痕を見る度に敵に怯えたみじめな自分が蘇《よみがえ》るだろう。敵に勝つにはこの屈辱を忘れないことだ。

香織は、傷口を消毒液で洗浄し、ガーゼで押さえ付けるようにして医療用テープで固定した。なかなか手慣れている。

「ありがとう」

「さっき、命を狙われたと言っていたけど、どういうこと」

香織が心配顔で尋ねてきた。

「香織には、話してないことがある。前に殺人事件に遭遇したこと話したよね」

「詳しい内容は聞いてないけど」

「被害者は、俺のバイト先の先輩で、首を日本刀で斬《き》られて殺されたんだ」

「殺されるところを見たの？」

「いや、見ていない。だけど現場の状況から考えて、それしか方法はないんだ。でも、今日その犯人に出会った。断定はできないと思うだろうけど、俺には自信がある。男は、仕込み杖《づえ》を持っていた。そして、恐ろしいスピードで下から斬り上げてきた。常人のスピードじゃない。あんなことができるやつはざらにはいないからね」

仕込み杖なら、日本刀を持っているのと違い、被害者は油断する。松田の場合もそうだったのだろう。それに反りのない直刀のため、抜き付けの際、鞘《さや》を逆さまにする必要がない。通常日本刀は、帯に差したり、手で持つ場合も、刃を上向きにするために、鞘は地面に対して反っている。そのため、今日の敵のように下から斬り上げようとするなら、鞘を反対に返す必要があるのだ。そこへいくと反りのない直刀の仕込み杖は、最初から逆さまに持っていても、相手に気付かれる心配もないというわけだ。

「恐ろしい敵ね。そんな男に狙われたの」

香織の声が沈んだ。

「大丈夫。今度は負けない」

気弱になっていたが、香織を見ていたら力が湧いてきた。この女を殺させはしない。心の支えができれば、人は強くなれるのだ。半年以上、まともな武道の稽古をしていない。以前のように毎日厳しい稽古を積めば、あの男に勝てるかもしれない。そう思えるようになった。

六

朝から夏を思わせる太陽が昇っていた。梅雨はどこかに行ってしまい、忘れた頃に戻って来るのだろう。

夜明け前に起きた涼は、十キロほどランニングしてホテルに戻った。あまり激しい運動をすると顎《あご》の傷口が開きそうなので、部屋で軽く武田陰流の型を三十分ほどで終えた。

シャワーで汗を流した後、何食わぬ顔で香織と朝食を食べて、ホテルをチェックアウトした。

「まだ、早いかしら」

香織は、携帯を見ながら言った。時刻は、午前八時を過ぎたところだ。二人は、今日こそ大門利勝に話を聞こうと意気込んだのはいいが、ホテルを早く出過ぎた。とりあえず〝三条骨董《こっとう》店〟がある商店街の外れを目指している。

「困ったわ。何か菓子折りと思っていたけど、開いている店がないわね」

あいにく商店街で営業を始めているお菓子屋さんはなかった。そうかといって早朝から営業している喫茶店のケーキやパンというわけにもいかない。

「行こう。香織。今日も俺にやらしてくれ」

「大丈夫なの？」

香織が不安げな声で聞いてきた。

「もう、怒らせるようなことは言わないよ。昨日は短気を起こしてすまなかった」

「そうじゃなくて、目が赤いから、よく眠ってないのでしょう。傷が痛んだの？」

「傷？　もう平気さ」

涼は笑って答えた。眠ったのは、明け方だった。襲撃されたシーンを繰り返し思い出して色々考えていたら、眠れなくなってしまったのだ。

二人は、商店街を抜け〝三条骨董店〟の店先に立った。ガラスの引き戸の内側はカーテンが閉められている。

「休み？」

涼は、店の引き戸に張られた紙を見て首を捻《ひね》った。

〝勝手ながら、当分の間、店をお休みします。店主より〟と毛筆で書かれてある。試しに引き戸を開けようとしたが、鍵《かぎ》がかかっていた。

「涼、……」

香織が指で右の方を示した。店の右側には隣家の塀との間に九十センチほどの隙間のような小道があった。涼は頷《うなず》いて小道に入ろうとしたが、ふと立ち止まり、しゃがんで地面を見た。

泥棒避《よ》けに一般的には見た目のいい石灰石などの白い砂利を引くのだが、この家は彩光石という黒い石にカラス貝が混ぜてある。見た目は悪いが、この方が夜間小道に砂利が敷かれてあることを目視することが難しくなり、足音もより響く。祖父と暮らしていた練馬の家の周りも同じだった。

「どうしたの？　敷石がどうかしたの？」

涼の肩越しに香織が覗《のぞ》き込んできた。

「なんでもない」

涼は立ち上がって、小道の右端を進んだ。案の定、ほとんど足音は発《た》たない。右端はカラス貝を混ぜていないので石の層も薄くできているのだ。これも実家と同じだった。

香織はまったく気にせず、小道の真ん中を派手に足音を発てて歩いた。

突き当たりに引き戸の勝手口があった。引き戸は、意外にも簡単に開いた。中を覗くと四畳半ほどの台所だった。

家の中に入る前に涼は全神経を集中させ中の様子を探った。逃亡生活を続けるうちに用心深くなったこともあるが、家出する前までは厳しい修行のうちに自然に身に付いていた習慣だ。この半年、日々の稽古《けいこ》から解放され、怠惰な生活の内に五感は鈍っていた。だが、昨夜強敵に襲撃されたことにより、元に戻ったようだ。防衛本能が五感を尖鋭《せんえい》化させるのだろう。

「何か感じるの？」

香織が不安げに尋ねてきた。

「いや、留守のようだ」

人の気配は感じない。だが、空気はぴんと張りつめている。

涼は勝手口から中に入り、靴を脱いで上がった。

「大門さん、ご近所にお出かけなのかしら？」

後に続く香織は、呑気《のんき》なことを言っている。

「ここも襲撃されたんだ」

台所の隣の六畳間に入り、誰もいない理由はすぐに分かった。六畳間には仏壇や箪笥があるのだが、中の物はすべて畳の上にぶちまけられていた。

「ひどい！」

遅れて入って来た香織が声を上げた。

隣に四畳半の和室があった。押し入れに布団が畳まれている。部屋の隅に小さな茶箪笥があるがやはり中は調べられたようだ。

「大門さんは大丈夫かしら？」

「今のところ、争った形跡はない。襲撃される前に逃げ出したのだろう」

どこの部屋も荒らされてはいるが、襖《ふすま》や障子に破損したものはなく血の跡もない。

「店の方に行ってみよう」

暗い廊下を抜け、二人は店の中に入った。

「まっ！」

香織が両手を口に当てて叫び声を抑えた。荒らされているのかと思いきや、店の商品はほとんどなくなっていた。

涼は、店の片隅に残された小さな骨董品を手に取り、頷いた。

「一人で頷いていないで、何が分かったのか教えてよ」

香織が背後で喚《わめ》いた。

「ここに踏み込んだ連中は、長さ二十センチ以上のものを探していたんだ」

「何、それ？」

「小柄《こづか》が隠されている可能性があるものが盗まれたんだよ」

「小柄？」

「昔の武士が、鞘に差して持ち歩いた小刀のことだ。その小刀が隠されている可能性がある骨董品だけ盗んだに違いない。だから、小さな品物は残されているんだろう」

河原で襲って来た男は涼が六文銭の印がついた小柄を集めているのかと聞いてきた。そして、男もなぜか同じ小柄を集めていた。とすれば、大門が襲撃されたのは六文銭の小柄を持っていたからに違いない。男は、六文銭のことを〝守護六家〟の印と言っていた。だとすれば、霧島家や大門はその〝守護六家〟のうちの一つなのかもしれない。

「どうして、そう思うの？」

「いや、……昨日大門さんが高価な小柄を持っているって言っていたから」

咄嗟《とっさ》にへたな嘘をついた。ひとり言のように考えながら答えていたので、あやうく六文銭の小柄のことまで話すところだった。

大門を訪ねたのは、香織が記憶する大貫教授の知り合いとしてだった。それが、いつの間にか自分と関係していることにすり替わってしまったような感じがする。祖父の竜弦が涼に香織を助けろと命じたのは、そもそも大貫教授が霧島家と関わりを持っていることを知っていたのではないだろうか。

「いつまでもここにいてはいけない」

「どうして、大門さんが戻って来るまで待ちましょうよ」

香織は、首を振って否定した。

「大門さんなら、逃げてどこかに隠れているよ。それより、他のメンバーを探そう。ひょっとするとその人たちも襲われているかもしれない。先を越されないように急ごう」

〝守護六家〟が言葉通りに、六つの家柄を示すものなら、すでに二つの家柄を代表する人たちが襲われたことになる。そう考えるといてもたってもいられなくなった。

「次の目的地は？」

困惑した表情の香織に尋ねた。

「ここから一番近いのは、上田《うえだ》だけど、住所を覚えていないの」

長野県上田市は地方都市といえども十万人以上の人口があることぐらい涼にも分かる。住所が分からないのに探すことは不可能に近い。

「後は？」

「京都の堀《ほり》さんという人の住所なら、覚えているわ」

「そこに行こう」

涼は即決した。たとえ移動に時間がかかったとしても、探しまわって無駄に時間を過ごすよりましだ。

古美術商

一

京都御所の東側を通り京都の中心を南北に走る寺町《てらまち》通は、四百年以上も昔、時の覇者秀吉《ひでよし》が市中の寺院を通りの東側に集めたことに由来するという。

明治から大正時代、寺町通には路面電車が走っており、三ブロック東にある現在のメインストリートである河原町《かわらまち》通よりも賑《にぎ》わっていた。また、御所の南に接する丸太町《まるたまち》通から、京都市役所がある御池《おいけ》通に到る寺町商店街では、古くから画廊や古美術を扱う店が多く、地元では寺町美術通りとも呼ばれている。

涼と香織は、甲府の〝三条骨董《こっとう》店〟を出ると、その足で京都に移動した。甲府を午前十時に出発して電車を乗り継いで五時間、京都駅からは地下鉄で十数分だが、寺町通に着いたのは夕方の四時を過ぎていた。

「やっと着いたわね。この辺は、地元では美術通りと呼ばれているそうだけど、次の探し人の堀政重《まさしげ》さんの〝堀商店〟は、通りに面した古美術商よ」

香織は、移動中ほとんど寝ており、体力を回復したらしくはりきっている。しかも京都駅で旅行ガイドブックを買って、移動中に下調べをするという周到さだ。

「今度も頑固親父だと嫌だな」

涼は肩や首を回し、凝り固まった筋肉をほぐしながら言った。慣れない長距離移動は、苦痛でしかない。

「それはどうかしら」

香織はいたずらっぽく笑った。

〝堀商店〟は、二条通を越えて百メートルほど行った道の左側にあったが、店の戸口には甲府の〝三条骨董店〟とまったく同じ文面の張り紙がしてあった。

「くそっ！　ここも休業かよ」

思わず張り紙を引きちぎりたくなる衝動をぐっと堪《こら》えた。

「困ったわね」

店の左手は喫茶店で、右手は和菓子屋さんだった。

「すみません」

香織は、店を覗《のぞ》き込んで和菓子のショーウィンドー越しに声をかけた。

「おこしやす」

白い制服を着た五十代の男が、店の奥から顔を出した。

「隣の古道具屋さんですけど、いつから休業されているんですか？」

「そうどすなぁ。たしか、昨日やったと思うんやけど」

　男は、口元に笑みを浮かべて答えた。

　同じバックパッカーでも、男と女では対応も変わる。しかも香織は、年齢より若くてかわいらしく見える。これまで人に道を尋ねた時の反応は、相手が老若男女関係なく驚くほど違っていた。

「店のご主人は、どちらにお住まいなんですか」

「堀はんは、お店の二階に住んでますわ。せやし、出かけとるんとちゃいますか」

「そうですか。ありがとうございます」

　香織は、礼を言って戻ってきた。

「どうしたら、いいのかしら？」

「俺《おれ》を襲ってきた奴に襲撃されたのかもしれない」

　涼は香織に六文銭の印が入った小柄《こづか》のことは話していない。

「仕込み杖を持った男のこと？」

「店がこのタイミングで休業しているということは、すでに襲われたのか、危険を察知して逃げ出したのかどちらかだろう」

「悪い連中から逃げたんだったら仕様がないけど、大貫教授を発見する手掛かりがなくなってしまうのは困るわね。早く次の場所に移動した方がいいかしら」

　香織の意見ももっともだった。彼女が覚えている教授の知人で無事な人を一刻も早く見つけ出すことが先決問題だ。だが、仲間が襲撃された彼らが互いに連絡を取り合って隠れている可能性もある。だとすれば、どこに行っても結果は同じだろう。

「まずは、この店の堀さんが、襲われて逃げたのか、自発的にいなくなったのか調べる必要があるな」

「だって、敵に先を越されるかもしれないわよ。ぐずぐずしていて残りの人たちが全員襲われたら、どうするの？」

「彼らは、もう互いに連絡を取り合っているはずだよ。香織は大貫教授から、連絡先の電話番号までは教えてもらってないんだろう。彼らは仲間同士の番号ぐらい知っていて当然だと思うけど」

「確かに、私が教授に頼まれたのは、案内状の発送だけだから、住所しか教えてもらわなかったわ。電話番号も聞いておけばよかった。でもここにいてもねえ」

香織は頷《うなず》いているが納得してはいないようだ。

「俺は、この張り紙の文面が気になっているんだ」

「別に変なことは書いてないと思うけど」

店先には〝勝手ながら、当分の間、店をお休みします。店主より〟と筆で書かれた張り紙がしてある。文面は、甲府の〝三条骨董店〟に張られていたものとまったく同じで、どちらの文章も二行で書かれ、頭に付ける〝お客様へ〟とか〝お客様各位〟が欠けているのも同じだ。決まり文句といえばそれまでだが、隣の菓子屋の話では、張り出されたのが昨日のようだ。おそらく甲府の〝三条骨董店〟と同じ頃《ころ》張られたのだろう。

「甲府の店と、同じ文面で同じ頃張り出されたんだ。説明できないけど、引っ掛かりを覚えるんだ」

「引っ掛かり？」

「例えば、彼らには独自に危険を回避する方法を持っていて、そのため、張り紙の文章も同じにしてあるとか」

「ちょっと、待ってよ。それは論理の飛躍よ。彼らはあらかじめ襲われることを前提に生活していたとでもいうの」

「人知れず、刀剣を集めていたんだろう。彼ら特有の危機管理方法があってもいいじゃないか。張り紙の内容が同じなのは、決まった文章で、仲間に何か知らせているのかもしれない」

「どういうこと？」

「事前に決めておけば、逃げる場所とかを、言葉の違いにより教えることは可能だ。例えば、〝当分の間〟ではなく〝しばらく〟を使うとか。頭にお客様各位を付けるとか、方法は色々ある」

〝三条骨董店〟の大門利勝は、涼の六文銭が入った小柄《こづか》を見て驚いていた。おそらく小柄の意味することを知っているのだろう。大門も〝堀商店〟の堀政重も小柄の所有者と考えてもおかしくはない。

「たとえそうだったとしても、私たちには理解できないじゃない」

香織は肩を竦めてみせた。

「まずは、この店が襲われたのか調べてから、次の場所に移動しよう」

「どうやって？……まさか、この店に忍び込むんじゃ」

香織は、慌てて自分の口を塞《ふさ》いで辺りをきょろきょろと見た。

「それしか、方法はないだろう。もっとも夜になってからだけどね」

涼は、にやりと笑って答えた。

二

西の空から顔を覗かせたばかりの半月は、静まり返った古都に彩りを添えるように慎ましく輝いている。

午前一時、涼は香織に見送られて一人河原町三条にある宿泊先のビジネスホテルを出た。ホテルは本能寺のすぐ近くにあり、市内の中心部にあるにもかかわらず値段は驚くほど安い。懐具合の悪い涼を見かねて、香織が近くのネットカフェで検索した最安値のビジネスホテルだ。ところが、安い理由はセミダブルの部屋を二人で宿泊するからだった。大胆な香織の行動に胸を躍らせたが、夜中に涼がいないという計算と知り、少なからず落胆した。

市内のスポーツショップで買った黒いパーカーに着古したジーパン、それに黒いバックパック。闇《やみ》に溶け込むような姿の涼は、寺町通より一本西の御幸町《ごこまち》通に入った。バックパックは、中身を出して家宝の小柄だけ入れてある。なんとなくホテルの金庫に預けるのもかえって不用心な気がしたからだ。

歩道も確保され、場所によっては十メートル以上の道幅がある寺町通と違い、御幸町通の道幅は数メートルと狭い。日があるうちにこの界隈《かいわい》の地理は歩いて調べ尽くしていた。この時間行き交う人もいない。

古美術商〝堀商店〟のちょうど真裏に位置する家の前に立った。二階建ての木造モルタル、瓦葺《かわらぶ》きの住宅だ。隣の家とは高さ百六十センチほどのブロック塀で区切られている。

涼はさりげなく辺りを見渡し異常がないか調べると、助走もなしにブロック塀にジャンプし、音も発《た》てずにその上を走った。まるで猫のように十センチ足らずの幅の塀を数メートル走り、塀から一階のひさしに飛んでさらに屋根の上まで飛び上がった。常人では考えられない跳躍を涼はいとも簡単にこなした。体の動きはイメージした通りに動いている。子供の頃からの、血の滲《にじ》むような厳しい稽古《けいこ》が役に立った。

〝堀商店〟に裏庭でもあればと思ったが、裏の家の境界であるブロック塀まで建物が建っていた。今なら建ぺい率がうるさいのでこんな建て方はできないだろう。〝堀商店〟の屋根の方が四、五十センチ低い。距離は二メートルほど空いている。

二階に侵入できる裏窓でもあればと思ったが、窓は頑丈そうな木の格子《こうし》がはめられていた。事前に金物屋でガラスカッターを買ったが無駄だった。

「あれは……」

屋根に天窓のような突起物が見える。裏の家から助走をつけて〝堀商店〟の屋根に飛び移った。

天窓に見えたのは、銅板で覆われた六十センチ四方の蓋《ふた》だった。

〈同じだ！〉

一見天窓のように見えるが、これは非常用の出入口なのだ。祖父と住んでいた練馬の家の屋根には、二箇所も同じ物があった。

京都の街は、方位に従って碁盤の目のように整備されているが、念のために夜空を見上げて、星座でも方位を確認した。銅板の蓋の下を手探りで構造を確かめ、四隅にある金属の突起を中に押し入れていった。微《かす》かに中でロックが外れる音がした。実家にあるものと構造も一緒だった。金属の突起は、鍵《かぎ》になっており、南北、西東の順に押して行くと、鍵が外れる仕組みだ。順番を間違えると開かないようになっている。

子供の頃、祖父の竜弦に屋根裏部屋に連れて行かれて、中から屋根の上に出る方法を教えてもらったことがある。おもしろいので一人で屋根の上に出てみたら、蓋はバネ仕掛けになっており、自動的に鍵がかかってしまった。半日近く屋根の上にいたところを祖父に見つかり、こっぴどく叱《しか》られた記憶がある。

涼は苦笑を浮かべて、銅板で覆われた蓋を開けた。六十センチ四方の穴の中は、暗闇だ。ポケットからLEDの小さなライトを取り出して照らした。穴の下は、板の間になっている。高さは、およそ五尺（約百五十センチ）、実家と同じようだ。

ライトのスイッチを切り、音も立てずに飛び降りた涼は、しゃがんだまま全神経を集中させた。人の気配はない。だが、屋根裏部屋の空気に淀《よど》みがなかった。実家の屋根裏部屋は、滅多に入ることがないので、空気は淀んでいた。とすれば、最近この小部屋に人の出入りがあったのだろう。

銅板の蓋を閉じた涼は、ライトを点《つ》けた。六畳の床は磨かれたように光っている。実家もそうだった。使わない屋根裏も、埃《ほこり》が溜まらないように掃除をさせられた。どうしてこんな無駄なことをさせるのか子供の頃、祖父に聞いたことがある。すると埃が溜まれば、足跡が残ると言われた。何のことか分からなかったが、今なら分かる。屋根裏から、脱出しても足跡を残さないためだ。靴を脱いでバックパックに入れ、裸足《はだし》になった。

腰を屈《かが》めながら、部屋の隅にある四角い板を外して下に降りた。一畳ほどの空間の半分に布団が折り畳んで積み重なっている。これも実家と同じで押し入れになっているようだ。目の前の襖《ふすま》を開けて、六畳の部屋に出た。箪笥《たんす》が置いてあるが荒らされた形跡はない。

次に廊下を隔てて十二畳の間に入った。立派な仏壇が置いてある。念のために仏壇の扉を開けて中を覗《のぞ》いてみたが、別段荒らされた様子もない。その隣は、床の間になっていた。水墨画の掛け軸がかかっており、その下には、古い花瓶が飾ってある。水墨画は、川に浮かぶ渡し船の絵柄で、乗客と思われる人の影だけ、なぜか水面まで伸びており、船頭の顔はどくろのような醜い顔をしている。不気味というか悪趣味な絵柄だ。涼が見ても大して価値があるとは思えない。反対に花瓶は、白地に美しい牡丹《ぼたん》が描かれ高級感がある。おそらく有田焼か何かだろう。これは、素人目にも高そうだと分かる。

仏壇と反対側に一間の押し入れと半間の物入れがあった。押し入れは上下になっており、上の段には布団が入れられ、下の段には、押し入れ箪笥《だんす》が収められていた。箪笥の中は下着や洋服がきれいに畳んで仕舞ってある。

半間の物入れには、洋服が掛かっていた。ジャケットとズボンは、かなり大きいサイズで、堀は大男なのかもしれない。甲府の〝三条骨董《こっとう》店〟でも不思議に思ったのだが、大門も堀もどうやら一人で住んでいるようだ。家族は別のところに住んでいるのだろうか。

涼は、とりあえず部屋の隅々までよく観察した。たとえ今何も発見できなくても後で記憶を取り出してもう一度試行錯誤すればいいからだ。

十二畳の間を調べ終え、階段を降りた。長い廊下が店先まで続いている。店の反対側に進んだ。四畳半の狭いキッチンがある。どこの部屋も整理整頓《せいとん》が行き届き、この家の持ち主の几帳面さが窺《うかが》える。その隣は店のストックヤードなのだろう。窓もない部屋に古道具を入れた木箱や段ボール箱が積み上げられていた。

長い廊下を進み店に出てみた。十四畳ほどのこぢんまりとした造りで、左右の壁に作り付けの棚があり、古い皿や花瓶が飾られている。店の中央には、木枠で囲まれた古風なショーケースがあり、刀の鍔《つば》やかんざしなどが陳列してあった。ここも荒らされた様子はない。甲府の〝三条骨董店〟と違い、この店は商店街のど真ん中にある。たとえ、賊が押し入ったとしても、近隣の住人に知られずに洗いざらい持ち出すことは不可能だろう。

家の中を一通り見た涼は、また天井裏の抜け穴から屋根に出た。堀政重はいなかったが、襲われた形跡もなかった。ひとまず安心といったところか。

靴を履いて屋根伝いに歩き、裏の家の屋根に飛び移ろうとしたが、涼は咄嗟《とっさ》にしゃがんで辺りを見渡した。一瞬だが、首筋に視線を感じた。〝堀商店〟の三軒南側に五階建てのビルがある。北側の四軒向こうには三階建ての建物があった。さらに寺町通を隔てた向かいには四階建てのビル。そして、背後は、侵入経路の二階建ての住宅だ。

一瞬のことで視線がどの方向から浴びせられたのかは分からない。〝堀商店〟に異常がなかったために油断していた。外に出ても気を配っていれば、どこから見られたのか分かったはずだ。涼は、屋根の上を走り、寺町通の歩道の上に飛び降りた。敵と遭遇しても広い場所の方が対処しやすいからだ。神経を集中させたが、敵の位置を特定できない。完全に気配を消してしまっているようだ。だが、まだ近くにいるはずだ。

涼は、いきなり全速で走り出した。敵が怖いわけではない。たとえ仕込み杖《づえ》を持った男が現れようと、逃げる自信はあった。いつも闘う必要はない。闘いの中で、新しく学んだことだった。

三

夜が明けて、涼と香織は再び寺町通の古美術商、〝堀商店〟を訪ねた。

午前九時を過ぎていたが、店の戸口には休業の知らせが張られたままだった。

「やっぱり閉店したままね。次の場所に行きましょう」

香織は小さな溜息《ためいき》を漏《も》らした。

涼は返事をしなかった。

次の尋ね人である大貫教授の知り合いは、長野県の上田にある刀剣店の主人だそうだ。最初に訪れた大門利勝は、甲府に住んでいたために上田は近かったのだが、あいにく香織が住所を覚えていないために京都の堀を先に訪ねたという経緯がある。また、東京には二人もメンバーが住んでいるが、そのうちの一人を訪ねて香織はスミスに拉致《らち》されたことから、今も近付くことは危険と判断していた。

「次の場所と言っても、上田は住所が分からないし、東京に戻るのはスミスに発見されるリスクがある。昨日忍び込んだけど、堀さんの姿がないだけで特にこの店に異常はなかったんだ。後半日ぐらい待ってもいいんじゃないか」

しばらく考えた末に涼は口を開いた。

「確かに、東京にはまだ戻りたくないけど、上田ならまだ可能性があるわ」

「それじゃ、刀剣店の名前を思い出したのかい」

住所もそうだが、店の名前も、探す相手の名前も香織は覚えていないらしい。

「確かにそうだけど、上田に行って、電話帳か何かで、片っ端から刀剣店を見て行けば、思い出すかもしれないでしょう」

香織は、口を尖《とが》らせて反論した。

「可能性は、認めるよ。だが、あと一、二時間待っていたら、堀さんが帰って来るという可能性だってあるんじゃないのか」

「…………」

香織は頰《ほお》を膨らませたまま黙ってしまった。まったく年上の女とは思えない。だが、怒らせるのは得策とは言えない。

「分かったよ。だけど二時間だけ待たせてくれ。そしたら、上田に行こう」

「二時間も待てないわ。一時間だけよ。その間、私は、ネットカフェで、上田のことを調べているわ」

「分かった。俺も近くを散歩してくる」

香織の言うネットカフェは河原町三条にある。意地を張るわけではないが、涼は香織とは反対の寺町通を北に向かって歩き出した。何も考えることなく広い丸太町通まで出た。道を渡れば、京都御苑《ぎょえん》の広大な敷地が左手方向に広がる。だが、この先の寺町通は、道幅が狭い上に交通量が多いので、丸太町通を右に曲がった。

とりあえず一時間、時間を潰《つぶ》して店に戻れば結果は出る。大きな交差点を渡り、百メートルほど歩くと、川が見えてきた。

「鴨《かも》川か」

涼は、川に限らず水辺の風景が好きだ。橋の袂《たもと》から、川沿いに伸びる散歩道を見つけて川岸に降りた。しばらくぶらぶらと歩き土手に座って川を眺めた。六月中旬というのにこのところ雨は降っていない。今日も、晴天で川風が気持ちいい。

「川？」

ふと、涼は夜中に忍び込んだ〝堀商店〟の二階にあった掛け軸を思い出した。どくろのような顔をした船頭が渡し船に乗客を一人乗せて川を渡る、という趣味の悪い水墨画だった。あの船はひょっとして三途《さんず》の川の渡し船だったのかもしれない。以前祖父の竜弦から三途の川の由来を聞いたことがある。

三途の川は、冥土《めいど》を横切る川で、川を渡るのに三種類の渡り方があることからそう呼ばれており、罪の深さにより渡り方が変わる。罪の浅い者は、膝下《ひざした》の浅瀬を渡ることができ、罪の深い者は、鬼に捕らえられ深みに落とされる。そして徳のある者は金銀七宝で飾られた橋を渡ることができる。その他に六文を支払う渡し船があると聞いた。

「待てよ。乗客には影があったな」

涼は、今一度掛け軸を見た時の映像を頭に思い浮かべ、座禅を組んだ。精神を統一することでさらに記憶が鮮明に蘇るからだ。霧島家に伝わる記憶術は毎日の鍛錬により磨かれるが、涼の記憶力は先天的に優れたものらしく、おかげでこれまで勉強らしい勉強もしないでも、学校の成績は良かった。それに大学に入るのも苦労していない。教科書や参考書は一度目を通せば記憶に残るからだ。

三途の川を渡るなら乗客は死人のはずで影などない。まして、昔の水墨画に影を描写する技法があったとは聞いたことがない。涼はまるでルーペで拡大するように水墨画の詳細を思い出した。乗客は、着物を着て、先の尖《とが》った菅笠《すげがさ》を被《かぶ》っている。だが、影には笠はなかった。しかも、手の形が違う。

「影じゃない！」

思わず叫んでしまった。影と思っていたものは、黒子《くろご》だった。しかも来客をまるで操っているかのような手の形をしている。

「黒子は、傀儡師《くぐつし》か」

〝くぐつし〟は、傀儡師、あるいは傀儡子と書く。かなり昔、おそらく平安、奈良時代から江戸時代にかけて日本に存在したといわれる旅芸人のことで、呪術《じゅじゅつ》や芸事、特に人形を操ることを得意とした。霧島家に代々伝わる人を操り、まるでテープレコーダーのように使う術を〝傀儡〟と呼ぶのもそのためだ。

傀儡師が背後にいるのなら、乗客は操り人形、つまり〝傀儡〟ということになる。

「あれは、〝導絵《しるべえ》〟だったのか」

〝導絵〟とは、仲間内でのみ意味が分かるように描かれた絵のことで、涼の家にも大昔に描かれた墨絵が何点かある。もちろん、霧島家に伝わるもので、一般人が知る由もないものだ。

「待てよ。笠に何か描いてあるぞ」

次に乗客の姿の細部を思い出してみると、性別は分からないが鼻の横にほくろがある。その他に特徴はないが、菅笠に模様が入っていた。

「串団子？」

菅笠には、円の中に三つの丸が刺さった串《くし》が斜めに描かれている。あまりにも小さく描かれているために見落とすところだった。

「どこかで、見たことがある絵柄だ」

円の中に三つの丸が刺さった串。朝起きてからの記憶を順に辿《たど》ってみた。宿泊したホテルにはない。ホテル周辺の街にもない。頭の中で涼は、御池通を渡り、寺町通の電柱や看板やポスターを見ながら歩いた。ゆっくり辿ったが、〝堀商店〟に着いてしまった。店のさらに奥に目をやると和菓子屋がある。ショーケースに和菓子が並んでいる。一番下の段に串団子が並んでいた。ごま団子や餡《あん》団子、それにみたらし団子もある。

「団子か」

形は似ている。だが、今一何かぴんとこない。ショーケースの奥に割烹着《かっぽうぎ》のような白い制服を着た男の店員が立っていた。香織が〝堀商店〟のことを聞いた男だ。店員をズームしてみた。

「これだ！」

店員の左胸に丸に団子が描かれたマークがあった。菅笠に描かれた絵柄とまったく同じだ。しかも店員の鼻の横には、大きなほくろがある。だとすれば、この店員は、〝傀儡〟に違いない。

はじかれたように立ち上がり、涼は駆け出した。

四

涼は〝堀商店〟の右隣にある和菓子屋の前に立っていた。白い割烹着風の制服を着た中年の女が、店先の道路をほうきで掃除している。胸元を見ると、丸に団子が描かれたマークがあった。この和菓子屋のトレードマークなのだろう。

「すみません」

掃除中の女に遠慮がちに声をかけた。

「はい？」

女はほうきの手を休め、怪訝《けげん》な顔つきで涼を見た。おおかた観光客が道でも尋ねて来たと思っているのだろう。商売になりそうもないバックパッカーは好きじゃないかもしれない。

「昨日、男性の従業員の方がいらっしゃったんですが、今日はお店に出ていないのですか？」

「男はんどすか？　そら、主人のことどすなぁ。何や、わての主人に用どすか」

「僕は、隣の堀さんの遠縁の者で、……堀さんから、ご主人に頼まれごとをしていまして……別に大したことじゃないのですが、あの……いらっしゃいますか？」

うまく嘘《うそ》をつこうとしたら、自分でもわけが分からなくなってしまった。女も首を傾げたが、自分では対処できないことだけは分かってもらえたようだ。ほうきを持って店の奥に消えた。

待つこともなく顔に白い粉を付けた中年男が白い作業着を着てショーケースの後ろまで出てきた。

「あんさんどすか？　堀はんがうちにどないな用がおますんや？」

男は、少々不機嫌な声をしている。和菓子の仕込みで忙しいのだろう。

「すみません。お仕事中おじゃまして。あの……」

涼が男に近寄ると横からさきほどの女も近寄ってきた。

「あのう、出来れば、ご主人と、……堀さんのことでちょっとこみいったことなので」

涼は咳払《せきばら》いをして言葉を濁した。

「こみいったことやて。あっちゃに行きよし」

男が手で払う仕草《しぐさ》をすると、女房はぷいと横を向き店の奥に消えた。

「ほんで、堀はんがどないしたんどすか」

「堀、三途の川」

男が身を乗り出してきたところに、〝傀儡〟の合い言葉を言った。この術は使う人間によって、合い言葉が違うのが普通だが、涼は〝堀商店〟の床の間で見た掛け軸の絵柄から、合い言葉は三途の川に違いないと思っていた。

男は涼の言葉を聞いた途端両目を見開き、硬直したかのように固まった。

「〝傀儡〟よ。話せ」

涼は、男に命じた。

「義経《よしつね》公供養塔に来られたし」

そういうなり男はショーケースに前のめりにもたれかかり、白目になった。

「えっ、それだけ？」

どんなに短くても気絶しているということは、伝言した男の術はすでに解かれている。

仕方なく涼は男の肩を軽く揺すった。

男は、すぐに正気に戻り、きょろきょろと辺りを見渡している。

「おっ、おこしやす」

目の前の涼にやっと気が付いた男は、慌てて挨拶《あいさつ》をしてきた。術が解けたために前後の記憶が欠落しているのだ。

「まんじゅうを二つ下さい」

義経公供養塔のことを男に聞こうとも思ったが、霧島家では、術をかけた者に聞いた内容を絶対に話してはいけないことになっている。そもそもこの術は、戦国時代に見知らぬ土地で他人に伝言を託すために編み出されたものらしい。伝言を不用意に話せば、聞いた者は命を狙《ねら》われることになりかねないため、他言無用という原則があったようだ。

「みたらし団子も二本、いや四本ください」

重要な情報を教えてくれたのだ。まんじゅう二つだけでは悪い気がした。

堀政重は、あらかじめ何パターンか絵を描いておき、近所の住民数人に〝傀儡〟の術をかけて咄嗟《とっさ》の伝言がいつでも出来るようにしてあったのだろう。それにしても、堀は、〝導絵〟にしろ、〝傀儡〟の術にしろ、霧島家と同じ先祖伝来の術を使うようだ。

「おまっとおさん、おおきに」

「ありがとう」

涼は、まんじゅうと団子の包みを満面の笑顔で受け取った。

「〝守護六家〟か」

歩きながら一人頷《うなず》いた。

甲府の河原で斬《き》りつけてきた男が言っていた〝守護六家〟の意味は分からないが、香織が記憶している大貫教授の仲間だと言う五人の男と霧島家を併せた六つの家柄がおそらく〝守護六家〟なのだ。彼らはいずれも戦国時代は草の者と呼ばれた間者の末裔《まつえい》で、武田陰流も伝えられているのかもしれない。それに、六文銭の家紋が入った小柄《こづか》を家宝にしているに違いない。

涼は、香織のいるネットカフェに急いだ。

五

〝堀商店〟の隣にある和菓子屋の主人から聞いた〝義経公供養塔〟は、緑豊かな京都北部の鞍馬《くらま》寺にある。鞍馬《くらま》寺は、鑑真《がんじん》の高弟鑑禎《がんてい》上人が七七〇年に草庵《そうあん》を結び、毘沙門天《びしゃもんてん》を安置したのが始まりと言われ、源義経が若き頃、牛若丸《うしわかまる》として修行した寺としても有名である。

涼は、河原町三条にあるネットカフェにいた香織をいきなり連れ出し、京阪鴨東線《けいはんおうとう》の三条駅で地下鉄に乗った。〝傀儡《くぐつ》〟の術にかけられた和菓子屋の主人から得られた情報を香織にどう話せばいいのか分からなかったからだ。

二人は、下鴨《しもがも》神社の近くにある出町柳《でまちやなぎ》駅で地下鉄から乗り換え、叡山《えいざん》電車に乗り込んだ。叡山電鉄は途中宝ヶ池《たからがいけ》で、比叡《ひえい》山に向かう叡山本線と終点鞍馬駅に向かう鞍馬線に分かれる。ネットカフェを出てから、香織は一言も口を利かなかった。というより怒っていると言った方が正しいのかもしれない。

とりあえず叡山電車に乗り、一駅過ぎた辺りで香織の顔色を窺《うかが》いながら和菓子屋で買い求めたまんじゅうとみたらし団子を彼女の目の前に出した。

「とりあえず、これを食べて機嫌直して」

「何よ、これ。子供じゃあるまいし、お菓子で機嫌とって。私は怒っているわけじゃないの。移動するのだったら、説明をしてほしいだけ。いきなり鞍馬山に行くって言われて、あら、そうっていうわけにはいかないでしょう」

香織は眉間にしわを寄せた。

「ごめん。だから謝っているじゃないか。和菓子屋でお菓子を買って改めてご主人に聞いたら、骨董屋《こっとうや》の堀さんが鞍馬山の寺に行くって言っていたのを急に思い出したなんていうから、もう興奮しちゃって」

地下鉄に乗っている時に考えた嘘《うそ》だ。

「そうなの？ さっきは、そんなこと言わなかったじゃない」

「ほら、この和菓子が何よりもの証拠。ひょっとしたら、菓子を買わなかったら、教えてくれなかったかもしれないよ」

「そうなの。私も何か買えばよかった。それなら、いただくわ」

納得したのか、香織の表情は柔和になった。まんじゅうが先かみたらしが先か迷ったあげく、みたらしを取ってにこりと笑った。出会ってからまだ一週間と経《た》っていないが、彼女の性格は摑《つか》んでいるつもりだ。涼も大食いだが、香織はその上を行く。美味《うま》い物さえ食べていれば、滅多なことでは愚痴をこぼさない。

叡山電車は市街地を抜けると緑豊かな田園の風景が続き、出町柳駅から三十分で終点鞍馬駅に到着した。

「うわあ、いい匂《にお》い」

電車から降りた途端、香織は声を上げた。

香ばしい匂いが鼻腔《びこう》を刺激する。鞍馬駅から鞍馬寺まで、わずかな距離だがむかしながらの門前町がある。香ばしい匂いの元は、〝木の芽煮〟という佃煮《つくだに》の名物らしい。店によって違うが、名物の〝木の芽煮〟や〝牛若餅《もち》〟、それに〝お団子〟や〝甘酒〟などの張り紙に食欲をそそられる。とはいえ、まだ午前十時五十分、昼飯には早い。

道なりに門前の通りを左に曲がって行くと、りっぱな石段の上に朱塗りの仁王門が現れた。荘厳な門を潜《くぐ》って二人は〝愛山費〟という入場料の二百円を支払い、寺に入った。

「参道の階段はけっこうあるわね。ケーブルカーに乗る方がよさそう」

香織が山の中に呑《の》み込まれるように続く階段を見上げて言った。

右手に行けば寺が運行しているケーブルカーに乗って多宝塔と呼ばれる山の上の方まで行くことができ、本殿金堂までは近いらしい。乗車時間はたったの二分、参道を歩けば本殿までは三十分はかかるらしい。だが、ガイドブックによれば、義経公供養塔は、本殿まで行く途中にあるそうだ。ケーブルカーで一旦《いったん》多宝塔まで行き、そこから本殿を回って参道を下りるコースも考えられたが、あえて参道を登ることにした。

「ちょっと、ケーブルカーに乗らないの？」

ケーブルカーの駅に行こうとした香織は慌てて涼を追いかけてきた。

「堀さんは、鞍馬寺の義経公供養塔を見に行くと言っていたそうだ。途中ですれ違うかもしれないから、参道を行こう」

「義経公供養塔？　何それ？　さっきそんなこと言っていたっけ」

「ごめん。言い忘れていた」

苦しい言い訳だが、香織もだんだん聞くのが面倒くさくなってきたのか、それ以上尋ねてはこなかった。

平日のせいか前も後ろも人はいない。門前もあまり人を見かけなかった。いたとしてもケーブルカーに乗ったに違いない。

「こんなくらいなら、門前町のお店で何か食べて来ればよかったわ」

文句は言っても、香織は遅れることなくついてくる。白岩村から峠を越えるときも、悪路の上に途中で雨にも降られてかなりきつい移動になったが、彼女はしっかりと歩ききった。基本的に体力はあるようだ。

左右を山の木々が迫《せ》り出す石段を上り、途中、火祭りで有名な由岐《ゆき》神社を抜け、またしばらく石段を上って行くと、川上地蔵堂という比較的新しいお堂があった。

「少し休もう」

疲れてはいないが、香織のために足を止めた。近くにある説明書きによれば、地蔵堂に祀《まつ》られているお地蔵様は、牛若丸の守り本尊らしい。義経は修行の傍ら、毎日この小さな地蔵に手を合わせていたらしい。

義経は七歳の時に、母と別れ鞍馬山に預けられたそうだ。預けられたと言えば聞こえはいいが、平家に捕らえられ僧侶《そうりょ》になるように幽閉された。小さなお地蔵様を見ていると、幼気な少年が我が身の不幸と離ればなれになった母を思って手を合わせる姿が瞼《まぶた》に浮かぶようだ。それに比べこれまでの自分は我が身かわいさで堪《こら》え性がなく傍若無人に生きてきた気がする。そろそろ大人になってもいい頃だと柄にもなく思った。

「枕草子《まくらのそうし》に出て来た九十九折《つづらおり》の坂って、ここのことなんだ」

香織が山道を見て感慨深げに言った。

「何、それ」

古典にはあまり興味がないので、歴史的な知識は不足気味だ。

「清少納言《せいしょうなごん》が、〝近うて遠きもの、くらまのつづらをりといふ道〟と枕草子に書いたのよ。知らないの？」

「さあ？」

あっさりと肩を竦めた。

「住んでいるところから遠いという意味にもとれるし、鞍馬寺の本殿まで登るのは大変て意味にもとれるけど、私もよく知らないわ」

おそらく香織の言った後者の方だろう。涼にはなんでもないが、年寄りや女性にはきつい参道だ。

少し遅れて歩いている香織が声を上げた。

「ちょっと待って、ここじゃないの？」

慌てて戻ると、山の斜面に沿って石段が続き、その先に石灯籠《いしどうろう》のようなものが立っている。この辺りは森が深いため暗くて見にくい。あやうく通り過ぎるところだった。石段の近くに木製の立て看板があった。

「義経公供養塔。本当だ」

看板の墨文字を読んだ涼は、大きく頷いた。

〝八百年あまり前、牛若丸が遮那王《しゃなおう》と名のり、七歳の頃から十年間、昼は学問、夜は武芸に励んだときに住まいした東光坊の旧跡である。義経公をしのんで、昭和十五年に供養塔が建てられた〟と書かれてある。

敷地の広さからしても当時は、粗末な小屋だったのだろう。毎夜、ここを抜け出して奥の院まで兵法の修行に通ったと、ガイドブックには載っていた。祖父から受ける厳しい修行が嫌で家出した我が身と比べると心がちくりと痛む。

「涼、……」

香織に促されて石段を上った。石の柵《さく》で囲まれた一角の中心に屋根を冠《かぶ》った卵形の石碑が鎮座している。石碑を一周してみたが、何もない。

「ここで待っていれば、堀さんが来るのかしら」

香織も上って来て首を捻《ひね》った。

「わからない。とりあえず少しだけ待とう」

時間を指定されたわけではない。人を呼び寄せるなら、どこかで見張っていて現れるはずだ。武田陰流を伝え、戦国時代草の者と呼ばれた間者の末裔《まつえい》である霧島家と堀は、深く関わっているに違いない。常人では考えられないような接触の仕方をしてくる可能性もある。

「牛若丸は毎日何を思ってこんな山奥で暮らしていたのかしら。幼かっただけに寂しかったでしょうね」

香織は遠くを見るように山の木々を見ている。

「だからこそ、武道に励んだんだよ」

涼には、なんとなく牛若丸の気持ちが分かる気がした。幼い頃両親を亡くし、祖父の竜弦に育てられた。竜弦の厳しい稽古《けいこ》に反発もしたし、子供の頃は何度も泣かされたこともあった。だが、武道に明け暮れることで寂しさを忘れることもできた。おそらく学校の友人のようにパソコンやテレビゲームに走っていたら、引きこもりの気弱な人間になっていただろう。竜弦は、それを承知で孫を鍛えていたのかもしれない。

深閑とした山の空気を吸ってみた。湿り気のある緑豊かな香りがする。新鮮な空気を吸ったせいか、なぜか逃亡者のようなみじめな感覚はなくなっていた。

守護六家

一

品川駅東口は、都市計画で美しい街並となった。南側は、品川インターシティなどのビル群が建ち並び、北側はＮＴＴやソニー本社など、大企業の比較的新しいビルが存在感を示している。

駅ビルに近い北側のエリアにガラス張りの高層ビルがあり、その二十三階に米国の石油コンサルタント会社〝ザックス〟の日本支社がある。常駐する社員は二十名弱だが、オフィスは、二百平米あり、部署ごとにフロアーは区切られ、さらに個人のデスクはパーテーションで仕切られている。米国の企業はこのところ元気がないのだが、この会社はフロアーのゆとり具合から見て、かなり儲《もう》かっているようだ。

ビルの東側に他の部屋と違うフローリングの贅沢な個室がある。三十平米ほどの広さがあり、壁には抽象画が飾られ、中央にはル・コルビュジエのソファーとそれに見合うモダンなガラステーブルが置かれていた。シェードが下ろされた窓際には、重厚な木製のデスクとその重々しさに負けない、大きなマニラ椰子《やし》の鉢が配置され、支社のトップの部屋であることを誇示している。銀髪の白人が革張りの椅子《いす》から立ち上がり、シェードを指先で拡げた。今にも雨が降り出しそうな憂鬱な空を見上げたのは、ジェイソン・ローブ、四十九歳、〝ザックス〟の日本支社長である。だが、涼と香織を拉致《らち》し、スミスと名乗った男でもあった。

〝ザックス〟は、米国の某石油メジャーが出資して作られた会社で、石油の採掘、運用、販売など、石油に関するあらゆる商取引をコンサルティングする。だが、それは表の顔で、本来の仕事は石油メジャーの利益のためなら、非合法な活動もこなす諜報《ちょうほう》活動を専門とする会社なのだ。そのため、社員の大半は、CIAやFBIなどの諜報機関の出身者が多い。

石油メジャーには、米国の政財界の大物が深く関係している。有名なのは第四十一代と第四十三代大統領であるブッシュ親子で、彼らは最も石油メジャーの影響力が強い政治家と言われている。彼らの政策は、石油メジャーの利権追求そのものだった。対中近東政策しかり、エネルギー業界に不利益をもたらす京都議定書批准の拒絶しかり、石油メジャーのどん欲な利益追求こそ、世界中に紛争をもたらし今日のテロと経済危機を生み出したといっても過言ではないのかもしれない。

「大貫教授が失踪《しっそう》してから、二週間経《た》ちました。橘《たちばな》さん、あなたが捜索に加わり、確かに進展はありましたが、勝手に東京に戻られてどうしたのですか？」

ジェイソンは、振り返ってデスクの前に立っている男の顔色を窺《うかが》いながら尋ねた。

橘と呼ばれた男は、身長一八四センチ、大きなマスクとサングラスで顔を隠し、光を浴びるのを嫌うかのように黒いコートを着ている。また、左手には、一メートル近い長さの杖《つえ》をついていた。甲府の河原で涼を襲った男である。

「大貫教授の失踪を手助けした者がいると前にも言ったな」

橘は、暗いしわがれた声で言った。

ジェイソンは、橘の声を聞いた途端、生唾《なまつば》を飲み込んだ。それほど橘の声は、地の底から響いて来るような恐怖感を覚えさせる。

「確かに、そう聞きました。しかし、具体的な内容は調査中としかお聞きしていませんが」

「教授は、日本政府の手先に匿《かくま》われている。そのボスは、東京に住んでいる。最後は、奴が必ず動く、霧島と北川などという小物の追跡はおまえの部下だけで充分だ」

橘は、吐き捨てるように言った。

「そもそも、白岩村にある我が社の施設が襲撃されたことにして、二人が逃亡するように仕向けたのは橘さんの提案ですよ。最後まで責任を取ってください」

涼と香織が拉致されていた施設が襲撃されたのは、やらせだったようだ。

「だから、甲府まではおまえの部下とともに行動したのだ。霧島に恐怖感を与えて行動を促した。私の役目はそれで充分だ」

橘の答えにジェイソンは、溜息《ためいき》をつきながら首を振った。

「分かりました。ところで、さきほど言われた日本政府の手先とは、政府の情報機関なんですか？」

「直属ではない諜報機関で、彼らは戦国時代の忍者の末裔《まつえい》だ。やつらは、五百年も前から、日本の政治の裏側で働いて来たしたたかな連中だ」

「忍者の末裔？　米国でも一時、忍者映画が流行しましたが、本当に存在するのですか。しかも、五百年も前から世に知られずにある組織というのもちょっと信じ難いですね」

ジェイソンは、肩を竦めてみせた。

「テレビや映画の忍者と一緒にしないほうがいい。彼らは、〝守護六家〟と言われる六つの家柄で構成され、先祖代々隠密の職に就いている。〝守護六家〟はいわば秘密結社だ。歴史の浅い米国が信じられないのも分かるが、古い歴史を持つ闇《やみ》の組織はいくらでもある。欧米を中心に今も活動するフリーメイソンがいい例だろう。世界中にある秘密結社は、その規律の厳しさや秘密主義で多くは実態が知られていない。〝守護六家〟が公にならないのは不思議な話ではない」

秘密結社として一番有名なのは、フリーメイソンだろう。その起源には諸説あり、十六世紀に生まれたギルド的な石工《いしく》の集まりだとされるものや、同じく秘密結社で近代秘密結社の源流ともいわれる薔薇《ばら》十字団に影響を受けて、十七世紀に創設された職業に縛りがない秘密結社が現在に至るという説もある。会員は、世界中の政財界を中心に存在し、米国の歴代大統領の多くが、フリーメイソンだったと言われている。

「なるほど、確かにフリーメイソンは、三百年以上の歴史があるそうです。日本であれば、それ以上の歴史を持つ秘密結社があってもおかしくはありませんね。その〝守護六家〟が、日本政府の依頼を受け、大貫教授を隠したというわけですか」

ジェイソンは、小首をかしげながらも納得してみせた。

「そうだ」

橘は、頷いた。

「それにしても、どうしてそんな大事な情報を今まで教えてくれなかったのですか」

ジェイソンは、上目遣いで橘を見た。

「〝守護六家〟が関わっている確信がなかったからだ」

「確信をもたれたというのなら、何か分かったのですか」

「〝守護六家〟の一員である霧島が教授の助手を連れて、〝守護六家〟とコンタクトをとろうとしているからだ」

「それなら、なおさら、霧島と北川は監視していなければならないのじゃないですか」

「霧島は、なぜか〝守護六家〟のことを知らなかった。〝守護六家〟に操られているに過ぎないのだろう」

橘は、六文銭の家紋がついた小柄《こづか》のことは言わなかった。

「それでは質問ですが、あなたは甲府で霧島を殺害しようとしたそうですね。彼らを追い込み、教授を捜させるという計画をあなた自ら破ろうとしたのは、なぜですか」

ジェイソンは、部下から報告を受けていた。

「試したまでだ。私の剣を受けて簡単に死ぬような男であれば、この先利用価値はない。追い込めば追い込むほど、やつらは核心に迫って行く。やがて大貫教授のところに辿り着くはずだ」

「自信たっぷりですね。あなたは、超一流のプロの殺し屋と言われている。それに噂《うわさ》では、殺し屋の集団を組織しているとも聞いている。だからこそ、我が社はこれまでもあなたと契約してきた。何か情報が分かれば、すぐに報告してください。ただし重要な証人をクライアントの承諾なしに殺すような真似はしてほしくない。とにかく、勝手な行動は慎んでもらいたいものだ」

橘を睨《にら》みつけながら、ジェイソンはシャツのポケットから煙草を取り出して火を点け、椅子に腰掛けた。そして、忌々《いまいま》しそうに煙を勢いよく鼻と口から吐き出した。

「私は、自分の定義で行動する。これまでもそうだった。これからもそうする。気に食わなければ、私を首にしろ。だが、私が一流の殺し屋だということを忘れないことだ。いつも背中を気にすることになる」

「クライアントである私を脅す気か」

ジェイソンは、デスクの上の灰皿に火を点けたばかりの煙草を荒々しくもみ消して立ち上がった。

「私は、自分の定義で行動すると言っただけだ」

橋は、ジェイソンの態度を鼻で笑った。

「自分の定義？　どういう意味だ」

ジェイソンは、両手でデスクを叩《たた》いた。

「クライアントが偉いとは思わないことだ。寿命が短くなるぞ」

橋は杖に右手を添えた。次の瞬間、杖から白い光がほとばしった。

「なっ！」

ジェイソンは何が起こったのか分からず、きょろきょろと自分のまわりを見た。するとデスクの横に置かれていたマニラ椰子が、中程からゆっくりと倒れた。ジェイソンは気を失うかのように椅子に座り込んだ。

「私の定義は、絶対的な力、力こそすべてだ」

背を向けた橋は、低い声で笑った。

二

鞍馬寺の参道である〝九十九折〟は、〝近うて遠きもの、くらまのつづらをりといふ道〟と清少納言が枕草子に書き残したように、上るだけで苦行を強いるかのように鞍馬山の高所にある鞍馬寺の本殿まで石段が延々と続く。

涼と香織は、古美術商〝堀商店〟の堀政重が現れるのを義経公供養塔で一時間近く待ったが、諦《あきら》めて鞍馬寺を散策することにした。

涼は〝傀儡《くぐつ》〟の術で堀から、〝義経公供養塔に来られたし〟という伝言を受けていたことなど香織に言えず、粘ることができなかった。しかも、様々な方角から監視されていることに気が付いたこともある。堀はおそらく監視を嫌って来られなかったのだろう。

「どこまで上ればいいの？　まったく何よこの参道。清少納言も本当にこの石段を歩いて本殿まで上ったのかしら」

香織が、額に浮かんだ汗を拭《ふ》きながらぼやいた。

見上げれば、まだまだ階段は延々と続く。数えたら本当に九十九の曲がり角があるのかもしれない。

「雨が降らなかっただけましさ」

涼は、快活に笑った。長く続く階段は足腰の運動にはもってこいだ。バイトしていた頃《ころ》と違い、今は体を動かすことが何よりも楽しい。

香織に気を使いながらも、次第に傾斜が急になる石段の参道を上りきり、本殿金堂に着いた。平日ではあるが、さすがにここまでくると参拝客は大勢いる。本堂に近付くにつれ監視の目は離れて行った。参道を使わずに山の中を移動するわけにもいかず、そうかといって上から見下ろすことができるので距離を取っているのだろう。

「せっかくここまで来たから、お参りしていく？」

本殿の参拝客を見て香織はすっかり観光気分でいるようだ。もっとも長い参道を歩いて来ただけに本殿を見た時はありがたみを感じるものだ。

「あら、ここのお寺の狛犬《こまいぬ》は変わっているわね。犬じゃないみたい」

香織は、本殿の右側にある狛犬に近付いてくすりと笑った。そもそも狛犬は、犬ではない。獅子《しし》狛犬とも言われるように獅子とも犬とも言えない獣なのだ。だが、本殿前に鎮座している左右の狛犬は、体の模様や顔つきから虎と思われる。

「これはなあ、狛犬じゃなくて、阿吽《あうん》の寅《とら》だよ。寅は毘沙門天《びしゃもんてん》のお使いと言われている。鞍馬山に毘沙門天が、寅の月・寅の日・寅の刻に現れたと言われ、寅は、鞍馬寺では大切にされているんだ」

野球帽を被《かぶ》りカメラを持った中年の男が、親切に教えてくれた。歳は六十前後だが、身長は一八〇センチちかくある。

「それで寅なんですか。おもしろい話ですね」

香織は、阿吽の寅を見ながら何度も頷《うなず》いた。

「確か、月はないが、明日《あした》は寅の日だったな」

男は、意味不明なことを言って立ち去った。

「寅の月・寅の日・寅の刻か」

涼は自問するように呟《つぶや》いた。

毘沙門天は、古来日本では、武神・守護神とされ、祖父の竜弦の部屋の床の間には、毘沙門天が描かれた掛け軸があった。

ちなみに寅の月は、旧暦の一月、現代では二月頃。寅の日は、年や月により変わるが、寅の刻は、午前四時前後二時間、つまり午前三時から五時までの間を指す。

「うん？」

阿吽の寅の台座の近くに、五円玉が六つ、二列に並べてある。先ほどまで初老の男が立っていた辺りだ。

「これは、……」

涼は、靴ひもを直す振りをして五円玉をさりげなく拾い集めた。間違いなく六文銭を意味するものだろう。

「何、どうしたの？」

香織は、涼の肩口から覗《のぞ》き込むようにして聞いてきた。

「さっきの男の人は、どこに行ったんだ？」

香織の質問を無視して涼は境内を見渡したが、男の姿はなかった。

「さっきの人？」

「ひょっとして、堀さんだったのかもしれないと思ったんだ」

香織に、六文銭の説明をするわけにはいかなかった。そもそも数百年前に遡《さかのぼ》るような話をとても信じてもらえるとは思えない。

「そうかな、ただの親切な観光客じゃない。だったら、どうしてちゃんと私たちに声をかけてくれなかったの？」

もっともな話だ。監視が気になるとはいえ、さっきのように観光客に紛れて別の場所を指定することぐらいできたはずだ。あるいは、互いに向き合わずに他人の振りをして話を続けることも可能だった。

「分からない。さっきまで、俺《おれ》たちは誰かに監視されていた。堀さんが、それを嫌っているということなのだろう」

「監視ですって！」

香織は大きな声を上げて、慌てて両手で自分の口を塞《ふさ》いだ。

堀が接触して来ない理由が分かった。彼が用心深いということももちろんあるのだろうが、香織がいては雑踏に紛れて人知れず接触するような真似はとてもできそうにないからだ。堀に会うには、監視を振り切るか、彼女と別行動をとるしかないだろう。

「ねえ、さっきの男の人を探しましょう。まだ近くにいるはずよ」

「ごめん。俺の勘違いだったよ」

涼は、これ以上堀のことを話したくなかったので、あえて否定した。というのも首筋の辺りに監視の目をまた感じるようになったからだ。

「とりあえず、お参りして帰ろう」

不審がる香織を促し、涼は本堂に向かった。

三

午前二時半を過ぎようとしていた。

月は新月、月の出も午前六時十五分、月の入りは午後八時五十八分、したがって夜空に月はなく古都は恐ろしいまでの静寂に包まれていた。

昨日、鞍馬寺の境内にある阿吽の寅の前で会った男は、「月はないが、明日は寅の日だったな」と言い残して姿を消した。涼は、男の言葉を月に関係なく毘沙門天が鞍馬山に現れた時刻を言っているのだと解釈した。つまり、寅の日・寅の刻、翌日の午前三時から五時までの間、場所は、男が残して行った六文銭の印から阿吽の寅の前で待つという ことに違いない。

涼は真夜中に昨日と同じビジネスホテルから抜け出した。部屋は別々にとったので香織のことを気にせずに部屋を出ることができた。しかも昼間、鞍馬山の参道を上り下りしたために、香織は疲れて早い時間にベッドについたようだ。

ホテルから、鞍馬駅の門前町まで約十三キロ。黒のパーカーにTシャツ、ジーパンにバックパックという姿で走ってきた。筋肉をほぐしたかったのでジョギングするようにゆっくりと流している。

夜明けにはまだ早い。水を打ったように静まり返っている門前町を通り抜け、仁王門にいたる石段に足をかけた。ふっと四方で微《かす》かに空気が揺れた。だが、涼は気にせずに階段を上り、暗闇に呑《の》み込まれた仁王門を潜《くぐ》った。門の陰で気配を探った。外灯など一切ない、真の闇の中に身を置いている。だが夜空には星が煌《きら》めいていた。鞍馬寺の門は閉ざされることがない。だが、夜間は照明がないため、足下が危ないだけでなく野生の猪《いのしし》も出るそうだ。非常に危険だと寺では日が暮れてからの参拝をしないように呼びかけている。

子供の頃からテレビを見ることを禁じられ、むろんテレビゲームなど家になかった。日が暮れてからは、遠くの物や暗闇で動くものを見る練習を毎日させられた。友人からは貧乏だとか原始的だとか馬鹿にされた。まるで修行僧のような生活しか知らない涼が、中学生頃から普通の家と違うことに気付き、ひどく悩んだものだ。霧島家に伝わる武田陰流は、戦国時代から伝わる武田家の〝草の者〟の武道だ。いつでもどこでも闘うことができなければならない。夜目が利くというのは最低条件だったのだろう。

右前方十二メートル先、ケーブルカーの駅の近くに男が二人、左前方十五メートル先の雑木林の中に二人、頭にごついゴーグルを付けて涼の様子を窺《うかが》っている。おそらくナイトビジョンと呼ばれる暗視装置なのだろう。

右前方の闇に向かって走った。突然の涼の行動に男たちが動揺して顔を見合わせている。

男たちが眼前に迫った涼に備え身構えた。だが、所詮《しょせん》視界の狭いナイトビジョンを装着しているだけに反応が遅れる。涼は意表を突いて二人の眼前で宙高く飛び、呆然《ぼうぜん》と立ち尽くす二人の男たちの頭上から飛び降りて叩《たた》きのめした。すぐさま参道に戻り左前方にいた男たちを探した。涼の闘いぶりを見たのだろう、男たちの姿はなかった。

参道の石段から雑木林に入った。さすがに星明かりも遮る闇がここにはある。涼は、自分の気配を消した。微動だにせず、心拍数も落とすのだ。すると体は大気に溶け込んだように無になり、雑木林の様子が手に取るように分かるようになる。前方六メートル先の木の陰に男が一人、その二メートル左にもう一人いた。動きを止めた涼の隙《すき》を狙《ねら》っているのだろう、ゆっくりと二人は涼に向かって移動している。

斜面を濡《ぬ》れた枯れ葉が覆っているために、足場は非常に悪い。だが、まるで平地を走るように駆け上がった。前方にいた男が果敢に殴り掛かってきた。涼は男の腕を右肩に担ぐようにして、左手だけで一本背負いを決めた。男は自ら放ったパンチの勢いで、参道の石段まで投げ飛ばされて気絶した。

残る一人は小さな悲鳴を上げて、逃げはじめた。だがゴーグルで足下を見ながら雑木林を抜けて行くのは至難の業だ。瞬く間に涼は男に追いつき、後頭部に手刀を放ち気絶させた。

参道に戻った涼は眠っていた自分のパワーを引き出すべく石段を猛然と駆け上がった。怠惰な生活で封印していた力は、解放された喜びで疲れを知らなかった。汗一つかくこともなく険しい九十九折《つづらおり》を走りきり、本殿金堂に到る最後の石段まで辿《たど》り着いた。さすがに心拍数は上がったが、息はさほど切れていない。

まるで涼を迎えるように山の上から風が吹いてきた。湿り気を帯びた冷たい風だ。

全神経を集中させて石段を一歩一歩上った。途中の参道には怪しい気配はなかったが、本殿の周りには無数の気配を感じる。おそらく仁王門の近くで隠れていた男たちのようにナイトビジョンを装着しているのだろう。本殿金堂の前は広い石畳になっており、左右の阿吽《あうん》の寅《とら》の前に巨大な青銅の灯籠《とうろう》がある。灯籠の後ろに二人ずつ。さらに本殿の左右の陰に二人ずつ、合計八人の気配が感じられた。鼻先も見えないような暗闇の中でナイトビジョンも装着していない涼には覚られないと彼らは、高をくっているに違いない。

参道を外れ、星明かりすら拒む闇に包まれた山に分け入った。それでも、木々のシルエットは分かった。山の中を迂回《うかい》して本殿の裏から建物の左に沿って進んだ。正面に二人の男の背中が見える。足音を消して背後から近付き、右側に立つ男の後頭部に肘撃《ひじう》ちを当て、足下に崩した。気配を感じて振り返った別の男の首筋に手刀を当て昏倒《こんとう》させた。首筋の動脈を強打することにより、人を一瞬にして気を失わせる。一歩間違えれば死に至らしめることもできる。武田陰流の手刀の技は、冴《さ》え渡った。男たちはやはりナイトビジョンを装着していた。涼は本殿の裏を回り、反対側にいる男たちも瞬く間に倒した。

本殿から阿吽の寅の背後に移動した。青銅の灯籠の後ろに身を隠す四人の男たちは参道を見ている。背後の山から涼が現れるとは思ってもいないのだろう。二つの灯籠は二十メートル近く離れている。

右の青銅の灯籠にすばやく近付き、一人目を手刀で昏倒させた。だが、いち早く気配に気が付いた隣の男が、パンチを繰り出してきた。涼は男の背後に回り、右手で口を塞《ふさ》ぎ、左腕を首に絡ませて絞め落とした。男は、一瞬うめき声を上げたが、風にかき消された。がっくりと力を失った男を静かに石畳に寝かせた。なんとか、左側の男たちには気付かれなかったようだ。

昨日の昼間、六つの五円玉が落ちていた阿吽の寅にはもちろん人の姿はない。だが、時刻は、午前三時になろうとしている。寅の刻は、午前三時から、五時までの二時間だが、一刻も早く障害をなくしたかった。

涼は左の灯籠に向かって走った。そして、目の前に迫った男たち目がけて飛んだ。まるでムササビが飛翔《ひしょう》するかのように空中高く飛び、一人目の男の延髄を右足の踵《かかと》で蹴《け》り下ろし、続けて左の男の首筋に肘撃ちを入れながら着地した。

振り返ると、八人目の男が口から泡を吹いて前のめりに倒れた。

四

午前三時十分、昔でいうなら〝草木も眠る丑《うし》三つ時〟という時刻を回っている。

山から吹き下ろす風が鞍馬寺の本殿を包む闇を過《よぎ》り、木々は囁《ささや》くように葉擦れを立てる。

涼は、昼間六文銭のように五円玉が並べられていた阿吽の寅を背にして座禅を組んでいた。参道のはじまりの仁王門や本殿の境内でナイトビジョンを装着して監視していた男たちは当分気を失ったままだろう。だが、早ければ後二、三十分もすれば目覚める者も出てくるはずだ。一人でも目覚めれば、仲間を起こし、互いに連絡を取り合うだろう。そうなれば、用心深い堀政重は、姿を現さないに違いない。

ふと背後に気配を感じた。瞬間、涼は前転をして身構えた。涼がいた空間を引き裂くように長い棒が振り下ろされたのだ。

〈気絶させたはずの監視が目覚めたのか?〉

涼は、闇を透かして敵を見た。

身長一八〇センチを越える男が一人、黒塗りの六尺棒（約百八十センチ）を構えて立っていた。黒い上下のスエットのような服に目出し帽を被《かぶ》っている。

「あなたは、ほ……」

堀政重か呼びかけようとしたが、涼は口を閉ざした。堀なら、攻撃してくるはずがない。だが、涼が倒した監視らは、ナイトビジョンというハイテクを使う連中で、六尺棒を振り回すような古風な真似はしないはずだ。

〈いや、待てよ〉

だが、甲府の河川敷で襲ってきた男は、仕込み杖《づえ》を使っていた。ハイテクと古武道という組み合わせがどうにも理解できないが、棒術の使い手が敵にいてもおかしくはない。

「何者だ？」

質問に答える代わりに男は、六尺棒で撃ち込んできた。正面から側面、面から胴へと男の攻撃は鋭く変幻自在する。素手の涼には、かわすだけで精一杯だ。棒術の達人ともなれば、真剣で闘うよりも有利とさえ言われている。六尺棒は、堅牢《けんろう》な赤樫《あかがし》や柳の木で作られる。手や足に当たれば骨折することもある。頭ならば、死にいたることも覚悟しなければならない。

攻撃をかわしながら、その動きや癖を涼は見極めようと間合いを取った。男の武術は、武田陰流の杖道《じょうどう》の動きに似ているが、涼の知る限りでは武田陰流には六尺棒を使う棒術はないはずだ。反撃するには、敵の懐に飛び込む他ない。何度か撃ち込みをかわして前に出ようとしたが、その都度六尺棒が回転し、内側から跳ね返された。

下がってはいけないと思いつつ、涼は次第に六尺棒に煽《あお》られるように後退していった。背後に青銅の灯籠が迫ってきた。斜めに過った六尺棒を避けた。

「ぎゃ！」

闇に悲鳴が聞こえた。涼が避けた六尺棒は、灯籠の近くで倒れていた男に当たった。不運にも目が覚めて立ち上がろうとしたところを殴られ、また気絶したようだ。

「うん？」

棒術を使う男が、偶然目覚めた見張りを倒したかと思っていたが、男は、六尺棒を大きく振り回し、三メートルほど離れた所で起き上がろうとした別の男の首筋を叩《たた》き、昏倒させた。だが、次の瞬間、容赦なく男は、涼ののど元目がけて鋭い突きを入れてきた。咄嗟《とっさ》に左肩をのけぞらせるようにして突きをかわし、そのまま左に回転して右回し蹴りを放った。さすがに六尺棒だけに敵の懐は深い。本来なら男の胴か首筋に蹴り入れたかったが、男の左手の甲を蹴るのが精一杯だった。だが、骨を砕くほどではないにしても充分手応《てごた》えはあった。

男は左手を離し、右手一本で六尺棒を勢いよく振り回した。一見、大技を繰り出すように見せながら、実は左手が使えないことを隠しているのだろう。左手のダメージが回復するまで、六尺棒で間合いを開けるつもりに違いない。事実、六尺棒の端を持った男の間合いは、三メートル近く伸びてしまった。

敵の動きに惑わされないようにあえて回転する六尺棒を視界から外した。すると男の体の動きが一定のリズムで動いていることが分かった。攻撃のリズムに合わせて構え直し、次の瞬間、飛んだ。

六尺棒が足下を過った。涼はさらに宙高く飛び、男の首筋に側足蹴りを入れた。空手でいう側足蹴りは、武田陰流にない技だが、空中から唯一できる攻撃だったので咄嗟に使ったのだ。

男は、尻餅《しりもち》をついて六尺棒を離した。だが、果敢に六尺棒を拾おうと立ち上がった。だが、涼はそれよりも速く六尺棒を左足で踏みつけて押さえた。

「なんのつもりか知らないけど、堀さんもういいでしょう」

「なっ……んと、私のことが分かっていたのですか」

六尺棒を諦《あきら》めた堀は、目出し帽を取ってあぐらをかいた。昼間、阿吽の寅の説明をしてくれた初老の男の顔がそこにあった。

「驚きました。あなたの武術は自由奔放だ。五百年の歴史がある武田陰流を基本にして空手やキックボクシングのような技を自由に使われる」

「武田陰流は強い。それは子供の頃から教え込まれたからよく分かっている。だが、実戦の闘いで武田陰流にこだわる必要はないと思っている。堀さんだって、六尺棒を使っているじゃないですか」

涼は小さく笑った。

「あなたの言う通りです。私の得意は、杖道です。六尺棒は、杖をもとに独自に修行しました。あなたを見ていると、世の中が新しくなったという気がしますね」

堀はしみじみと言うと、おやっという顔をした。

「どうやら、叩きのめした連中が目を覚ましはじめたようですね。とりあえずこの場から移動しましょう」

大きな体に似合わず身軽に立ち上がり、堀は、六尺棒を拾って歩き出した。

涼は、何も聞かずにその大きな背中に従った。

五

鞍馬寺の本殿金堂の横に瑞風庭《ずいふうてい》と呼ばれる小さな庭がある。庭先に立て看板があり、この庭は、六百五十万年前に人類救済の使命を帯びた護法魔王尊が、金星から聖地である鞍馬山に降臨する様を形象化したものと書かれている。庭木を刈り込むなど、実にユニークな造形をしている。特に富士山のような形に盛られた土は、魔王尊の乗物〝天車〟を表し、UFOにそっくりと言われているらしい。

涼は堀政重に従い本殿横の瑞風庭の脇《わき》を通り、急な石段を上った。堀は所作に品があり、落ち着いている。ついさきほど六尺棒を振り回して襲ってきた人物とは思えないほど、物静かな男だ。昨夜、堀の家に侵入した家の内部も整理整頓《せいとん》が行き届き、清潔感があったのを涼は、思い出した。

山道を西の方角に奥へ奥へと入った。そのうち足下に木の根が張り巡らされた所に出た。木々に覆われ、頼りの星明かりすらほとんど射さない。昼間でも日が遮られて暗い場所なのだろう。

「この辺りは、木の根道と呼ばれ、地下が固い岩盤のため杉の木の根が地表に露出しています。足下が悪いのはそのためです。牛若丸は、修行のためにここを駆け上がったと言われています」

堀は、まるで風がそよぐような囁き声で説明してきた。慣れているのか、六尺棒を杖代わりにして普通に歩いている。涼は、転ばないようにつま先で足下を探りながら歩いているため、なかなか前に進むことができない。前を見るといつの間にか堀ははるか前方にいた。おそらく何度もここを通り、地形を覚えているのだろう。

〈それにしても、歩調を合わせるということを知らないのかあのおやじは〉

心の中で悪態をついたが、そうかといって、ポケットに入れてあるＬＥＤの小型ライトは、悔しくて使う気にはなれない。

「まてよ」

まるで原生林のような古道を見て涼はふと思った。木の根は、木の幹に近付くほど密になり、起伏も多い。ならばできるだけ木と木の中間を歩けば、根も少なくなり歩きやすいはずだ。

涼は、木の根道のできるだけ真ん中を歩くようにした。すると案の定、つま先に引っ掛かる根の間隔が広くなった。見栄を張るわけではないが、走るような気持ちで足を動かし堀に追いついた。

武田陰流では、野外を想定した足さばきが基本になっている。足さばきをすり足で行う流派が多いが、武田陰流は違う。特に撃ち込みの時は、大きく足を上げて踏み込むのである。屋外の小石や草、それに起伏がある地形では、すり足で踏み込めば躓《つまず》いてしまう。武田陰流は、敵を倒すため石があろうが草があろうが、戦場の死体すら踏み越える。

これは、戦国時代から伝わる武田流でも同じように伝承されている。

「はじめてなのに、この道を明かりもなしで走るように歩ける者は一人もいませんでした。大抵の者は、一度や二度は転びます」

追いついて来た涼に堀は、感心してみせた。

二人は、また夜道を山の奥へと進んだ。木の根道を過ぎた辺りから、山の中にいくつもの人の気配を感じるようになった。危険な感じはしない。堀も気にしてないようなので、無視することに決めた。

やがて大きな石灯籠《いしどうろう》の後ろに白い幕を張った祠《ほこら》のような小さな社殿が闇の中から浮かび上がった。石灯籠にはロウソクの火が入れられ、鞍馬寺の〝寺紋〟である羽団扇《はうちわ》のマークが染め抜かれた幕を怪しく照らし出していた。

「奥の院魔王殿です。六百五十万年前に金星から降臨された護法魔王尊を祀《まつ》ってあります。目の前の堂は、拝殿で、本殿は柵《さく》の向こうにあり、立ち入ることはできません」

「俺は、こんな夜中に呼び出されて、観光案内してもらおうとは思ってないんだ」

理由も聞かされずに山奥に連れて来られて、涼は少々機嫌が悪くなっていた。

「もちろんです。私がわざわざここにお連れした理由はただ一つだけ、覚えていただきたいことがあるからです」

「覚えておくこと？」

「護法魔王尊は、地上の創造と破壊を司《つかさど》ると言われています。それは、想像を絶する力を持たれているからです。あなたは、今日私に勝たれました。これからもお強くなられるでしょう。それは、単に武道だけでなく、色々な意味で強くなられる。その力の使い方次第で、創造か破壊をもたらすことになるのです」

「忠告なら、ありがたく受けておこう。だが、社殿の裏に隠れている人間がいるのが気に入らない」

涼は、堀の解説が長々と続きそうなので口を挟んだ。というより、このままでは切れそうになるのが分かっているため、自分でガス抜きをした。

「さすがに、お分かりになりましたか」

堀が乾いた笑いをした。

まるで堀の笑い声が合図のように社殿の裏にあった気配がふっと消えた。

「むっ！」

「消えたことも、分かりましたか。これは、あなたを褒《ほ》めるべきか、それとも我が精鋭の力不足なのか分かりませんね」

堀は、どこか祖父の竜弦と似て飄々《ひょうひょう》としている。

「はぐらかさないで、ちゃんと答えてくれ。大貫教授とあんたたちは、本当に知り合いなのか」

「もちろんです。大貫さんとは、剣友会という珍しい刀を集めて鑑賞する仲間ですから」

「剣友会？　会に名前があったのか」

香織からは何も聞かされていない。知っていたら涼に話したはずだ。

「俺と大貫教授の助手だった北川という女性は、失踪《しっそう》した教授の手掛かりを見つけるためにあんたたちを捜していたんだ」

「もちろん、存じております」

堀はやけに馬鹿丁寧な話し方をする。しかも、京都弁でないのもかえって気にかかる。

「だが、途中で、なぜかあんたたちが、俺の家と関係していることが分かってきた。堀さんは、〝守護六家〟の一人じゃないのか」

堀は、真剣な眼差《まなざ》しでゆっくりと頷《うなず》いた。

「〝守護六家〟とは一体なんなんだ」

「すみませんが、その質問に私が答えることはできません」

今度は、ゆっくりと堀は首を横に振った。

「それじゃ、一体誰が、教えてくれると言うんだ」

「それは、我々の問題ではないのですよ」

「我々の問題じゃない？　だったら誰の問題なんだ」

涼は、腕を組んで考えた。すると甲府の河川敷で襲ってきた男の言葉が浮かんできた。

男は、涼に何も知らないで小柄《こづか》を集めているのかと軽蔑《けいべつ》を込めて言っていた。

「俺の問題なのか？」

「そうです。あなたの問題なのです。あなたは、我々に質問する資格をまだお持ちでないとだけお教えしておきましょう」

「資格？　それは、何の資格なんだ」

「それも、質問ですね。それでは、もう一つだけお教えしましょう。ヒントは、拝殿の中にあります」

堀は左手をまっすぐ伸ばし、魔王殿の拝殿を指差した。

涼は、仕方ないと溜息《ためいき》をついて拝殿の中に入った。いくら夜目が利くとはいえ、石灯籠のロウソクの光も遮られた拝殿の中は、真っ暗で何も見えない。ポケットからLEDライトを出して中を照らした。

「あっ！」

拝殿の前面に木の長い机があり、紫の布の上に乗せられた小柄が置かれてあった。手に取ってみると、柄の下の方に銀の六文銭がある。

涼は、小柄を握り締め拝殿を出た。するといつの間にか堀の姿はなくなっていた。

「またか」

大きな溜息が出た。小柄は三振りになった。これで堀は、白岩村の石垣のように完全に姿を消してしまったのだろう。涼は、新しく手に入れた小柄をバックパックの二重底のポケットに仕舞った。

東の空が明るくなりはじめた。夜は間もなく明けるだろう。

涼は、倒した男たちと会わないように西に向かった。

守護職の印

一

長野県の東部に位置する上田市は、県内で第三位の人口があり、上田市街の北に戦国時代、その名を轟《とどろ》かせた真田家発祥の地とされる真田の庄《しょう》がある。

涼は、京都の古美術商〝堀商店〟の堀政重と会うことはできたが、質問する資格がないと言われ、謎を残したまま次の目的地に向かった。問題は、北川香織が上田にいる尋ね人の名前も住所も分からないということだ。ただ、刀剣店ということだけは彼女は覚えていた。そこで、とりあえず、上田に行き、電話帳で探せば、彼女も思い出すのではないかと二人は思っている。

刀剣店は、もちろん日本刀を主に扱う店で、古道具屋や古美術商よりも軒数が多いとは思えない。涼は、楽観視しているのだが、香織は京都を離れるときからなぜか浮かない顔をしている。二人は、名古屋駅で中央本線に乗り換え、JR特急しなので終点の長野までやってきた。長野駅から上田駅までは、特急で十二分、各駅でも四十分で着くことができる。

時刻は、十一時四十五分、腹の虫は三十分前から鳴きっぱなしだ。涼は思わず到着ホームにある駅弁販売店を覗《のぞ》いた。

「涼、一度、駅を出ない？」

新幹線と中央本線の車内で無言を通していた香織が、肩越しに声をかけてきた。口を利かないのは、涼が真夜中に一人で堀に会いに行ったためと思っている。ホテルには朝の六時前に戻っていたのでばれたとは思っていないが、彼女を怒らせる原因は他に思い浮かばない。

香織は、改札を出てすぐ近くのハンバーガーショップを覗いた。昼前だが、団体客が入っているのか混んでいた。彼女はすぐに善光寺口から駅ビルを出て駅前の大通りを渡り、百メートルほど歩いて別のハンバーガーショップに入った。席数は、駅ビルより少ないがカウンター席は空いていた。まるで通い慣れていると言わんばかりの行動だ。

足下にバックパックを降ろし、注文したハンバーガーセットをカウンターテーブルに載せ、並んで座った。涼は、腹の虫に餌《えさ》をやるべくさっそくハンバーガーにかぶりついた。

ハンバーガーを平らげてポテトをつまみながら、ふと隣を見ると、香織はまだ何も手をつけていなかった。

「あれっ、どうしたの？」

「食欲がないの」

食事には、どんな時でもどん欲な香織の言葉とも思えない。

「具合、悪いんじゃないの？」

「そうじゃなくて、……そうかもしれない」

香織は、首を傾げて妙なことを言った。

「どんなふうにおかしいの？」

「どういうのかな。上田に行くと決めてから、妙な気分になってきたの。口では言いづらいのだけど、上田って行ったことがないのになんとなく懐かしさを覚える。だからといって、行きたいかといわれると行きたくない、……というか行っちゃいけないような気がするし、変ね」

自分の感情がうまく表現できないのか、香織に覇気はなく話す内容もしどろもどろになってきた。

「上田に行くと決めたのは、今朝、京都を出る前だから四、五時間前っていうこと？」

「そうかもしれないけど、とにかく長野駅についたら、なんだか気分が悪くなっちゃって」

「それにしても、上田に懐かしさを感じるということは、きっと子供の頃《ころ》、行ったことがあるんじゃないの。あるいは親戚《しんせき》とかの家が上田にあるとか」

「子供の頃？」

香織は、また首を傾げた。

「おかしい。……子供の頃のことを思い出そうとしても何も浮かばない」

「まさか、実家はどこにあるの?」

出会ってからまだ一週間も経《た》ってない。考えてみたら、香織のことは何も知らなかった。

「実家?……」

「それじゃ、両親はどこに住んでいるの?」

「えっ! お母さん? お父さん?……頭が痛い」

香織は、頭を抱えて俯《うつむ》いてしまった。

「店を出よう」

店の従業員に頼んで持ち帰り用の紙袋を貰《もら》い、香織のハンバーガーや飲み物を袋に入れて、彼女を店の外に連れ出した。

「病院に行こう。荷物を貸してくれ」

頭痛は酷《ひど》いらしく香織の様子はただ事ではない。涼は、彼女のバックパックを取り上げるように担いだ。

「ありがとう。でも大丈夫。気分転換すれば治るわ」

「気分転換? 公園とか近くにあればいいんだけど」

修学旅行で京都や奈良に行ったことはあるが、基本的に東京から外に出たことがない。

どこに行っても見知らぬ土地だ。

「近くに公園はないけど川ならあるわ。行きましょう」

「川？」

首を傾げる涼を無視するかのように香織は、突然歩き出した。細い路地を抜けて大通りを渡り、裏通りに入って民家を抜け、迷うことなく土手沿いの道に出た。そして、土手の階段を降りて、川岸の石の上に腰を下ろした。

「少なくとも長野には住んでいたことがあるんじゃないのか」

香織の隣に腰を下ろした涼は尋ねた。

「どうして？」

質問の意味が分からないらしく、香織はきょとんとしている。

「どうしてって、ここに来るまでの道は、いかにも地元の人って感じがするからさ」

「ここまで私が来たの？」

「まさか、一度も迷わずに裏道を歩いて来たのに覚えていないの？」

香織は戸惑いながらもゆっくりと頷《うなず》いた。

二

香織の記憶障害は、幸い軽いものだった。長野市街の西を南北に流れる裾花《すそばな》川の河原でしばらくやすみ、ハンバーガーショップから持ち帰ったバーガーで腹を満たすと症状は回復した。連日の強行軍で疲れがたまっているのだろう。大事をとって、上田に行くことを断念し、長野で一泊することにした。

二人は、裾花川から駅に向かう途中で見つけたホテル〝ロイヤル信州〟にチェックインした。五階建てでこぢんまりとしているが、レストランや宴会場も備えており、なかなかおしゃれなシティーホテルだ。その割には、値段はリーズナブルで素泊まりなら五千円前後で泊まれるようだ。

二人の部屋は、三階にあり、涼はエレベーターホールから一番離れた突き当たりの右側に、香織は廊下を挟んで向かいの部屋になった。涼は香織のバックパックも担いで、彼女の部屋に運んだ。香織は、ふらふらと遅れて部屋に入るなり、靴も脱がないでベッドに横になった。

「大丈夫かい、本当に」

ベッドで大の字になっている香織に尋ねた。

「大丈夫、ちょっと疲れただけ」

香織は眠そうな目つきで答えた。

「少し出かけてくるよ」

「何かあったら連絡するわ」

「連絡？　そうか」

涼は白岩村を出る時に携帯の電池の残量が少ないため、電源を消してから一度も使っていなかった。バイトしていた頃は、唯一のコミュニケーション手段である携帯を大事にしていたが、逃亡生活を続けているせいか、存在すら忘れていた。香織は、時々時刻を見るのに使っているが、これまで電話番号の交換もしていない。

「じゃ、電話番号を教えてくれ」

香織は、自分のバックパックから携帯を取り出し、横になったまま電話番号を赤外線で交換できる準備を手早くすませた。指使いが女子高生なみだ。涼もバックパックからビニール袋に入れたままの携帯を取り出して電源を入れ、互いの番号を送受信して交換した。

涼は、携帯を入れてあったビニール袋を見てはっとした。

「ちょっと待てよ」

拉致《らち》されていた施設で二人の荷物は、シャワールームの隣にある倉庫のロッカーに入れてあった。しかもバックパックとは別に携帯と財布は防水のビニール袋にご丁寧に納められていた。これは、飽くまでも着替えを入れたバックパックから出して単純に整理されたものだと思っていた。だが、もし、スミスが涼たちの脱出を予測し、川や雨で水濡《ぬ》れしても大丈夫なようにと考えていたとしたらどうだろうか。実際、涼と香織は川に転落し、全身びしょ濡れになってしまった。二人のバックパックは防水になっていたが、涼のは口が開いていたらしく、中に少し水が入っていた。防水ケースに入っていなければ、携帯をだめにしていたかもしれない。

白岩村の施設を脱出してから、移動には細心の注意を払っている。香織はともかく涼は、電車での乗り換え、駅のホームでも尾行に気を付けているが、行く先々で敵と遭遇した。待ち伏せされるのは、携帯の電波をＧＰＳで追跡されているためかもしれない。

「香織、携帯の電源を切ろう」

「どういうこと？」

「拉致されていた時、俺たちの携帯が防水のビニール袋に入っていたのは、おかしいと思わないか」

「……別に」

香織は、頭を働かせるのが嫌というように頭をゆっくりと振った。

「スミスは、俺たちから携帯を取り上げるだけでなく、電話番号や携帯の中の情報もチェックしたはずだ」

祖父の竜弦が携帯の番号を変えると言っていたのを思い出した。竜弦のことだ、あらかじめ涼の危険を察知していたのかもしれない。

「だから？」

「俺たちの携帯をＧＰＳで追跡されている可能性があるんじゃないのか」

携帯の電源を入れていたのは香織だけだが、それを言えば彼女だけを責めることになる。口に出すのは、男らしくないと思った。

「…………」

香織は、携帯を持ったまま目を閉じていた。

「これは大事なことなんだ。寝る前に聞いてくれ、これからは携帯の電源を切ろう。俺たちが尾行されて、訪ねる先の人たちが襲われているかもしれないんだぞ。彼らを見つけるどころか敵を案内しているのかもしれないんだ」

涼は、香織の肩を揺すった。

「……消すから、……眠らせて」

そう言うと、香織は携帯の電源も切らずに寝息を発《た》てはじめた。

「だめだ、こりゃ」

涼は、くすりと笑い、香織が握っている携帯の電源を消した。

「待てよ。もし、本当にGPSで追跡されていたら、どうなるんだ」

ひとり言を呟《つぶや》き、香織のベッドサイドで涼はしばらく腕を組んで考え込んだ。

「香織、……」

涼は、香織の肩を軽く叩《たた》いて起きないことを確認すると、彼女を両腕で抱き上げて部屋を出た。そして、廊下を挟んで向かいにある自分の部屋のベッドに寝かせた。

香織は、抱き上げられたことにも気付かずあどけない表情で寝ている。涼は、ハードスケジュールの中でもロードワークをするなど、体力は着実に増しているが、香織は消耗する一方なのだろう。同じように行動するということ自体無理だったのだ。

涼は香織の寝顔を窺《うかが》い、眠りが深いことを改めて確認すると、部屋を出て行った。

三

沈み行く太陽を追いかけるようにシルバーのベンツと二台の黒いバンが上信越自動車道を長野方面に向けて疾走していた。

バンを先導するように走っているベンツの後部座席には、涼にスミスと名乗ったジェイソン・ローブが乗っていた。彼は、石油取引コンサルティング会社〝ザックス〟の日本支社長という肩書きを持っている。〝ザックス〟の本当の姿は、クライアントである石油メジャーの利益のために、非合法な活動もいとわない諜報《ちょうほう》活動を専門とする会社なのだ。私的な機関のようだが、社員の大半がCIAやFBI出身者であるように、米国の利益を守るために作られた機関であった。

「ミスター・ローブ、本社が雇っている橘雷忌《らいき》という男ですが、何者なんですか。薄気味悪いって、仲間内で評判悪いですよ」

ベンツの助手席に座る白人が、後部座席に座るジェイソンに尋ねた。イタリア系のあくの強い顔をしており、首は牛のように太く、肩の筋肉も盛り上がっている。また、人差し指には銃をよく扱う者にできる銃だこがあった。

「数年前、マフィアのボスが相次いでナイフで殺された事件を知っているか」

「ええ、なんでも首を斬《き》り落とされたり、心臓を突き刺されたりと、かなり残酷だったようですね。敵対するマフィアのヒットマンということでしたが、まさか」

　イタリア系の男が目を見開いて後部座席を振り返った。

「そうだ。そのまさかだ。やつは、銃を使わない殺しのプロだ。普通、ナイフを使えば返り血を浴びるが、やつは噴き出す血よりも速く動くために一滴の血も浴びないそうだ。しかも証拠を一切残さない」

「血を浴びない？　それはナイフを投げているんでしょう」

「違う。サムライのように刀を使うんだ。実際に私はやつが刀を使うところを見た。だが、目の前で抜いたのに何も見えなかった。知らないうちに、私のデスクの横に置いてあったマニラ椰子の太い幹が真っ二つに切られていたよ」

　ジェイソンは、当時の光景を思い出したのか、身震いをしてみせた。

　助手席の男は、口笛を吹いて感心してみせた。

「刀か、日本人らしい。だけど、刀を持ち歩いたんじゃ、目立つでしょう」

「やつの刀は、ステッキに仕込まれている。我々が知る日本刀とは形が違うんだ」

「えっ、あいつのステッキの中ですか。なるほど、敵に足が悪いと油断させて音もなく殺すんですか。嫌なやつだな」

「油断していなくても、やつなら人を殺せる。武道の達人だからな。しかも、これは飽くまでも噂《うわさ》だが、やつは殺し屋の集団を組織しているらしい。一匹狼《いっぴきおおかみ》のように振る舞っているが、実は違うようだ。これまでも困難といわれるような仕事を簡単にこなしてきたのは、組織力があるからだろう」

「一匹狼の振りをしているのか。ますます気に食わない。もっとも本社が直々に雇うくらいだから、そうとう腕は立つのでしょうね」

「確かに偉そうな態度をがまんすれば、役に立つ男だ。本社の幹部が、マフィアのボスから直接紹介されたらしい」

ジェイソンは、馬鹿にしたように鼻で笑って見せた。

「今回の作戦には使わないんですか」

「橘に小僧と娘の二人ぐらい、おまえの部下でなんとかしろと言われたんでね。これでやつに依頼をしたら、我が社のこけんにかかわる。だからこそ、君たち特殊作戦チームに頼むんだ。たまたま君たちが、別件で日本にいてくれて助かったよ」

〝ザックス〟の本社には、米国の大手民間軍事会社のような部署があった。米国には、〝ブラックウォーターUSA〟のようにプライベートオペレーターと呼ばれる傭兵《ようへい》を組織的に海外に派遣する軍事会社がある。

湾岸戦争以来、中近東情勢は不安定になるばかりで、駐在する民間企業は自衛手段をとらねばならない。それゆえ、民間軍事会社は急速に発展したという歴史があり、今や大手は大型輸送機すら保有する。会社によっては、元特殊部隊の社員だけで構成する精鋭揃《ぞろ》いのところもあり、戦地では米軍も一部の任務を移譲するほど日常的に利用されている。

「生意気なやつだ。今度会ったら、ぶん殴ってやる」

助手席の男は吐き捨てるように言った。

「まあそういうな。京都で調査部の要員が十二名も小僧一人にやられてしまった。彼らの戦闘能力が高くなかったとはいえ、まったく情けない次第だ。とにかく、小僧をこのまま野放しにできない」

「しかし、ナイトビジョンを使わないといけない闇夜《やみよ》だったと聞きましたが、小僧は何もつけていなかったんでしょう。やつはバットマンですか」

「文明社会に生きる我々は、ハイテクの道具に頼り過ぎているのだ。アフリカのマサイ族の視力は、五・〇以上あると聞く。我々が闇夜と思っていても星明かりさえあれば彼らには充分見えるそうだ。小僧も目がいいのだろう。多少腕力があれば、目の見えない状態の大人十二人を倒すことも可能だったに違いない。武道が浸透しているアジアの国々は注意しなければならない。ただの大学生だと思っていたが、何か武道が使えるようだ」

「確かに我々は、ハイテク武器に頼っている。イラクやアフガニスタンのテロリストたちは、自爆テロや奇襲攻撃といったローテクだが効果的な攻撃をしかけてくる。ヘルメットやタクティカルベストを着て重装備の米軍兵士の動きはどうしても悪い。それに比べ民族衣装にアサルトライフルだけのテロリストは身軽だ。彼らは、一旦《いったん》退却するとクモの子を散らすようにあっという間に消えていますからね」

助手席の男は、溜息《ためいき》混じりに言った。

「そういえば、マリアノ、君は、アフガニスタンを経験しているんだったな」

「レンジャー部隊にいました。ひどい闘いでしたね。そう言うあなたもCIAに入る前は軍隊にいらしたんでしょう」

マリアノと呼ばれた男は、ジェイソンに聞き返した。

「ああ、陸軍の特殊部隊で湾岸戦争に参加したよ。あの闘いもそうだったが、我々の闘いの動機は、表面上の理由はなんであれ石油だ。だから私は今の会社に勤めている。石油を支配する者が、世界を制するのだ。だからこそ、大貫教授の研究は、我々の手に入れねばならない。石油が採れるうちは石油以外のエネルギーを許してはいけないのだ」

ジェイソンは、強い調子で言った。するとそれに呼応したかのように彼のポケットの携帯電話が鳴った。ジェイソンは、携帯に出ると、返事だけしてすぐ切った。

「本部からだ。途絶えていたミス北川の携帯の電波を再び捉《とら》えたそうだ。最後に確認した時は、長野市内のホテルだった。位置は変わっていないらしい」

「それはよかった。連中が、GPSで追っていることに気付いたのかと思いましたよ。現地に着けばハンディタイプのパソコンで詳しい位置情報を割り出せますから、移動してもすぐに捕まえることができるでしょう」

マリアノは、あごの無精髭《ぶしょうひげ》を触りながら言った。

「油断は禁物だぞ」

「大丈夫ですよ。小僧に叩《たた》きのめされた連中と違って、我々は、陸軍の特殊部隊経験者ばかりですから」

「後どれくらいで着くのだ」

ジェイソンは運転をしている日本人スタッフに尋ねた。

「もうすぐ高速を降りますので、三十分ほどかと思われます」

運転手は、流暢《りゅうちょう》な英語で答えた。

「六時は過ぎるが、中途半端な時間だな。予定通り食事をして、夜が更けてから作戦にかかる。どこか適当なレストランにでも入るか」

「私も入れてチームは、五人います。あなたも一緒に行動すれば、六人。米国人はとかく目立ちますから、目的地の長野で落ち合いませんか。どこかで停めてください。チームと合流して、飯を食う前にでもホテルの下見だけすませておきますよ」

「そうだな。君の言う通りにしよう。とにかく霧島は、すでにミス北川から行き先を聞いているはずだ。彼女を人質にして、案内させるつもりだ。あの生意気な小僧に思い知らせてやる」

ジェイソンは、山陰に身を隠そうとする夕陽に視線を移した。

四

涼は、街中で買い物をした後、ホテルに戻った。

自室のベッドに寝かせた香織はまだ眠っている。彼女の携帯の電源を再び入れて、自分のジーパンのポケットにねじ込んだ。そして、香織の枕元にメモ書きを残して向かいの彼女の部屋に入った。

「さてと、やりますか」

涼は、楽しげに両手を擦り合わせた。コンビニで買った握り飯にかぶりつきながら、駅に近いショッピングセンターで買い求めた柄の長い鍬《くわ》とのこぎりを床に置いた。鍬は農家が使う本格的なもので、柄は樫《かし》でできており、長さは千五十ミリもある。床に新聞紙を拡げて、その上に鍬の柄の部分をのこぎりで四十センチ弱に切り、右手に持って振ってみた。

「ちょうどいいな」

一人悦に入り、切り取った柄の長さに合わせて、もう一本同じ物を作った。

新聞紙を片付け、両手に木の棒を握った。構えは、杖道《じょうどう》の基本と同じ、両手を左右に下ろし平行にしている。違うのは、棒の端を持ち、両腕に隠すように持つことだ。

「はっ！」

気合いとともに棒を逆手に持って肘《ひじ》撃ちからの攻撃、棒の端を持って突きなど次々と技を繰り出した。

武田陰流には、杖道という三尺（約九十センチ）の棒を使う棒術がある。これは、本流の武田流にもあるのだが、武田陰流は、草の者が使う流派なので、鍬や鋤《すき》などの農具の柄など手近な道具を武器にすることで発達したようだ。

涼は杖道を基本にし、自ら工夫した短尺の棒で闘うのを得意としている。陰流では、特に教えられるものではないが、武田流では、手木術《しゅき》と言って師範の資格を持った上級者のみに伝えられている。

杖道では、祖父の竜弦に敵《かな》わないが、短尺棒なら三尺の杖《じょう》を持った竜弦と互角に闘える。一見、短いために不利なように見えるが、短尺棒はひっかけて関節技を使うなど、合気道の技も杖よりも自由に使える。しかも敵に武器を隠しながら闘うという利点もある。また、涼は手足が長いためリーチの長さで短尺の欠点をカバーすることもできた。

「これなら、闘える」

涼はにんまりと笑い、ショッピングセンターで買った自転車のチューブを切断し、腰にルーズに巻いて、短尺棒を背中からクロスさせて差し込んだ。その上から、グレーのパーカーを着て自然体になった。

パーカーの前を開けて呼吸を整えた。

「ふん！」

押し殺した気合いとともに両手を背中にまわし、短尺棒を取り出して構えた。だが、パーカーが邪魔になり、短尺棒を落とした。これを何度も繰り返し、短尺棒を自由に取り出せるようになると、ようやく一息ついた。

敵が必ずしも襲撃してくるとは限らない。だが闘える準備だけはしておきたかった。京都では、古美術商の堀政重と会うために止むなく監視をしていた敵を倒したが、今は体調が悪い香織が一緒なので、闘いを避ける方法を涼は模索している。

祖父の竜弦から、闘わずして敵に勝利することこそ霧島家の闘い方だとよく言われた。厳しい修行を毎日課すくせに闘わないということは明らかな矛盾だと反発してきた。だが、なんとなく分かる気がしてきた。敵と直接闘うのは、最後の手段だと竜弦は言いたかったのではないか、これまで正体の分からない敵と闘ってそう思えるようになった。

ドアがノックされた。

「涼、いるの？　私」

涼は急いでドアを開けて廊下に出ると、香織の手を取って向かいの部屋に入った。

「部屋が反対になっているけど、どうしたの？」

香織の枕元には、向かいの部屋にいるとだけメモを置いておいた。

「起きて大丈夫なの？」

「眠ったら、すっきりしたわ。それよりお腹が空《す》いちゃった。何か食べに行きましょう」

香織は、涼の心配をよそに欠伸《あくび》をしながら背伸びをした。

「今すぐ、このホテルを出よう」

涼は、二人のバックパックを担いだ。

「どういうこと、チェックアウトするの？」

「さっき、君が眠る前に説明しただろう。携帯を追跡されている可能性があるって。スミスは俺たちをわざと逃がしたんだ」

「GPSで追跡されているっていうこと？」

案の定、涼が話したことを香織は記憶していないらしい。

「いけない！」

涼は、ジーパンのポケットから、香織の携帯を取り出し、慌てて電源を切った。

「私の携帯じゃない。何するのよ！」

香織は、涼から自分の携帯を引ったくるようにもぎ取り甲高《かんだか》い声を上げた。

「追跡された場合の囮《おとり》になっていたんだ」

「囮？　止めてよ。それにGPSで追跡なんて考え過ぎよ」

「いいから、ここから、出よう」

涼は香織の腕を摑《つか》んだ。彼女が目を覚まさないのなら闘うつもりだったが、闘わずに二人で逃げた方がいいに決まっている。

「放してよ。いつも説明もなしに急に行動して、何よ。だいたい、今チェックアウトしたら、もったいないじゃない。それにこれからまた別のホテルを探せって言うの」

香織は涼の手を振りほどき、まくしたてた。

「危険が迫っている感じがするんだ」

「危険？　それじゃ、百歩譲って、あなたが言うようにGPSで追跡されているとしても、これまでホテルに泊まっていて襲撃されたことがあった？　なかったでしょう」

香織には、鞍馬山で堀に会ったことも、そのために監視を十二人も倒したことも教えていなかった。一人で行動したことを咎《とが》められるのがいやだったこともあるが、結局、堀からは何の情報も得られなかったからだ。だが、敵を倒したことにより、敵の対応が攻撃的になる可能性を心配していた。涼も一人だけならなんとでもなるが、香織が足かせとなり自由が利かなくなる。逃げる方が得策だ。

「分かった。君の言う通り、今日はこのホテルに泊まろう。だが、俺の言うことも聞いてくれ。君のことが心配だから言っているんだ」

涼は、まっすぐ香織を見つめた。彼女が心配という気持ちに偽りはない。

「……私のことが、……分かったわ」

涼に見つめられた香織は、小さく頷《うなず》いてみせた。

五

涼と香織が宿泊しているホテル〝ロイヤル信州〟はホテルの規模の割に立派な結婚式場としての設備を整えている。五階には裾花川が見下ろせる大宴会場があり、一階のレストラン〝ラ・セーヌ〟でも式や宴会ができるように広いスペースとテーブル席が用意されていた。

「驚いたな。このレストランは、八十席以上あるぜ。それにファミリーレストランのように照明が明るい。どうも居心地が悪いな」

石油取引コンサルティング会社〝ザックス〟の軍事部門で、一チームのリーダーを務めるマリアノ・カッサーノは、チームのメンバー四名を連れて、〝ラ・セーヌ〟に夕食がてら下見にきた。五人の男たちは、いずれも一八〇センチを越す巨漢揃い、大胆ともいえるが、一階はホテルのロビーとレストランしかないので、彼らがうろついたところで、怪しまれることはない。まして、涼と香織は彼らを知らないのだから問題ないとマリアノは判断したのだろう。

「チーフ、どうします。食事をしても、ミスター・ローブとの待ち合わせまで、三時間以上ありますよ。ここで粘りますか」

マリアノの前に座った男が尋ねた。

「ジム、俺が、なんでわざわざ別行動をするようにジェイソンに提案したのか分からないのか。小僧と小娘を捕まえるのに夜中まで待つ必要はない。さっさと片付けてジェイソンに渡せば、この街で飲み明かすことができるだろう」

「さすが、チーフ。俺たちの本当の任務は、クライアントと中国の東シナ海での石油採掘権の会議の警備ですからね。こんな余分な仕事は早いことすませましょう」

「アンジェロ、飯を食う前に、小僧たちの居所を確認してくれ」

マリアノは、ジムの横に座る男に命じた。アンジェロは、椅子の下に置いてあったバッグを膝《ひざ》の上に乗せ、小さなパソコンを出して起動させた。

「チーフ、どうやら、また携帯の電源を切ったようだ。画面にシグナルが表示されない。フロントで部屋の番号を聞いてみますか」

アンジェロは肩を竦めてみせた。

「やつらの携帯が、電波が届かないところにあるか、電池が切れたのかもしれない。いずれにせよ、電波が追えないとなると従業員に顔写真を見せて聞くしかないな」

彼らは、涼と香織の顔写真をジェイソンから提供されていた。

「従業員を拷問するんですか」

アンジェロはにやけた表情で尋ねた。

「馬鹿なことを言うな。ここは戦地じゃないぞ。俺が行ってくる。適当に注文しておいてくれ」

席を立ったマリアノは、その足でロビーに向かった。フロントに立つ男女のスタッフは、レストランから出てきたマリアノを怪しむこともなく笑顔で迎えた。

「すみません、友人の日本人を探しているのですが」

マリアノは、わざと英語ではなくイタリア語で質問をした。途端に二人のフロント係は困惑の表情をみせた。するとマリアノは、手振り身振りをした上で、涼の写真を出して、「フレンド、フレンド」と言って指で示した。

「ああ、塚原《つかはら》様のことを言っているんだよ、この外人さん」

フロント係は、顔を見合わせて言った。

「お部屋にご連絡とりましょうか？」

男のフロント係が電話をかけるしぐさをしながら英語で尋ねた。

「ノー、ノー、ナンバー、オンリー」

マリアノは、自分で電話をかけるという仕草をしてみせた。

「そうですか。ルームナンバーは、三〇一〇です」

「サンキュー、グラツェ」

笑顔で答えたマリアノのすぐ後ろを涼が通り過ぎ、ホテルを出て行った。おにぎり二つでは足りないと言う香織のために、コンビニに出かけるところだった。

「あっ、今、塚原様が出て行かれましたよ」

フロント係は、涼の後ろ姿を見て指差した。

「シット！」

マリアノは舌打ちをしたが、すぐさま笑顔になり、フロント係に手を振ると涼の跡を追った。

くなった。

口笛を吹きながら夜道を歩く涼の姿が、ホテルの角を曲がった所で、ふっと消えてな
「見失ったか」

さりげなくその跡を尾《つ》けていたマリアノは辺りをゆっくりと見渡し、首を振るとホテルに戻ろうと体を回転させた。

「何！　いつの間に」

マリアノの目の前に涼が立っていた。

「あんたは、スミスの仲間か？」

涼は、発音はともかく英語で質問をした。だが、ジェイソン・ローブがスミスと名乗っていたのは、涼と香織にだけだ。マリアノが知るはずがなかった。

「スミス？　誰かと勘違いしているんじゃないのか。私は散歩しているだけだ」

マリアノは大げさに肩を竦めてみせた。

「知らないというのか。それじゃ、自発的に話してもらおうか」

次の瞬間、涼は驚くべき跳躍をしてマリアノの頭上を越え、彼の後頭部の一点を人差し指で突いた。だが、着地した涼は左の太腿《ふともも》に激痛が走り、尻餅《しりもち》をついた。

「くそっ！　何てやつだ」

マリアノは、眼前から涼の姿が消えた瞬間危険を察知し、ポケットからタクティカルナイフを出して、後ろ向きに振った。深くはないが、ナイフは着地した涼の左太腿に突

き刺さった。さすがに元特殊部隊のチームのリーダーだけあって、機敏な行動だった。

「くそっ！　へたな英語を使わずに最初から術をかければよかった」

涼は、ナイフを抜いた。刀身は黒く、多機能の折りたたみアーミーナイフではなく、戦地で兵士が好んで使用するエマーソンのタクティカルナイフだった。先細りで刃の元がのこぎり状になっている。まともに刺さっていたら、大怪我をするところだった。

「こいつは、何者なんだ」

マリアノはまるで彫像のように起立したまま動かなくなっていた。霧島家に伝わる〝傀儡《くぐつ》〟の術をかけたのだ。後頭部の神経が集中している一点を指先で強打することで催眠状態にするもので、うまく決まれば、相手から情報を得ることもできる。マリアノからクライアントを聞き出そうと思ったが、適当な英語が浮かばないのと思わぬ怪我をしてしまったために諦《あきら》めた。

涼は、マネキンのように固まったマリアノを担いでホテルの裏手まで運んだ。しばらく目覚めることはないだろう。人目のつかない大型のゴミ箱の後ろにマリアノを降ろし、ジャケットやズボンのポケットを調べた。

「これは……」

ジャケットのポケットから車のキーが見つかった。

「ラッキー。運が向いて来たぞ」

キーをポケットに入れ、涼は軽く足を引きずりながらホテルに戻り、使われていない宴会場に向かった。

部屋で待つのは危険と判断し、香織は宴会場に隠れているのだ。

六

ホテル〝ロイヤル信州〟の宴会場は大小八つあり、ホテルで二番目に大きい最上階にある二百平米の会場に涼は入った。

照明が落とされた室内は、裾花川が見下ろせる窓際に椅子が片付けられ、折りたたみの机は、廊下側の壁際に積み上げられているため、やたらと広い。

「涼！」

窓際に寄せられた椅子の一つに座っていた香織は涼を見て立ち上がった。

「どうしたの。足を引きずっていない？」

「なんでもない。それより、まずいことになった。もう嗅《か》ぎ付けられたようだ」

ヘマをして怪我をしたなどと格好悪くて言えなかった。

「やっぱり、GPSで追跡されていたのね」

「そうらしい。急いでここを離れよう。荷物は俺が持つ」

二人のバックパックを担いだ涼は、はっと宴会場のドアを凝視した。廊下に微《かす》かに人の気配がする。しかも足音を消している。ホテルの従業員や客でないことは確かだ。

「しまった」

涼は、舌打ちした。

会場には、両開きのドアが二つあり、右側のドアがゆっくりと開いた。

廊下の光を背に受けて三人の背の高い外人が会場に入ってきた。一八〇センチを越す巨漢揃いだ。男たちは、涼の四メートルほど前まで進み、横に並んだ。

涼は、香織を後ろに下がらせた。

「小僧。おまえの後を仲間がついて行ったはずだ。俺は見ていたんだ。だが、彼は帰ってこなかった。殺したのか？」

真ん中に立つ男が、人差し指を立てて言った。涼が気絶させたマリアノ・カッサーノからアンジェロと呼ばれていた男だ。興奮しているのか、早口の英語で涼が分かったのは、殺したのかというフレーズだけだった。

「知らない」

涼は肩を竦めてみせた。

「マリアノは、よほど油断していたようだな。おまえのようなガキにやられるはずがない。汚い手を使ったんだろう」

男は、スラングを入れて話しているのか、さっぱり聞き取れなかった。

「あなたが、汚い手を使って倒したと決めつけているようよ」

涼の後ろに隠れている香織が、耳元で囁《ささや》いた。さすがに大学院生だけあって、英会話ができるようだ。

「仲間？　何を言っているのか、さっぱり分からない」

涼は、また肩を竦めて答えた。

「ふざけるな、小僧。別の仲間に今探させている。ただじゃおかないぞ」

アンジェロは、折りたたみ式のタクティカルナイフをまるでバタフライナイフを扱うように右手だけで刃を出して構えた。すると左右の男たちも同じようにナイフを構え、二人は二メートルほどアンジェロから離れた。三人の男たちは、同時に前へと進み、涼との距離をゆっくりと詰めてきた。

「ん？　できる」

涼は、目の前の男たちがいずれもただ者でないことをすぐに理解した。

これまで闘った数を頼むチンピラとはまるで違う。いずれもなんらかの格闘技を身につけた隙《すき》を見せない歩き方をしている。涼は、男たちが米陸軍のレンジャーやデルタフォースという特殊部隊出身者だということを知らない。

「やばいな」

涼は背中に腕を回し、腰に巻いたゴムの帯から短尺棒を引き抜いて腕に隠すように持った。

「気を付けろ。小僧は何か武器を隠し持っているぞ」

アンジェロは、左右の仲間に注意を促した。

〈左か、真ん中か〉

セオリー通りなら、こうした場合、一番左の男が、右利きゆえに最初に襲ってくる。あるいは、真ん中の男が最初にフェイントで手を出した直後に左の男が襲ってくる可能性もある。いずれにしても一番右の男は、手を出すと真ん中の男の攻撃の邪魔になるので涼が右に移動しないように牽制《けんせい》をかける役目を負っているはずだ。

男たちは、じりじりと間合いを詰めている。彼らのリーチから考えてあと十センチも前に出れば、攻撃エリアになるはずだ。

「香織、ここから逃げろ。駐車場で待っていてくれ」

「でも……」

「この三人は、強い。とても君を庇《かば》いながら、闘えそうにないんだ」

一人なら、なんとか目の前の三人を倒す自信はあった。

「……分かった」

「合図をしたら、走るんだ」

涼は、短尺棒を腰に当て逆手から順手に持ち替え、不利と承知であえて短尺棒が敵に見えるように構えた。

アンジェロたちは、涼の両腕からいきなり四十センチ近い棒が飛び出して来たのでぎょっとして、足を止めた。

短尺棒は逆手から順手に変える際、体に押し当てることで瞬時に持ち手を変えることができる。武田流では、順手を陽、逆手を陰といい、肩や腰に当てて瞬時に持ち替え、攻撃も受けも柔軟に対処するのだ。

敵が足を止めたのを機にゆっくりと右に回転をはじめた。アンジェロたちもそれに従い、右回りに移動する。涼の背後にいる香織は、ゆっくりと窓際から離れて行った。

「今だ。逃げろ！」

涼は、両手を拡げて壁となった。

「行け！」

一瞬戸惑った香織は、右側の出口に向かって走った。

「女は、放っておけ。やるぞ！」

アンジェロが叫んだ。

一番右にいる男が、ナイフの持ち手をスイッチさせ、左手にナイフを持ち替えて攻撃してきた。

「何！」

もともと左利きだったのか、両手を自由に使えるのか鋭い攻撃だ。しかも予想外の動きに反応が一瞬遅れ、涼は右足を引いて半身をかわすのがやっとだった。間髪を容《い》れず、今度は左の男がナイフを突き入れてきた。

「くそっ！」

左手の短尺棒で振り払ったものの、涼は、バランスを崩し後ろに転んだ。

「涼！」

香織が、出入口で振り返って叫んだ。

「何をしている。行くんだ！」

涼は必死に立ち上がったが、正面のアンジェロの前蹴《まえげ》りをまともに喰《く》らって再び尻餅《しりもち》をついてしまった。香織がいるということを意識して散漫になっていた。

「どうした。小僧。手に持った棒は、こけ脅しか」

アンジェロは、薄笑いを浮かべた。

短尺棒の持ち手を陰に変えて、ゆっくりと立ち上がった。敵を見くびっていた。彼らは、戦闘のプロで個々の欠点を補うために並んでいるのではなく、どこからでも攻撃できるだけの技量を持ち合わせていた。敵に攻撃のセオリーがないのなら、こっちもそうするまでだ。

「行くぞ！」

涼は声を上げ、右手の短尺棒を左の腰に当て、持ち手を陽に変えると、フェンシングのようにまっすぐ右手を伸ばし、右の男の鳩尾《みぞおち》に当てた。男は、カエルの泣き声のようなうめき声を上げて後ろに飛んで行った。

「馬鹿な！」

アンジェロが驚きの声を上げた瞬間、涼は体を反転させて左の短尺棒を左端の男の喉元に決めていた。男が泡を吹いて尻餅をつくよりも早く、涼はアンジェロを攻撃していた。だが、アンジェロは、後ろに飛んで涼の攻撃をかわした。

「信じられない。俺たちを倒すことができるやつがいるのか」

アンジェロは、首を横に振り、すかさず右の回し蹴りを入れて、ナイフを突き出して来た。ナイフと空手のコンビネーション攻撃だ。

涼は蹴りを足で受け、短尺棒と蹴りを入れた攻撃に転じた。武田陰流と武田流には、柔拳道《じゅうけんどう》という合気道と空手を併せたような武術がある。

アンジェロの蹴りは、体格があるため、スピードがあり、その上重い。まともに腕で受けようものなら、骨折してしまうだろう。涼は数度に亘《わた》りアンジェロのナイフと蹴りをかわした。

涼はわざと肩で息をして、左半身に隙を作って見せた。

「死ね！　小僧」

アンジェロは、気合いとともにナイフを振り下ろしてきた。涼は、さっと右に体重を移動させながらナイフを左の短尺棒で払い落とし、アンジェロの首筋に右の短尺棒を叩き入れて昏倒《こんとう》させた。

「おっさん。しつこいんだよ」

涼は、大きな息を吐いた。

七

日がすっかり暮れた夜道を外灯の光を嫌うように黒いバンが疾走している。

〝傀儡《くぐつ》〟の術をかけたマリアノ・カッサーノから盗んだキーの車は、ホテル〝ロイヤル信州〟の駐車場にあった。マリアノの部下の攻撃をかわした涼は、香織とともにホテルの駐車場から彼らの車を盗んで国道一八号を上田に向かっている。追っ手から逃げるには、追っ手の足を奪うことが何よりも効果的だ。西上田も過ぎたので、上田には二、三分で着くだろう。

「傷は、大丈夫？」

助手席に座る香織は、涼の左太腿《ふともも》の傷を見て心配げな顔をしている。

「大したことはない。小さなナイフで助かったよ」

痛みは、すでになかった。タクティカルナイフが刺さった場所は、左太腿の筋肉で筋や血管を痛めることはなかった。多少出血したが、縫うほどでもない。

「ごめんなさい。あなたの言うことをちゃんと聞いていれば、こんなことにはならなかったのに」

香織は、青ざめた顔をしている。自分のせいで涼に怪我をさせてしまったと思い込んでいるのだろう。

「へまをしたのは俺だ。いい経験になったよ」

甲府で橘雷忌に顎《あご》の下を斬られてから、自分が強いという意識は捨てるようにしている。だが、どこかにまだ自負心が残っているのだろう。聞いて答えるはずもない相手に姿をさらけだし、余計な怪我をしてしまった。

涼の姿を見失った途端、無防備な背後への攻撃をしてきたマリアノの行動に、正直言って涼はショックを受けていた。それに、マリアノの部下に襲われた時も三人なら簡単に倒せると思っていた。世の中には、強いやつがいくらでもいるものだとつくづく思い知らされた。

「うん？……」

バックミラーに猛スピードで迫って来る車が映った。みるみるうちに追いつかれ、真後ろにぴたりと着けられた。涼が運転する車と同じ黒いバンだ。ホテルの駐車場の離れた場所に停められていたことを思いだした。

「ちくしょう！　またヘマをした」

「どうしたの？」

「後ろのバンは、さっきホテルで眠らせた男たちのものだ。きっとこの車には仲間同士で位置が分かるように発信器か何か付けられてあるんだろう」

涼は上田の市街を抜け、とりあえず夜を明かすつもりだった。

「涼、そこを左に曲がって！」

三叉路《さんさろ》の交差点の手前で香織が突然大声で叫んだ。

「分かった！」

涼は反射的にハンドルを左に切った。人目につきにくい一四四号線に入り、上信越自動車道の高架下を潜《くぐ》った。道は、菅平《すがだいら》に向かう上り坂だ。香織は、上田の地理にも長《た》けているようだ。きっと山道で追っ手をまく手段でも思いついたのだろう。

「あらっ、ここはどこかで見たことがあるわ」

香織はきょろきょろと景色を見ている。

「何！　曲がれって言ったのは、香織だぞ」

「えっ、うそ！　私、そんなことを言ったの？」

ここ二、三日の記憶障害のせいか、彼女はきょとんとしている。

「まったく！」

腹を立ててもはじまらない。片側一車線通行にもかかわらず、後続の黒いバンがスピードを上げて涼の車と並んだ。助手席にマリアノが乗っており、中指を立ててにやりと笑って見せた。二、三十分は覚めないと思っていたが、タフな男のようだ。

振り切ろうとアクセルを踏んだが、スピードは上がらない。思ったより道の傾斜はあるようだ。タイヤのグリップが効かない。逆に、並行して走っていた車は、悠々と抜けて行き前方を塞《ふさ》いだ。涼は、思わずブレーキを踏んでスピードを落とした。

「だめじゃない！　抜かされちゃ」

香織が声を荒げた。

「分かっている、スピードが出ないんだ」

涼は、乗っているバンが、二輪駆動から四輪駆動に切り替えられる、パートタイム四駆であることを知らなかった。抜いて行ったバンは、山道なので四駆に切り替えたのだろう。

「ねえ、この車、四駆にできるスイッチなんかあるんじゃない？」

助手席の香織が運転席を覗《のぞ》き込むように言った。

「ええっ！　そんな車あるの」

「ほらっ、この2Hと4Hと書かれてあるレバーがそうじゃないの」

涼は、半信半疑でレバーを4Hに切り替えた。すると嘘《うそ》のようにタイヤのグリップが強くなった。

「危ない！」

香織の悲鳴とともに涼は、とっさにハンドルを右に切った。前方のバンが急ブレーキをかけてきたのだ。

涼は、左のボディを擦《こす》り付けながらも、ブレーキをかけてきた車を追い越した。

「摑まっていろ！」

追い越した瞬間に、涼はブレーキをかけて後ろの車に衝突させた。

「ざまあみろ」

荒っぽい運転をしているうちに、自動車学校で習ったことを思い出した。祖父の竜弦の友人が経営する学校だったが、スタントカーレーサーのような高度な運転技術まで覚えさせられた。まさかこんなところで役に立つとは思っていなかった。

道はやがて菅平湖に向かう大笹《おおざさ》街道に入り、ヘアピンカーブが続く難所になった。

「四駆は癖があるなあ」

四駆のままでは、制動が効き過ぎるためかカーブで曲がりにくいことが分かった。

「車でまくことは不可能だ。それより、俺にいい考えがある。香織のバックパックを貸してくれ」

涼は、バックミラーを見ながら、カーブに差し掛かった拍子に香織と自分のバックパックを次々と山の中に投げ捨てた。

「馬鹿！　何をするの」

「後ろの車からは見えなかったはずだ。心配するな、後で拾うから。身軽になればいつでも飛び出せるからな」

涼はバックパックを持っていても大丈夫だが、香織は担いで逃げ出すことはとてもできそうにない。

「何言っているの、頭がおかしくなったの」

「次のカーブで急ブレーキをかける。車が停まったら、すぐ飛び降りろ。ベルトは外しておくんだ」

「こんな山の中で、歩いて街まで下りろと言うの！」

「絶好のカーブが見えて来たぞ」

香織の質問を無視した涼は、四駆から二駆に切り替え、カーブを高速で曲がりきったところで、サイドブレーキを引きながらブレーキも踏んだ。車は、回転しながら車道を塞ぐように停車した。

「下りるぞ！」

香織の腕を引っ張り、運転席から飛び降りた。後方から、ライトが猛スピードで突っ込んできた。涼は、香織を抱きかかえるように山の中に飛び込んだ。

後ろから走って来たバンは、山道に横たわるバンに突っ込み、横転しながら道を大きく外れて山の斜面に激突した。

「ここで、待っているんだ」

香織を残し、事故を起こした二台の車を見に行った。ガソリンが漏れて路上に流れ出している。突っ込んできた車の中を覗いた。五人の外人が血を流して倒れていた。

涼は、慌てて男たちを路上に担ぎ出した。するとそれを待っていたかのように流れ出していたガソリンに引火し、二台の車は炎上した。

「危なかったな」

涼は、男たちを残して、香織のもとへと急いだ。

真田の庄

一

上田といえば、戦国時代、大坂の役で活躍した武将真田信繁《のぶしげ》が有名だが、一般には真田幸村として知られている。これは江戸時代に真田十勇士を従える天才軍師として語られた講談や小説で名付けられたもので、当時の史料に幸村の名はないようだ。

真田家が歴史上活躍をみせるのは、真田幸村の祖父にあたる幸隆《ゆきたか》からである。真田家はこの地方の一豪族だったが、幸隆が武田信玄の家臣となり華々しく活躍した。その息子である昌幸《まさゆき》も信玄に仕え、やがて北上州（群馬県）、小県《ちいさがた》郡までを治める大領主となっていく。昌幸が構えた上田城は、上田市内にあり、その父幸隆が築いた真田本城跡は、真田発祥の地といわれ、上田市街から数キロ北東の真田町にある。

涼と香織は、山中でのカーチェイスで追跡する車を事故らせ、スミスことジェイソン・ローブの部下の執拗《しつよう》な追跡から逃れた。だが、上田市街に戻るため、十数キロの道のりを歩いて戻らなければならなかった。

時刻は、午後九時四十分、歩きはじめて一時間半、まだ五キロほど歩いたに過ぎない。国道一四四号を歩いているのだが、車が通る度に用心のために山の中に身を隠すということをしているため、距離が稼げないのだ。

「涼、私、もうだめ。歩けない。それにまた頭が痛くなってきた」

香織は、道路の上にへたり込んでしまった。二人分のバックパックは、涼が担いでいるのだが、香織は、涼が買ってきたコンビニのおにぎりを二つ食べただけなので体力がなくなったようだ。さっきまでは気丈に歩いていたのだが、血糖値が急激に下がったのかもしれない。

「困ったなあ」

涼はバックパックを下ろし、辺りを見渡した。周囲は闇《やみ》に閉ざされている。この先旅館か民宿でもあればいいが、上田の市街まではまだ十キロ近くあった。へたをすれば野宿になりかねない。

「あれは」

十メートルほど歩くと、道路沿いの木々の隙間《すきま》から小さな明かりが見えた。二百メートルほど先に窓のような枠が闇に浮かんでいるのだ。民家に違いない。

涼は急いで香織のもとに戻った。

「香織、この先に家がある。休ませてもらおう」

「家？　よかった」

返事はしたものの、香織はなかなか腰を上げられないでいる。そうとう疲れているのだろう。早く街に出ようとあまり彼女に気を遣ってなかったことを悔やんだ。涼は、バックパックを前に回し、香織の前でしゃがんだ。

「乗れよ」

「いいわよ。そんな」

「遠慮するなよ」

「それじゃ」

香織の両腕が首に絡まってきた。体重は軽いが、背中に押し付けられた胸の重みを感じられる。

「しっかり、摑《つか》まっていろ」

どきどきする胸を鎮めるために、声を出した。

二百メートルほど歩き、国道から畑を抜けるあぜ道を入った。山裾《やますそ》に民家は建っていた。他にも数軒の家があるが、明かりが消えているため、遠くからは確認できなかった。

香織を下ろし、自分のバックパックの上に座らせた。

玄関に明かりはなく、インターホンはおろか呼び鈴もない。

「今晩は。夜分遅くすみません」

涼は、玄関の引き戸を控えめに叩《たた》いた。

「すみません」

再度声を上げると、玄関に明かりが灯《とも》った。

「どちらさまですか」

老人の声が返ってきた。

「車が故障してしまって、街に帰れなくて困っています。休ませてもらえませんか」

「それは、お困りですね。お入りください。鍵《かぎ》は、かけてありませんから」

玄関の引き戸に手をかけると、ガラガラと音を発《た》てて戸は開いた。

上がりかまちに身長一六四、五センチの小柄な老人が立っていた。浴衣《ゆかた》を着ているところを見ると寝ていたのかもしれない。

「すみません。お休み中。連れの具合が悪くて」

頭を下げて振り返った。香織は、挨拶《あいさつ》しようとしたのか立ち上がった。

「香織！」

波にさらわれる砂の城のようにゆっくりと香織は倒れた。

涼は、倒れる寸前で彼女を両腕で抱きとめた。

「これは、大変だ。その娘さんを中に入れなさい」

老人は、慌てて玄関に近い部屋の電気を点《つ》けた。

「婆さん！　婆さん！　大変だ。手伝ってくれ」

廊下の奥から、浴衣姿の六十代前半の女が血相を変えて出てきた。

「婆さん、居間に布団を敷いとくれ」

女は、頷《うなず》くとまた廊下の奥に消えた。

「失礼します」

涼は、香織を両腕で抱きかかえたまま靴を脱いだ。

「こちらへ」

老人に案内され、六畳間に敷かれた布団の上にそっと香織を寝かせた。彼女の額に手をやると、心なしか熱い。やはり、疲れが溜《た》まっていたのだろう。逃げるためとはいえ、無理をさせるべきではなかった。

「こんな時間だから、今日はこのまま寝かせるといい。明日《あした》にでも村の医者を呼んであげよう」

老人は、やさしく言ってくれた。

「すみません。突然お邪魔して、お世話をおかけします」

「気にすることはない。あなたも疲れたでしょう。この部屋でよかったら、布団を彼女の隣に敷いてあげよう」

「とんでもない！　どこでも寝られますから大丈夫です」

慌てて右手を振った。

「夜は、冷える。そんな格好じゃ、風邪をひく。遠慮はいらんよ」

「それじゃ、毛布を一枚お借りできますか」

「若いのに、遠慮深い人だ」

老人は、笑って部屋を出て行った。

布団に寝てしまえば、眠りが深くなる。その分、何かあった時の対処が難しくなる恐れがあった。追っ手を完全に振り切ったとは言えない状態では油断はできない。

「寒かったら、これを飲んでから寝るといい。私は先に休みますよ」

再び現れた老人は毛布と日本酒の一升瓶にコップまで置いていった。

「ありがとうございます」

涼は、畳に両手をついて礼を言った。

体は冷えきっていたが、寒さはあまり感じなかった。むしろ、見知らぬ若造に名前すら聞かずに親切にしてくれた老夫婦の行為が、暖かかった。

涼は毛布に包《くる》まり、座ったまま目を閉じた。

香織の規則正しい寝息が眠りを誘った。

二

季節は六月の半ばを過ぎたが台風シーズンにはまだ早い。だが、大型の台風が太平洋を北上していた。

翌日の天気は、台風の影響らしく風が強く今にも降り出しそうな空模様になった。

涼は、目覚めるとすぐに老夫婦に昨夜の詫《わ》びを言って、自己紹介もした。

夫婦は、土屋《つちや》宇兵《うへい》と節《せつ》の二人暮らしで、孫が、上田の市街に住んでいるそうだ。あまり話したがらないので、詳しくは聞かなかった。宇兵は祖父の竜弦と同じぐらいの年格好で、夫婦にとって涼と香織は孫のように思えるのだろう。終始笑顔を絶やさず親切にしてくれる。

香織はというと、朝食は摂《と》ったがまた横になっている。微熱がまだあるようで、朝早くから往診に来てくれた医者も過労と診断した。

「霧島さん、よかったら、彼女の具合がよくなるまでここにいるといい。むさ苦しい家だが、わけのわからないホテルに泊まるよりはいいだろう」

医者を玄関先で見送った後、宇兵は笑顔で言った。

昨夜、涼が玄関と思っていたのは裏口で、玄関は家の反対側にあった。家の前には、山裾に沿った車がやっと一台通れるという村道があった。おそらく集落の生活道路なのだろう。

「お言葉に甘えていいでしょうか」

宇兵の言葉に素直に従った。これ以上、香織に無理をさせたくないこともあるが、そろそろ一人で行動した方がいいと思っているからだ。この先危険は増すことはあってもなくなることはないだろう。土屋夫婦なら安心して香織を預けられる。

昨夜の事故現場は、朝食後すぐに見に行ってきた。現場には、ライトやウィンドーのガラス片が残っていたが、衝突した二台のバンは、すでに片付けられていた。ひょっとすると上田市街のホテルや病院に追っ手はまだいる可能性が考えられる。今日は、街に行かない方が得策かもしれない。

「霧島さん。今日は、なにか用事がありますか」

家の縁側で暇を持て余していた涼に宇兵が声をかけてきた。

「特にありません」

「それでは、真田の発祥の地と言われる真田の庄を見に行きませんか」

「いいですね」

霧島家に伝わる武田陰流は、名前のとおり、武田家由来のものだ。だが、家宝とされる小柄《こづか》に真田家の家紋である六文銭が刻まれていることなどこれまで知らなかった。少しでも真田家にまつわることが分かればと、涼は宇兵の誘いを素直に喜んだ。

家の隣に建つ頑丈な屋根がついた車庫に軽トラックが停めてあった。

小柄を隠してあるバックパックを背負った涼が助手席に乗り込むと、宇兵はエンジンをかけた。小柄は、霧島家以外のものもあるため肌身離さず持つことに決めていた。

宇兵は家の前の細い通りをまっすぐ南に四キロほど走り、真田歴史館の近くにある駐車場で車を停めた。駐車場からゆるい坂を上り、まるで戦国時代の館《やかた》のような造りの歴史館の門を潜《くぐ》った。

「この地に住むものは、真田家が誇りです。少しでも戦国の真田家の栄枯を偲《しの》んでいただければと思います」

宇兵は、ガイドのように歴史館の展示物を解説してくれた。記念館は、様々な展示物から、戦国時代の真田家が紹介されている。真田家の礎を築いた幸隆、その子昌幸、そして大坂の役で徳川方に付いた昌幸の長男信之《のぶゆき》、豊臣方に付いた次男の幸村こと信繁の足跡を辿《たど》り、古文書や鎧《よろい》などの武具などが紹介されている。宇兵は、地元ということもあるのだろうが、博識だった。

「真田十勇士をご存知ですか」

宇兵は、テレビの撮影で使われたという真田親子の復元甲冑《かっちゅう》を前に尋ねてきた。

「テレビや漫画では、猿飛佐助《さるとびさすけ》だとか、霧隠才蔵《きりがくれさいぞう》とかの忍者が出てきますが、あれは架空のキャラクターだと聞いています」

「江戸時代の〝真田三代記〟という小説でその原形が生まれたと言われていますが、すべて架空ではなく、霧隠才蔵は霧隠鹿右衛門《しかえもん》がモデルになっているらしいのです」

「本当ですか」

「本当かどうかは、よく分かりません。なんせ忍びの世界のことです、世に手柄を残さないのが常ですからね。しかし、大坂の陣で幸村の部下として、徳川家康の動静を探ったと言われています」

「へえー、そうなんだ」

「他にも歴史書には書かれていないのですが、霧隠鹿右衛門は、元は伊賀《いが》忍者で真田家に仕える前は、武田信玄に仕えており、信玄からは最も信頼された部下の一人だったそうです」

「そんな話は、はじめて聞きました。しかし、戦国時代の人が、そんなに長生きをしたんですか」

宇兵の話を聞いて危うく吹き出すところだった。武田信玄の病没から大坂の役までは四十年以上あるはずだ。当時の日本人の寿命が四十か五十という時代に、霧隠鹿右衛門は、大坂の役では、少なくとも六十以上の歳で、戦場で働いていたことになる。

「霧隠家は代々、長寿の家系なんですよ」

まるで実際に見て来たかのような口調で宇兵は答えた。

「確かな史料は、ありませんが、鹿右衛門は八十近くまで生きていたとも言われています。霧島さんの家系はどうですか」

「うちは、……そういえば、長生きの家系かな？」

両親は、交通事故で早くに亡くしているが、曾祖父《そうそふ》の震伝は、九十六歳まで生きていた。それに、祖父の竜弦も七十二歳だが、すこぶる元気だ。

「鹿右衛門は、武田信玄の数ある草の者の頭領の中でも、ずば抜けており、五つの上忍《じょうにん》を束ねていたそうです」

「すみません。上忍ってなんですか」

歴史に今一不安がある涼は思わず聞いた。

「上忍とは、下忍という下働きの忍者たちを束ねる土豪で、伊賀でいうならば、百地《ももち》家や服部《はっとり》家が上忍にあたります――

「服部というのは、あの服部半蔵《はんぞう》ですか」

「そうです。服部半蔵は、伊賀の服部家出身ですが、彼自身は武将として家康に仕えています。ちなみに、鹿右衛門が率いていた五つの上忍とは、石垣、堀、大門、櫓《やぐら》、城守の五家です」

「えっ、ちょっ、ちょっと待ってください」

櫓と城守は聞いたことがないが、石垣、堀、大門といえば、これまで会ったことがある名前だ。石垣は、白岩村で会った炭焼き職人、堀は、京都の古美術商の主人、大門は、甲府で骨董《こっとう》屋を営んでいた。偶然にしてはでき過ぎだ。

「どうしましたか？」

宇兵は、涼があまりにも動揺しているので首を捻《ひね》っている。

「いえ、その続きを聞かせてください」

涼が〝守護六家〟の謎を解こうと考えていただけに、宇兵の話はでき過ぎていた。彼の話が真実かどうかは分からないが、なるべく情報は得たかった。

「信玄は、生涯、他国の大名のような城を造らなかった。それは、彼が残した歌〝人は城、人は石垣、人は堀、情けは味方、仇《あだ》は敵なり〟という一節からも分かります。彼は、人こそ国の礎であると同時に、強力な武器だと信じていたんですね。鹿右衛門は、自ら率いる上忍に信玄の許しを得て、改名させたと言われます。上忍といえど、当時は草の者と呼ばれ、武士からは蔑《さげす》まされていた時代に大変名誉なことだったに違いありません。彼が部下を信頼し、大事にしていたことがよく分かります」

宇兵は、自慢げに語った。

「どうして、鹿右衛門は、武田家を離れて真田家に仕えたのですか」

「信玄公亡き後、武田家を継いだ勝頼《かつより》が、草の者を重用しなかったためといわれています」

宇兵は、展示室中央のガラス台の方へ歩いて行った。

「土屋さん、お話しされていることは、〝守護六家〟のことですよね。戦国時代は、確かに固い絆《きずな》で結ばれていたかもしれませんが、何百年も組織を維持できたとはとても思えないのです。何か秘密があるのですか」

涼は、我慢できなくなり思い切って尋ねてみた。

「おや、どうしたんだ。展示品が外に出ているぞ」

宇兵は涼の質問には答えずに驚きの声を上げたので、涼も展示台に歩み寄った。

「これは」

涼は、言葉を失った。展示台の上には、例の六文銭の家紋が刻まれた小柄が紫の布の上に置かれていたのだ。手に取ってみた小柄の六文銭は、金ではなく銀でできていた。

「土屋さん！」

振り返ると、宇兵の姿はなかった。小柄を握り締め、慌てて歴史館を飛び出した。

「ない！　くそっ！」

駐車場を探したが、宇兵の軽トラックもなかった。

涼は、走った。

また消えてしまう。宇兵も彼の妻の節も、あの家にあるものはすべて消えてしまうと涼は思った。宇兵の家までの四キロを一気に走った。

「香織！」

涼は、叫びながら宇兵の家に飛び込んだ。

家の中はがらんとしていた。宇兵も彼の妻の節もいない。

「そんな」

予感は当たった。涼は、居間の畳に跪《ひざまず》いた。六畳間には、香織の姿どころか彼女のバックパックもない。なくなるのは宇兵に関係するものだけじゃなかったのか。それとも、宇兵は痕跡《こんせき》を消すために香織をも連れ去ったというのだろうか。

「なぜ？」

自問しても、返って来るのはむなしさだけだった。

三

ジェイソン・ローブは、充血した目を朝から吊《つ》り上がらせたままでいた。煙草の煙を忙《せわ》しなく吐き出しては、眼下に見える長野の街を見つめている。ソファーの横に置かれたサイドテーブルの灰皿から溢《あふ》れた吸い殻がテーブルの上に散らばっていた。

長野駅前にあるメトロポリタンホテル十階の客室から見渡す長野市街と犀《さい》川、そして遠方に深い緑に霞《かす》む山並みといったすばらしい眺望すら、ジェイソンの気を鎮めることはないのだろう。

昨夜、ジェイソンが涼の捕獲を依頼した本社〝ザックス〟の特殊作戦チームが、勝手に涼を追跡し、自動車事故を起こして全員大怪我をするという失態を演じていた。比較的軽傷のチームリーダーであるマリアノ・カッサーノから連絡を受けてジェイソンはただちに、東京から別のチームを呼び寄せ、事故処理をさせた。それが終わったのは、夜が明けてからだった。そのため、気が進まないまま殺し屋である橘雷忌に仕事を依頼したのだ。彼のいらだちは、仲間の失敗に加え、なかなか姿を現さない雷忌への腹立たしさで最高潮に達していた。

午後五時。約束の時刻をすでに二時間も過ぎていた。一階のラウンジで三人の部下に出入口を見張らせている。雷忌が来れば連絡が入ることになっていた。

ドアがノックされた。

「だれだ。まったく」

ジェイソンは乱暴にドアを開けた。

「なっ！」

部屋の外に立っていたのは、雷忌だった。

「私を待っていたのじゃないのか」

大きなマスクとサングラスで顔を隠し、黒いコートを着ている。そして、左手にはトレードマークである一メートル近い長さの杖《つえ》をついていた。

「どっ、どこから、来たのだ」

ジェイソンはやっとのことで声を絞り出した。

「私は、監視カメラや見張りのいるところからは侵入しない。だからこれまで仕事を嗅《か》ぎ付けられたことはなかった」

「馬鹿な。ホテルの出入口は部下がチェックをしているはずだ」

「いつまで私を立たせておくつもりだ」

雷忌はそう言うと部屋に入ってきた。

ジェイソンは気圧《けお》されるように慌てて後ずさりした。

「それにしても遅いじゃないか。何時間遅刻したと思っているのだ」

精一杯の威厳を保とうとしてか、ジェイソンは窓際のサイドテーブルに置かれた煙草のケースから煙草を取り出し、火を点《つ》けた。

「私は、行くと言っただけだ。時間を約束した覚えはない」

「何、……」

「貴様が呼び出したおかげで爺《じじ》いを見失った」

地の底から湧《わ》いて出るような雷忌の低い声が、さらに低くなった。あきらかに怒気を含んでいる。

「そっ、それが、どうしたのだ」

ジェイソンは、暑くもないのに額に汗をかきはじめた。

「〝ザックス〟は、おまえのような馬鹿ばかりで困る。何が一番大事なのか理解できないのだ」

「馬鹿だと、私はクライアントだぞ」

ジェイソンは、真っ赤な顔になった。

「小僧をどこで見失った？」

「何を偉そうに、もう我慢できない。おまえには頼まない。帰れ！」

ジェイソンは、まくしたてた。

雷忌の右手が動いた。

「わっ！」

いつの間にか、ジェイソンの首筋に仕込み杖の刀の切っ先があてられていた。

「言葉遣いに気を付けろ」

「たっ、助けて」

「もう一度、言う。霧島をどこで見失った」

「〝ザックス〟に歯向かえば、おまえは殺されるぞ」

「私にとって殺人は、趣味だ。殺し屋が来ればそれだけ楽しみが増えるというものだ」

雷忌は、空咳《からせき》をするような笑い声を発《た》ててジェイソンに顔を近付けてきた。サングラスの端から、狂気に満ちた目が覗《のぞ》いた。

「…………」

ジェイソンは、恐怖のあまり唇を醜く歪《ゆが》めた。

「〝ザックス〟の仕事を引き受けたのは、私の仕事を手伝わせるためだ。立場は、はじめから逆だったことが分からないのか。にもかかわらず、おまえはミスばかりしている」

「手伝わせた？」

「〝守護六家〟を潰《つぶ》し、やつらの持っている財宝を手に入れることが私の狙《ねら》い。大貫教授など最初から、興味はないのだ」

「財宝？」

「やつらは、武田の軍資金を隠し持っている。今の金額にして百億は下らないだろう」

「百億！」

ジェイソンの目の色が変わった。

「武田信玄は、金の採掘に長《た》けていた。その軍資金は、当時の大名では群を抜いていた。だが、信玄が死ぬと同時にその財宝は消えてなくなった。なぜなら、〝守護六家〟が財宝の管理をしていたからだ。五百年経《た》った今も彼らは財宝を管理している」

「分かった。その代わり、その話に私も乗せてくれ」

「いいだろう」

「車で追跡し上田の郊外で見失った。ここから、そんなに遠くない」

「上田の郊外？　真田の庄か。なるほど。そういうことか」

雷忌は、刀を杖に戻した。

「東京から、別の特殊作戦チームを呼んだそうだな」

「事故処理をさせた後で霧島を確保させるために呼んだ。彼らも元軍人ばかりだ。君が約束を破った時の保険だ」

ジェイソンは、首筋に手をあてながら答えた。

「武器も持って来たのか」

「もちろんだ。全員グロックと今回は特別にM六七も持たせている」

「M六七だと！　戦争でもする気か？」

雷忌は、右眉《まゆ》を吊り上げた。

「さすがの君でも、驚くことがあるのか。実は私も持ってきた。自慢じゃないが、私もむかし特殊部隊にいたことがあるんでね」

ジェイソンは、薄笑いを浮かべて、ベッドの脇《わき》に置かれたボストンバッグから、銃と拳《こぶし》大のM六七を取り出した。

銃は、グロック一九、ポリマーフレーム（樹脂）製の九ミリ拳銃《けんじゅう》で、軍や警察で採用されている。また、M六七は、丸い胴体の形から、〝アップル・グレネード〟あるいは単純に〝アップル〟と呼ばれる手榴弾《しゅりゅうだん》のことだ。

「まあM六七を使うまでもないと思うが」

ジェイソンは、右手に銃を握り、左の掌《てのひら》にM六七を載せて笑ってみせた。

「チームを借りるぞ」

「霧島を殺すのか」

「爺いは、上田に向かったのだろう。奴を襲えば、爺いが出て来るはずだ」

「その年寄りが、大貫教授の居所も知っているのか」

「おそらくな。もっともおまえには関係のない話だ」

雷忌は、無言で一歩下がった。その瞬間、杖から白い光が走った。

「私の目的を聞いた者が、生きていられると思ったのか。馬鹿め」

雷忌は、ジェイソンの左手から溢《こぼ》れたM六七を右手で受け止め、まるでリンゴを弄《もてあそ》ぶようにM六七を宙に投げながら部屋を出て行った。

ドアが閉まると、凍り付いたように前を見つめていたジェイソンの首が血しぶきを上げてごろりと床に落ちた。

四

涼は、上田の駅前にある喫茶店で、電話帳を借りて刀剣店を調べていた。

上田市内には、刀剣店が二店舗しかない。だが、どちらの店も、櫓だとか城守とは関係のない名前だった。

「おかしいなあ」

午前中、土屋宇兵から戦国時代、武田信玄と真田幸村に仕えていた霧隠鹿右衛門が、上忍である石垣、堀、大門、櫓、城守の五家を率いていたと聞かされた。霧隠も含めれば、おそらくこの六つの家柄が、〝守護六家〟ということなのだろう。これまで、涼は、白岩村で石垣、甲府で大門、京都で堀に会っている。とすれば、残りの二家は、櫓か城守ということになるのだ。

「まてよ。肝心なことを忘れていた」

石垣、堀、それとなぜか六家とは違う名前だが土屋から、これまで手に入れた三振りの小柄《こづか》は、銀の六文銭だった。戦国時代、六家の頭領というのは、霧隠鹿右衛門だったらしい。祖父の竜弦から貰《もら》った家宝の小柄は金の六文銭が刻まれ、明らかに銀のものより格式が上に見える。とすれば、霧島家の先祖は、霧隠鹿右衛門に違いない。霧隠という名があまりにも特徴があるため、改名したのだろう。霧島家が〝守護六家〟の頭領ならば、これまで起きた様々なことの辻褄《つじつま》が合う。

「改名しているのか」

ひとり言を呟《つぶや》きながら、涼は首を捻《ひね》った。

真田歴史館で見つけた小柄が、土屋宇兵のものなら、土屋の本名は、櫓か城守のどちらかだろう。改名したのか、偽名なのかもしれない。だが、これまで出会った〝守護六家〟は、いずれも一都市に一人だった。それが、ここにきて上田という小さな都市に二人の守護家がいるというのは納得がいかなかった。それとも、戦国時代に仕えていた真田家ゆかりの地だからだろうか。

これまで訪れた場所は、香織の記憶によるものだった。なぜか上田に関しては彼女の記憶は曖昧《あいまい》で、訪ねる先の名前を覚えていなかった。ただ、職業は刀剣店とだけ覚えていたのだが、彼女がいないので今さら確認の仕様がない。

もう一つ大きな問題があった。涼がもともと持っていた小柄と手に入れた小柄を合わせれば、すでに四振りの小柄がある。もし、甲府で闘った男が持っていた小柄が本物であれば、〝守護六家〟の小柄は残り一振り。だが、甲府の大門の家は荒らされていた。すでに盗まれた可能性がある。とすれば、残りの〝守護六家〟に会う可能性もなくなる。

涼は、電話帳から二つの刀剣店の住所と電話番号を確認した。見たのだから、すでに記憶している。メモを取る必要はなかった。

「行くしかないんだ」

電話帳を勢いよく閉じ、涼は立ち上がった。

真田歴史館で新たな小柄を手に入れたとき、涼は土屋宇兵とその妻がいなくなることは予測していた。その時、ひょっとして宇兵の家にいる香織まで消えてしまうのではないかという悪い予感もあった。急いで宇兵の家に戻ったが、それは現実となってしまった。

なんとしても香織を取り戻さなければならない。涼は必死だった。京都で会った堀は、〝守護六家〟の一人だと認めたが、質問を許さなかった。涼にはまだその資格がないと言われた。おそらくその資格とは、〝守護六家〟の印である六文銭の小柄をすべて集めることに違いない。香織を救い出す道はとにかく残りの一振りを見つけ、甲府で闘った男を倒して六振り全部集める他ないのだ。

喫茶店を出ると、駅前通りを北に向かった。

目指す一番目の店である〝田村《たむら》美術刀剣店〟は、駅から二百メートルほどの駅前通りに面したところにあった。駅前の商店街にあるだけに間口は広く、ガラス張りの店舗は明るい。広さは、十七、八坪はあるようだ。店の中央にソファーセットが置かれ、その周りに日本画や屛風《びょうぶ》などの骨董《こっとう》品がずらりと並んでおり、古美術商と名乗った方がよさそうな雰囲気だ。おそらく刀剣だけでは商売にならないのだろう。

この手の店では、客の質が問われる。甲府の大門は、その最たるものだろう。冷やかし客を嫌うのだ。もっともこれまで出会った〝守護六家〟は、京都の堀政重のように涼のことを試しているような節も見受けられた。大門もひょっとしたら、わざと怒ってみせたのかもしれない。

涼はバックパックを下ろして手に持った。せめて金のない旅行者に見られないようにと思ってのことだが、端から見れば大して変わらない。一番の問題は、涼の歳の若さということに本人は気付いていない。

ガラスドアを開けて、中に入ってみた。

「いらっしゃい、……ませ」

店内中央で備前焼の壺《つぼ》を磨いていた中年の男が、涼の風体を見た途端、トーンダウンした。

「すみません。小柄を探しているのですが、こちらでは扱っていますか」

いきなり〝守護六家〟ですかとも聞けない。

「小柄というと刀の鞘《さや》に差す小刀のことですか」

店主は、明らかに若い涼を馬鹿にしているようだ。

「もちろんそうです」

むっとしたが、ここは堪《こら》えた。失礼な態度をとるのは、涼を試しているのかもしれない。短気を起こせばすべてがふいになる。

「ご覧になりたいですか」

「もちろんです。こう見えても小柄の収集家なんですよ。めずらしい小柄を求めて全国を旅しているんです」

「ほう」

涼の嘘《うそ》に感心してみせた店主は、店の奥の棚から、三十センチ角の底が浅い桐《きり》の箱を取り出し店の中央にあるテーブルの上に置いた。

「おかけください」

店主は、ソファーに座って、桐の箱の蓋《ふた》を開けた。

箱には黒いビロードが敷かれ、その上に三振りの小柄が並べてあった。どれも、金や銀の竜や鳥などの美しい彫り物が柄に施された美術工芸品のような小柄だ。

江戸時代に実戦で使われなくなった刀が、装飾を施した笄《こうがい》と小柄を鞘に収めて武士の飾り物として発展した歴史がある。そういう意味では〝守護六家〟の飾り気がない六文銭の小柄は、戦国時代に造られたこともあり、実戦的なものなのだろう。

涼の口から溜息《ためいき》が漏《も》れた。

「お気に召しませんか。どれも江戸時代中期の名作ばかりですよ」

涼には、店主の態度が演技なのかどうか計りかねた。

「僕は、戦国時代の小柄を探しているんです」

「戦国時代？　それは確かに珍しいかもしれませんな。小柄は、そもそも装飾品として江戸時代に発達したものです。江戸時代以前のものは、現存するようですが、私は見たことがありません」

小柄は二十センチ前後の小刀で、おそらく戦国時代の武士は、護身用や馬針《ばしん》など万能の小刀として帯やあるいは刀の鍔《つば》にさしていたのだろう。ちなみに馬針とは、長く駆けた馬の足に溜《た》まった血を抜き取るために使われた針状のものや小刀で、血を抜かれた馬は、また走れるようになると言われている。

「六文銭が彫り込まれた小柄なんか知りませんか」

だめ押しで単刀直入に聞いてみた。

「六文銭！　真田家の家紋入りということですか。そんなお宝があったら、私が買い取りますよ。冗談は止めてください」

店主は、鼻で笑って見せた。ここにいたって涼は、目の前の男ははずれだと分かった。

「あれは何ですか？」

涼は、店の奥を指差した。

「どれですか？」

店主が振り返ったその首筋を涼は人差し指で強打した。店主は、後ろを見たまま動かなくなった。

店主の正面に回り、涼はその目をじっと見つめた。

「おまえは、今から私の傀儡《くぐつ》になるのだ。傀儡よ。私が店から出たら、目覚めよ」

涼は、店主に〝傀儡〟の術をかけた。別に操るというほどのものではない。ただこの術をかければ、目覚めたときに術をかけられた前後の記憶を失う。

「次に行くか」

バックパックを担ぎ、涼は店を出た。

店の中では、術から目覚めた店主がきょろきょろと店内を見ていた。

五

商店街をまた北に向かい、百二十メートルほど行ったところを左に曲がった。近辺に商店はない。狭い路地を入って民家を数軒過ぎた右に〝清徳堂《せいとくどう》〟という古風な金看板が掲げられた木造建築があった。看板を見ただけでは和菓子屋か呉服屋といった感じだが、店のショーウィンドーには、甲冑《かっちゅう》が飾ってあるので、武具を扱っている店だとすぐ分かった。

間口は、三間《けん》(約五メートル四十五センチ)、堂々というほどの広さではないが、昔の町屋(商家)さながらの格子《こうし》の窓に引き戸があり、対照的に左にある大きなガラスのショーウィンドーが現代的でかえって刀剣店の格式の高さを感じさせる。それだけに敷居も高いと言えた。

引き戸を開けて中を覗《のぞ》いてみた。左の壁に刀掛けがあり、日本刀が五振り飾ってある。店の真ん中には、さきほど訪れた〝田村美術刀剣店〟のようにソファーセットが置かれてあった。この手の店は、客単価が高いので車のディーラーのように接客はお茶でも出して座ってするのだろう。

「いらっしゃいませ」

店の右奥に人の背丈ほどの大きな金庫があり、その前に三十前後と思われる男が日本刀を持って立っていた。男は、持っている刀を布製の袋に収め、金庫の中に仕舞った。これまで会った〝守護六家〟は、いずれも六十前後の年寄りだった。それに比べ、目の前の男は、あまりにも若い。身長一七五センチほど、目元が優しい癖のない顔をしている。身長はそこそこあるが、色白で痩《や》せた体は武道をしているようには見えない。これまでの〝守護六家〟の規格からは大きく外れるような気がする。

「小柄《こづか》を探しているのですが、こちらで扱っていますか」

溜息《ためいき》を殺しながら、聞いてみた。

「もちろん、ございますよ。おかけください。今お出しします」

店主らしき男はにこりと笑い、若い涼を相手にしても気持ちのいい対応をしてくれる。ますます規格から外れて行くような気がする。

涼と香織は、失踪《しっそう》した横浜工科大学の大貫教授の手掛かりとして、教授の趣味仲間を探す旅に出た。それがいつの間にか涼の先祖と関係する〝守護六家〟を探すことになっている。上田の刀剣店というのは、香織の記憶違いで、改名あるいは偽名を使った土屋宇兵のことだったのかもしれない。

店主は、紫の布を載せた漆《うるし》塗りの盆を持ち、店の奥の金庫を開けた。ほとんどの商品は、常時金庫にしまってあるのだろう。それだけ扱う商品が高級ということに違いない。ちゃんとした刀剣店に来るのははじめてなので、物珍しさも手伝って店の中をじっくりと見渡した。左の壁は、刀掛けの日本刀の他に、木の台の上に置かれた火縄銃が飾られている。正面は、六文銭がイメージされた丸い銅板が六つならび、その後ろから間接照明が当てられていた。これと同じようなものを真田の庄にある真田歴史館のエントランスでも見た。そして、右奥には大型の金庫、その手前の壁には二幅の掛け軸が掛けられている。

「これは?」

右の掛け軸は、よく分からない文章が二行書かれた書で、左は、亡者が渡っている曲がりくねった川を背景に閻魔《えんま》大王らしき人物が中央に座り、その周りに大小の鬼や亡者が群がっている絵柄だ。

「左の掛け軸は、三途《さんず》の川ですか」

祖父の竜弦が〝傀儡〟術で使う合い言葉の一つが三途の川であることを思い出し、なにげなく店主に尋ねた。

「ええそうです。よくお寺にある地獄極楽掛け図の一つです。絵の心得のある僧侶《そうりょ》が描いたもので、近世の作品です。見るものに、ものごとに囚《とら》われずにまじめに生きるように戒めたもので、二幅で一対になるように描かれています。もっとも無名の作品なので、商売品というより、お店のディスプレーとして飾っています」

若い店主は苦笑してみせた。

「そうなんですか。でも右の掛け軸は、達筆すぎて何が書かれているのかよく分かりませんね」

「それは、この世にあるすべてのものは、空であるという、般若心経《はんにゃしんぎょう》の一節で、右の行の中程に色即是空《しきそくぜくう》と書かれてありますよ」

「色即是空！」

竜弦が〝傀儡〟の術で好んで用いた合い言葉は、〝三途の川〟と〝色即是空〟だった。その二つの言葉が掛け軸になっている。偶然にしてはでき過ぎだ。

「どうなさいましたか？」

店主は、大きな声を上げた涼を訝《いぶか》しげに見た。

「この掛け軸はいつごろ手に入れられたのですか？」

「いつと言われても、この店は、祖父から譲り受けたもので掛け軸も私が知っている限り、そうとう古くからありましたから、よく分かりませんね」

土屋宇兵は、孫が上田の市街に住んでいると言っていた。

「ひょっとして、おじいさんは、土屋宇兵さんとおっしゃいませんか？」

「えっ、祖父をご存知ですか」

今度は、店主が驚きの声を上げた。その態度は、演技とも思えない。

「実は、昨夜、車が故障してしまい、お世話になりました」

涼は、昨日からの出来事をかいつまんで説明した。

「変ですね。真田町に昔は確かに住んでいました。しかし、それは十年近く前の話で、祖父母は今、東京に住んでいるはずです。孫の私に会わずに昔の家にいたなんて」

店主は首を傾げた。目の前の男は、ひょっとして祖父母と違い、〝守護六家〟とは関わりがないのかもしれない。とすれば、この店に来た意味は、やはりなくなる。

「しかし、考えられないこともないですね。祖父母は、孫の私から見てもおかしなところがありますから」

「そうなんですか」

若い店主の言葉に涼は納得した。後一週間ほどで二十歳になるが、一緒に暮らしてきた祖父の竜弦から教えられたことは、武田陰流という古武道と霧島家に伝わる忍びの術で、〝守護六家〟については何も教えられなかった。

「失礼ですが、武道は何かされますか？」

「私は、子供の頃から体が弱くて、運動は全然だめなんですよ。祖父母も残念がっていました」

店主は頭をかいてみせた。武田陰流とも関係ないらしい。どうやら手掛かりの糸は切れたようだ。

「お待たせしました」

すぐにでも席を立ちたい気持ちを抑えて、店主が漆の盆に載せてきた小柄を見ることにした。さきほど〝田村美術刀剣店〟で見た小柄と同じで、江戸時代に造られた装飾小柄ばかりだ。店主の説明が右の耳から左に抜けた。

さりげなく視線を右の壁に掛けてある掛け軸に目を移した。〝三途の川〟と〝色即是空〟の掛け軸が、見れば見るほど何かを語りかけて来るような気がしてならない。

「すみません。これから、僕は、意味不明な言葉を言いますが、気にしないでください。呪文《じゅもん》のように聞こえますが、心を落ち着ける時に声を出す習慣があるんです」

「はあ？　はい」

涼の苦しい説明に店主は口を半開きにし、きょとんとした表情をしている。

「霧色即是空、霧三途の川、土屋色即是空、土屋三途の川、櫓色即是空、櫓三途の川」

合い言葉の組み合わせを次々と言ってみたが、店主は、反応することもなくただ首を傾げた。

「城守三途の川、城守色即是空」

色即是空と聞いた途端、店主は瞬きをしなくなった。どうやら、土屋というのは、城守という名前から改名したに違いない。予想通り、店主は、宇兵から伝言を受けているようだ。

「〝傀儡《くぐつ》〟よ。話せ」

涼の言葉に反応した店主は、いきなり立ち上がった。

「えっ？・」

驚く涼をよそに夢を見ているように店主はふらふらと店の奥に歩き出した。そして、金庫の奥に手を突っ込み、小さな木箱を取り出すと、また戻ってきた。無言で蓋《ふた》を開けた店主は、中から和紙を取り出して拡げて見せた。それは、筆で描かれた絵地図で、右上には、暗号のように〝三右、五左、十六直、待〟と書かれている。

「これは、なんの地図だ」

涼が絵地図に見入っていると、カチッという音がした。

「あっ！」

止める間もなく、店主は手に持ったライターで絵地図に火を点《つ》けた。絵地図は青白い炎を上げて一瞬で燃え尽きた。〝火紙《びし》〟と呼ばれる発火製の紙に地図が描かれていたのだ。霧島家だけに伝わる物と思っていたが、どうやら〝守護六家〟の間で普通に使われているらしい。

「ええと、どこまでご説明したでしょうか」

店主が、目の前に置かれた小柄を見て、戸惑っている。〝傀儡〟の術が解けたのだ。

「充分、分かりました。すみません。気に入った小柄はありませんでした」

店主に礼を言って店を出た。

絵地図は、すでに頭の中にある。次の目的地も分かった。

小走りに駅に向かう涼の後ろ姿を背の高い男が建物の陰から見つめている。その左手には長い杖《つえ》が握られていた。

遺構

一

長野市の南部に位置する松代《まつしろ》には、第二次世界大戦末期に敗色濃厚な大日本帝国の国体を維持するために、国家の中枢機関を移転させるべく巨大な地下壕《ちかごう》が建設された。象《ぞう》山《ざん》、舞鶴山《まいづるやま》、皆神山《みなかみやま》の三箇所に、日本人と強制連行も含む朝鮮人併せて一万人の労働者を使い、一九四四年秋から、一九四五年八月十五日の終戦まで工事は続けられ、総延長十キロにも及ぶ地下壕は掘削された。

帝都東京から離れた松代の地が選ばれた理由は、色々ある。当時制空権を失った湾岸の首都は、米軍のB二九爆撃機の度重なる爆撃で壊滅状態に陥っていた。そのため本土決戦に備え、できるだけ内陸に大本営や天皇の仮御所を建設する必要があった。また、近くに飛行場があったことや、戦争被害の少ない内陸の労働者が沢山いたこと、それに近辺の山々の岩盤が固いなどの条件も理由に挙げられている。

上田からしなの鉄道に乗り、屋代《やしろ》で乗り換えた涼が松代駅に降りたのは、午後五時近くになっていた（長野鉄道屋代線は二〇一二年四月に廃線）。台風は本州に近づいているらしく風はますます強くなり、低くたれ込めた雲のせいで日が暮れたように暗くなっている。

上田の真田町で出会った土屋宇兵は、〝守護六家〟の一人、城守だった。また、その孫で、〝傀儡《くぐつ》〟の術にかけられていた刀剣店〝清徳堂〟の店主から、松代近辺の絵地図を涼は見せられた。筆で地形が描かれた象山と、暗号のような言葉が記されていたのだが、涼はこの地域に第二次世界大戦当時の地下壕があることを知らなかった。

新たな情報を得られた涼は、焦る気持ちを抑えきれずに慌てて上田駅で電車に飛び乗ってしまった。しかし、松代駅に着いて地図を購入し、頭の中の絵地図と比較して簡単にことが運びそうにないことが分かり、駅前のスーパーで準備をすることにした。台風も近づいていることもあり、雨具とLEDライト、それにおにぎりや保存食などの食料と水、それに濡《ぬ》れた時のことも考えてトレーニングウェアを購入し、バックパックに詰め込んだ。

頭の中に〝清徳堂〟で見た絵地図を再現してみた。象山と書かれた山のふもとに卍《まんじ》に恵明寺《えみょうじ》と書かれ、その近くに朱で〇の中に六と標《しる》され、右上には暗号のように〝三右、五左、十六直、待〟と書かれていた。購入した地図でその辺りを調べたが、特に建物があるわけでもない。とにかく実際に行ってみるしかないだろう。

駅前の通りを八十メートルほど進み、三叉路《さんさろ》を右に曲がった。すると真田宝物館という旧松代藩主真田家から寄贈された家宝や武具などを収蔵した建物があった。また、真田宝物館一帯は真田公園となっている。

「へえ、ここにも真田家に関係する建物があるんだ」

これまで一切、関わりがなかった歴史的な家柄が、家宝の小柄《こづか》でにわかに関係すると分かり、興味が湧《わ》いた。立ち寄りたい衝動を抑え、近道になる公園に入った。ちなみに真田幸村の実兄である信之が、松代を治めてから幕末に至るまで真田家は松代の領主であった。

公園を通り抜けて南に四百メートルほど歩き、象山に近づいたところで田畑と住宅を縫うように西に歩いて川沿いにある中国様式の恵明寺に辿《たど》り着いた。絵地図にこの寺が記されていたのは、おそらく近くに山に登る道があるのだろう。

川沿いを南に歩き寺を過ぎた所で道に入ると、そこは袋小路だった。だが、突き当たりに広場があり、その奥に柵《さく》で閉じられた入口がある。何か工事現場の入口かと思ったが、手前に大きな看板があった。

「松代象山地下壕案内図？」

看板には、象山の鳥瞰《ちょうかん》図と碁盤の目のような地下壕の図が描かれている。広場に管理棟があったので聞いてみると、第二次世界大戦末期の軍部の遺構とのこと、見学時間は午前九時から午後四時までと親切に教えてくれた。

涼は、柵で閉ざされた入口を見て首を捻《ひね》った。こんな場所に偶然地下壕があるとは思えない。絵地図に記されていた○に六はひょっとして地下壕の内部にあるのかもしれないと思った。

だが、江戸時代より古い歴史を持つ〝守護六家〟に関係するものが、近世の戦争遺構の中にあるというのもおかしな話だ。やはり山の上にある可能性も否定できない。それに見学時間は終わっているので、地下壕探検は明日《あした》に回し、来た道を引き返した。川沿いの道まで戻り、さらに南に歩いて行くと、山に入る道を見つけた。

象山といっても、後ろに控える山の裾野《すその》に過ぎず、標高も四百七十六メートルほどしかない。風が渦巻く山頂まで登ってみたが、○に六の位置するところにはやはり何もなかった。そもそも筆で描かれた絵地図は、縮尺が正確なものではない。○に六よりも右上に書かれた暗号の意味を理解しなければ、いけないのだろう。

「うん？」

腰を屈《かが》めて辺りを窺《うかが》った。

「しまった」

山頂は低木と雑草で覆われている。木々の隙間《すきま》から人の姿がちらりと見えた。強風のために近くに来るまで気配を感じることができなかったようだ。

涼は、背中に隠してある短尺棒を取り出した。

闘いを避けるために、涼は山道から外れて背の高い雑草に分け入った。

「ちっ」

いつの間にか囲まれていた。目視したのは一人だが、敵は六人ほどいるようだ。

パン、シュッ！

小さな破裂音がしたかと思うと、耳元の空気を振るわせて何かが飛んで行き、近くの木の幹で音を発《た》てて煙を上げた。風の音に紛れて銃声はほとんど聞こえなかったが、弾丸が撃ち込まれたのだ。

涼は、腰を屈めたまま移動した。

視界が悪いためか、敵は見当をつけて闇雲《やみくも》に撃っている。

パン、パン！

「くっ！」

左肩を弾丸がかすめた。

敵の包囲を突破しなければ、殺される。

一人の敵に標準を合わせ、銃弾が飛び交う中ジグザグに走った。

銃を構えている男が見えた。男が引き金を引いた。

涼は横に飛びながら短尺棒を投げた。高速に回転した短尺棒は、男の顔面を強打し、昏倒《こんとう》させた。投げつけた短尺棒を拾い、山の下から、大きく迂回《うかい》して、次のターゲットに向かった。

包囲網から抜け出した涼を敵は見失ったようだ。彼らは、一旦《いったん》山頂に集まると、背中合わせになり再び輪を広げながら移動をはじめた。整然と行動するのは、同士討ちを防ぐためなのだろう。

腹這《はらば》いになって雑草の中に身を隠し、息を潜めた。

敵の一人が近づいてきた。低い姿勢のまま短尺棒を横に振った。バキッという音を発てて男のスネの骨が折れ、男は悲鳴を上げて倒れた。

すぐさま倒した男と対角線状にいる敵に向かって走った。背を向けている男の頭上で回転しながら、短尺棒で男の後頭部を叩《たた》き着地した。男は、膝《ひざ》から崩れて気絶した。敵は、半数になった。

再び気配を消して草むらに隠れた。敵も動きを止めた。

上空の雲は恐ろしいスピードで移動し、急速に夜の闇を作り出そうとしている。

ふいに空から大粒の雨が降ってきた。瞬く間に本降りになり、視覚と聴覚を奪って行く。だが、草むらに潜む涼にとって敵を倒すにはもってこいの条件になった。

「退却！」

敵の一人が叫ぶと、男たちは、倒れている仲間を担いで山から下りて行った。

後を追うつもりはない。彼らが二度と攻撃を仕掛けて来るとは思わなかったからだ。

二

大気は激しく揺れ、雨は滝のごとく叩き付ける。

午後六時を過ぎた。旅館にでも宿をとり翌日やり直そうかと思ったが、真田村で姿を消した香織のことが頭を過《よぎ》り、一刻もはやく絵地図の謎解きをするべきだと思い直した。だが、スーパーで買った雨具は暴風雨の前ではまったく役に立たず、全身ずぶ濡れの状態だ。しかも山間の街だけに冷える。このままでは、寒さで凍え死ぬこともありうる。それに傷の手当もしたかった。

駅の近くのコンビニに行った。半年近くバイトで働いていたため、コンビニを見るとほっとさせられる。ビニールシート、消毒液、包帯、タオル、下着、それにヘアピンを購入し、再び暴風雨の中に飛び込んだ。

視界もろくに利かない風雨の中、象山地下壕《ちかごう》の入口の前に立った。さすがに管理棟には誰もいない。入口は、少々の落石なら耐えられそうな大きな屋根が付けられている。入口を閉ざしてある柵の鍵《かぎ》は、シリンダー錠になっていた。勝手に入って事故を起こさないようにと鍵がしてあるのだろう。施設を管理する団体の気苦労が分かりそうなものだが、緊急事態ということで、コンビニで買ったヘアピンで入口の鍵を開けた。またしても祖父から教えられたことで助けられた。この分ならいつでも泥棒になれそうだ。

外から見られないように、小型のLEDライトで足下を照らし、構内に入った。天井までの高さは、一・八メートルほど、気を付けないと頭をぶつけそうだ。

傾斜の緩い坂を下り、数メートル進んだところで、トンネルの奥の方から生暖かい風が吹いてきた。トンネルは、洞窟《どうくつ》と同じで一定の温度が保たれているのだろう。体が冷えきっていただけに心地よく感じられる。夕方明るいうちに見た外の看板を頭に浮かべた。

地下壕は、均一ではないが、北西から南東にかけて碁盤の目のようになっている。北から南を縦とするならば、縦穴は二十本、東西の横坑は、本壕が四本とその他にも細い坑が何本かあるようだ。

看板の図では、縦穴には、南東にある入口に近い方から、西の奥まで、一から二十まで番号が振られ、入口は横坑からはじまっており、アルファベット順のFとなっている。北側の奥に行くにしたがって大きな横坑は、Aで終わり、縦穴を部分的に繋《つな》ぐ横坑は、GからIまである。松代にある三つの地下壕の中でも象山の地下壕は最も大きく、総延長は、五千八百四十五メートルと他の二つを併せた距離を凌《しの》ぐ。

入口から十数メートル進んだところでバックパックを降ろし、中からビニールシートを出して地面に拡げた。靴を脱いで、シートの上に上がり、裸になった。寒さで体が震えた。急いでコンビニで買ったタオルで全身を拭《ふ》き、下半身だけ着替えた。

「やられたな」

ライトで左肩を照らすと、五センチほどだが弾丸に荒々しく引っかかれた傷から血が滲《にじ》んでいた。出血は雨に洗われたせいか大したことはないが、傷口はぱっくりと開いたままだ。思い切って、消毒液を景気よく振りかけてみた。

「やべぇ！」

焼きごてを押し当てられたような痛みが走った。

「いてぇ、ちくしょう！　くぅー！」

痛みを紛らわそうとさんざん悪態をついて、包帯を巻いた。スーパーで買ったトレーニングウェアに着替えたが、震えは止まらない。

「腹減ったな」

傷の手当をしたら急に腹が減ってきた。むさぼるようにおにぎりを腹に詰め込むとようやく震えが治まった。一段落したところで、濡れた服をビニールシートに包んでバックパックに入れ、LEDライトで照らしながら奥に進んだ。

荒々しい岩肌のトンネルの壁に電灯が等間隔に吊《つ》り下げられた電線が、奥の方へと続いている。六十メートルほど進み、縦穴の三本目の角で進んできた横坑は閉ざされて、右の縦穴に電線は続いていた。おそらく見学路にだけ敷設《ふせつ》されているのだろう。また、要所に鉄骨の支えがされて安全策が講じられているようだ。

ここでもう一度、絵地図に書かれてあった暗号のような〝三右、五左、十六直、待〟という言葉を思い出した。縦穴を三本過ぎたところで、偶然にも見学路は、右に向かっている。暗号の最初の三右の三は、縦穴を意味しているようだ。

「うん？」

涼は、LEDライトを消した。どこかに風の抜ける場所があるのか、外の風が吹き荒《あお》れる音が時おり響いてくる。微《かす》かに足音も聞いた気がした。耳を澄ませると風に煽られた雨が地面に叩き付けられる音が聞こえてくる。大勢の人が走る足音に聞こえなくもない。念のために地面に耳をあてて気配を探った。雨音以外は感じられなかった。

「気のせいか」

　再びLEDライトを点《つ》け、見学路に従い横坑から、右に曲がり縦穴に入る。この縦穴は看板で示されていた五番になるようだ。百二、三十メートルほど歩いたところで、二本目の横坑との交差点に出た。ここまで来れば、外に光が漏れる心配はない。スーパーで買った懐中電灯を点け、LEDライトをポケットに仕舞った。

「すげーなあ」

　この辺りに来ると縦横とも壕の幅は四メートル、天井までは三メートル近くもあり、車も余裕で通れる広さがある。

　軍部の計画では、壕の内部を仕切って無数の部屋を作り、政府省庁の一部と日本放送協会（現在のNHK）、それに中央電話局が移設され、約一万人の職員や関係者が収容される予定だったというから驚きだ。この巨大な地下壕を作るために何人もの人々が亡くなっているらしい。駆り出された人々の苦悩が剝《む》き出しの岩肌に刻まれているようだ。

　ちなみに舞鶴山は、大本営参謀本部として三千人の将校を収容し、皆神山は、皇族の住居の予定だったが、岩石がもろかったため食料倉庫に変更されたようだ。後に御所や宮内庁は、舞鶴山に計画が変更されたらしい。

　さらに奥へと進む。所々で看板の図には記載されていない連絡壕らしき穴が開いているが、崩れているのか岩石が散乱している。見学路以外の壕は、風化が進んでいるようだ。そのため金網を張って入れないようになっていた。

百メートルほど進み、起点のＦの横坑から順番に数えて五番目の横坑Ｂで、見学路は左に曲がった。正面は金網で仕切られて入れないようになっている。

「これも同じか」

絵地図の言葉は、三右の次は、五左だった。再び見学路に従い横坑Ｂを西に進む。縦穴は、およそ二十メートル間隔である。次の言葉は、十六直だ。五番の縦穴を起点に、横坑を奥へと進んだ。ほぼ二十メートル間隔で縦穴を横切り、最後の二十番の縦穴に突き当たった。五番縦穴から三百メートルほど進んだことになる。

「あれっ？」

確かに絵地図で標された起点から十六本目で二十番の縦穴に着いたのだが、絵地図に記された言葉は十六だけでなく直と最後に書かれてあった。言葉通りなら、さらに奥に行けという意味になる。だが、目の前には固い岩肌の壁だけだ。特に埋められたような跡もない。そもそも壁や天井は、すべて岩をくり抜かれたものだ。部分的に穴を掘って元通りにできるはずがない。絵地図の山の絵には、○に六と朱で書かれてあった。〝守護六家〟を意味するものと思っていたが、懐中電灯で照らして見たが、○に六という記号が書かれているわけでもない。

「くそっ！」

涼は、壁を両手で叩《たた》き、跪《ひざまず》いた。

三

松代の巨大な戦争遺構である象山地下壕に、涼は〝守護六家〟の謎を解くためにやって来た。上田の刀剣店〝清徳堂〟の店主から見せられた絵地図に従って壕に入ってはみたが、文字通り壁に突き当たってしまった。

壕の一番深い縦穴までは問題なく来られたのだが、十六の次に書かれてある、直と待という漢字の意味が分からない。直がまっすぐ進むなら、壁の向こうに何かが待っているという意味にとれるが、それには岩の壁を壊さなければならない。何かを隠した後で、岩で埋め戻すことなどできない以上、絵地図の言葉を意味通りにとってはいけないはずだ。

「むっ！」

懐中電灯を消した。微かに人の気配を感じた。敵か？　あるいは、出入口の柵《さく》が開いていることを知った管理人が見に来たのか。いずれにしても見学路をこちらに向かって近付いてくる。金網を越えて他の通路に隠れようかと思ったが、崩落の可能性を考えるとそれもかえって危険だ。ぎりぎりまでこの場で様子を窺《うかが》うことにした。

気配は一つだけだ。近付くにつれ涼の額からじっとりと脂汗が流れ、体が金縛りにあったように身動きが取れなかった。

一条のライトの光がゆっくりと接近して来る。

ベルトの前に差し込んでいる残り二本となった棒手裏剣と背中の短尺棒もあえて抜かなかった。どんな武器も見せないようにすれば、敵の間合いを狂わせて攻撃ができるからだ。

ライトの光が涼の足下を照らして止まった。

「よく逃げずに踏みとどまったな」

橘雷忌は地底から湧き出たような低い声で言った。顔は闇に埋もれて見えないが、特徴のある声と、人とは思えないほど冷酷で淀《よど》んだ気配を間違えることはない。

涼との距離は四メートルほどある。だが、雷忌が仕込み杖《づえ》を持っていることを考えれば、安心できる距離ではない。

「逃げるつもりはない」

心拍数を上げないようにゆっくりと呼吸し、落ち着いた声で言った。

「この間、会った時よりはいくぶんできがよくなったようだな」

乾いた笑いを浮かべ、雷忌は感心してみせた。

「何をしに来た」

「おまえの窮状を見かねて助けに来てやったのだ」

「何も、困っていない」

肩を竦めた涼は、笑ってみせた。

「困っていると、その顔に書いてある。おまえは地図でも見せられたのだろう。それが、ここで行き止まりになっている。そういうことだな」

「何を証拠にそんなことを言うんだ！」

「そのむきになるところが証拠だ。霧島涼」

「俺《おれ》の名前をどうして知っているのだ？」

名前で呼ばれ、鳥肌が立った。

「竜弦の名も知っているぞ」

「爺《じい》さんのことも？　おまえはいったい何者なんだ！」

「知りたいか。私の名は、櫓雷忌という」

「櫓？　まさか！」

顔面から血の気が失《う》せるのが分かった。〝守護六家〟で、これまで出会ったのは、石垣、堀、大門、城守家の四人、霧島家も加えるなら、まだ会ったこともないのは櫓家だけだった。

「そうだ。〝守護六家〟の櫓だ」

「おまえは、〝守護六家〟を潰《つぶ》すと言っていたはずだ」

「〝守護六家〟などくだらない組織だ。私が捻り潰してやる。おまえは本当に何も知らないようだな」

雷忌は、霧島家の先祖である霧隠鹿右衛門が武田信玄に仕えていたことから話しはじめた。そして、束ねていた上忍である石垣、堀、大門、城守、それに櫓家とともに信玄亡き後に真田家に仕えたことは、上田の土屋こと城守宇兵から聞いた話と同じである。だが、ただ一つ違うのは、〝守護六家〟は、信玄の莫大《ばくだい》な軍資金の番人だったということだ。

「少なくとも、今の金にして三百億は下らないだろう。五百年も〝守護六家〟が秘密結社のような陰の組織を維持できたのは、その財力だ。たとえ二百億は食いつぶしたとしても、今も百億近くは残っているはずだ。あるいは、その金で新たな財を築いているとも考えられる」

「あんたは金に目が眩《くら》んで邪魔な〝守護六家〟を潰《つぶ》そうとしているのか。ただの泥棒じゃないか。馬鹿馬鹿しい」

涼は鼻で笑った。

「ほお、百億と聞いても驚かないのか。学生じゃ価値観も分からないかもしれんな。いいか、それだけじゃない。〝守護六家〟はいつの世も政治の裏側で暗躍してきた。だからこそ、大貫教授の失踪《しっそう》に手を貸したのだ。おそらく政府の要人から依頼されたのだろう。私は、歴史の陰でうごめく〝守護六家〟が目障りなのだ」

「…………」

雷忌の言葉でこれまでの謎の一部が解けた。香織の危難を救うべく働いたつもりがいつの間にか霧島家に関わることになっていたからだ。

「〝守護六家〟の管理する財宝の隠し場所が、甲府か長野にあると私は聞かされていた。おそらくこの岩壁の向こうにあるに違いない。後は私がやる。小僧、小柄《こづか》を渡せ。おまえは残りの四本を手に入れたはずだ」

「残りの四本？」

「甲府で私がおまえを襲った時に、大門が配下を連れて邪魔に入ったのを覚えているか」

甲府の荒川の河川敷で雷忌に襲われた時、三人の男が涼との間に割って入り助けてくれた。またその他にも手裏剣を投げてバックアップしてくれた者も二人いた。

「あの隙に、私の部下が大門の家からやつの小柄を手に入れたのだ。おまえを襲えばやつらが動くと思ったからな」

「なんて汚い真似を！」

「その後は、方針を変えたのだ。おまえに集めさせて後で回収すればすむからな」

「小柄にどうして固執するんだ。意味が分からない」

「小柄の意味も知らないおまえには無用なはずだ。渡せば、殺さないで助けてやる」

「渡すつもりはない。それにおまえに殺されるとは思えない」

まともに闘えば、殺されるかもしれない。だが、今日は素手ではない。得意の短尺棒を持っている。雷忌の剣に敵《かな》わないまでも、かわす自信はあった。

「自信があるようだな。どうせ逃げる自信だろう。腰抜けめ。だが、この地下壕《ちかごう》は、私の部下が見張っている。逃げ出すことはできない。これまでおまえを襲ってきた連中の数倍は強い。おまえでも簡単には包囲を抜けることはできないだろう」

「はったりだ。この壕には、おまえの気配しか感じられない」

「誰も、壕の内部にいるとは言ってないぞ」

「んっ！」

いきなり天井の電灯が点《つ》いた。

雷忌は、黒いマントのようなコートをまとい顔の半分をマフラーのような布で覆っていた。その左手には、いつもの仕込み杖が握られている。

「部下が、この横坑だけ電灯がつくようにしたのだ。これで分かったか。おまえはこの壕から生きて出られない。すぐ殺されるのか、俺に従うのか選ぶのだ」

雷忌の言葉を証明するかのように複数の気配が壕に侵入してくるのが感じられた。

「くそっ！」

涼は唇を噛《か》んだ。

四

戦国時代、霧島家が間者として働いていたころ、敵の城や陣地を〝火紙〟と呼ばれる発火製の紙に描いたと祖父の竜弦から聞いたことがある。

櫓雷忌を前にして危機的状況に陥っている涼は、〝火紙〟に描かれていた絵地図の意味を考えていた。筆で描かれた絵図の右上に〝三右、五左、十六直、待〟の最後の〝直、待〟の二文字の謎がどうしても解けないのだ。

〈待は、待っているではなく、待てという命令形なのかな。とすれば直は、まっすぐ進むではなく。この場所に着いたら、直ぐに待て、つまり動かずにいろということかもしれない〉

まるで連想ゲームのように涼の頭の中で言葉は別の展開をしていった。その答えは、急速に接近する足音の正体で分かるだろう。待てという命令形なら、仲間が助けに来るはずだ。敵ならば、雷忌の言うように壁の向こうに財宝があるのかもしれない。

地下壕の侘《わび》びしい電灯の光を浴びて四名の男が走り寄ってきた。涼の期待を裏切り、見知らぬ男たちだった。黒いウィンドブレーカーを着て、それぞれ工事用の機材を担いでいる。かなり重いはずだが、楽々と背負っていた。よほど鍛錬しているのだろう。

「ご苦労、抜かりはないな」

雷忌の言葉で男たちは、機材を地面に下ろし直立不動の姿勢になった。

「監視は、施設の管理棟に四名、地下壕の入口に四名、外の車の中に四名。また、通信の中継のために、ここまでの中間点に二人配置しました」

リーダーらしき男が淀みなく答えた。男の報告で敵の人数が多いことだけは分かった。

それにしても、かなり厳重な警戒をしているようだ。

「きさまの爺《じじ》いが配下を連れて助けに来るかと思ったが、どうやらあてがはずれたな。まさかこの嵐《あらし》の中、おまえがここに来るとは思っていなかったのだろう」

「うちの爺さんも、〝守護六家〟に関わっているのか」

これまでのいきさつから考えれば当然そうなるのだが、飄々《ひょうひょう》としてどこか抜けたような竜弦と〝守護六家〟が繋《つな》がらなかった。

「竜弦は、父親の震伝が死ぬ前から、〝守護六家〟の頭領を務めている。霧島家は、初代霧隠鹿右衛門が頭領だった何百年も前から変わらず〝守護六家〟の頭領なのだ。だが、それも今日で終わる」

雷忌は、部下に顎《あご》で命じた。すると男たちは工事用の機材を準備しはじめた。岩盤を掘削するドリルを持っている者や爆薬と思われる筒を用意している者もいる。ドリルで岩盤に開けた穴に爆薬を詰めて爆破させるのだろう。

「霧島、邪魔だ、そこをどけ。爆薬を仕掛けて、壁を吹き飛ばす。それとも、一緒に吹き飛ばされたいのか」

まるで小僧扱いだが、反撃のチャンスを見つけるまでは我慢する他ない。だが、壁の前をどいたら、爆破の準備を早めることになる。

「一緒に爆破してもらおうか。小柄と一緒にな。俺はともかく小柄はいるんだろ」

「なんだと、ガキが」

途端に雷忌の目つきが凶悪に変わった。

「やせがまんがどこまで通じるか」

雷忌は、部下に顎で指示をした。すると、リーダーらしき男が無線機で誰かを連れて来るように連絡を取っている。

「連れて来る？　まさか。いったい誰を連れて来るというのだ」

上田の真田村にある城守宇兵の家から香織は忽然《こつぜん》と消えていた。心配はしていたが、宇兵の妻である節と一緒にいなくなっているため、ある意味安心していた。だが、雷忌に囚《とら》われていたというのなら話は別だ。

ただの悪い予感に終わるように心底願った。だが、数分後、その予感は、的中してしまった。二人の男に担ぎ上げられるように香織は現れた。地面に座らされ、ぐったりとしている。

「香織！　貴様ら、彼女に何をした！」

深く息を吸い込み、落ち着こうとしたが、無駄だった。心拍数は上がり、頭に血が上った。

「女は、過労でぐったりとしているだけだ。おまえのせいだ。責めるなら己を責めろ」

「くっ！」

返す言葉がなかった。

「この女に死なれたくなかったら、そこをどいて小柄を寄越せ」

雷忌は部下に顎をしゃくってみせた。すると香織を連れてきた一人が、ナイフを取り出して、彼女ののど元に突きつけた。

「分かった。今、小柄を渡すから彼女に危害を加えるな」

バックパックをゆっくりと下ろして、中に手を入れた。

「待て、霧島。その手には乗らんぞ。おまえは小柄の意味を知らないだけに、家宝を武器として使いかねん。そのバックパックごと寄越せ」

「…………」

涼は、舌打ちをした。渡す振りをして、手裏剣の代わりに小柄を投げようと思っていた。小柄は四本ある。それで四人の部下を仕留める自信があった。

「小柄は、バックパックの底に入れてある」

涼はバックパックを雷忌に投げつけた。それと同時に右手で棒手裏剣を抜いて、香織にナイフを突きつけている男の手に命中させた。

「霧島！」

雷忌が叫んだ時には、涼は、香織の側にいるもう一人の男に走り寄り短尺棒で殴りつけて昏倒《こんとう》させていた。

「香織！　しっかりしろ！」

涼は、香織の肩を揺さぶった。

「……涼！　怖かった。土屋さんが突然家からいなくなったと思ったら、変な人たちに連れ去られたの」

香織は、目を見開いた。その両目に涙が浮かんだ。

「ここから、逃げるぞ。俺の側を離れるな」

小柄も信玄の軍資金もどうでもよかった。香織が無事に戻って来たのだ。それ以上、何もいらない。

「霧島！　待て！」

雷忌が、ゆっくりと近付いてきた。

「女はともかく、貴様を逃すわけにはいかない。いつかは〝守護六家〟の頭領になるおまえを殺さねば意味がないのだ。ここから先は、何重にも部下が監視をしている。女を連れて、逃げられると思うのか」

頭に血が上って、外にいる手下たちのことを忘れていた。

「分かった。それなら、彼女が、無事にここから出られると保証をしろ。彼女が無事なら、俺はここに留《とど》まる」

「よかろう。女は、逃がしてやる」

雷忌は、頷《うなず》いてみせた。

「だめ、そんなこと」

香織は、激しく首を振った。

「俺は、死なない。外に出たら、警察に行って助けを求めるんだ」

涼は、香織の耳元で囁《ささや》くように言った。

「涼、……」

「頼むから行ってくれ、君がいたら落ち着いて闘えない。このままじゃ、二人とも殺されるだけだ。俺を助けると思って先に逃げてくれ」

涼は、香織を突き飛ばした。

「はやく行けよ！」

怒鳴り声を上げると、ようやく香織は出口へと走って行った。

五

象山地下壕《ちかごう》の最深部とも言える二十番のトンネルは、出入口から六百メートル以上離れている。外はまだ嵐が吹き荒れているのだろうが、ここは静寂そのものだ。

涼と雷忌は、間合いをじりじりと詰めながら、攻撃の頃合《ころあ》いを見計らっていた。

「外の連中に香織に手を出すなと早く連絡をしろ！」

雷忌がなかなか手下に指示をださないので、涼はいらついていた。

「約束だったたな」

雷忌は、大きく頷いた。

「娘を連れ戻すように伝えろ」

無線機を持っている部下に雷忌は、指示を下した。

「貴様、約束を破るのか」

「敵を信用する馬鹿はおまえぐらいだ。女を救いたかったら、我々を一人残らず倒すことだ」

雷忌は、鼻で笑った。

「櫓様、連絡がとれません」

無線機を持っているリーダー格の男が恐る恐る報告をした。

「もう一度、確かめろ！」

雷忌の怒鳴り声が終わらぬうちに天井の照明は消えた。

「何をしている。電気を点《つ》けさせろ！」

「はっ！」

暗闇で敵が動揺を見せる中、照明が消える直前の光景を頭に描き、涼はすばやく行動を開始した。

「気を付けろ！　霧島が動いたぞ！」

雷忌はさすがに涼の動きを察知したようだが、手下たちは微動だにしない。というより、足下に機材や爆薬が置かれた状態では動けるものではなかった。

涼は、工事用の機材を抱えていた二人を瞬く間に短尺棒で叩《たた》き伏せた。だが、爆薬を扱っていた二人は、防御のつもりなのかがむしゃらにパンチを繰り出してきた。相対する敵は見えなくとも足音、息遣いでおおよその位置や攻撃はほぼ摑《つか》める。武田陰流は闇で働く者の武術なのだ。涼にとって男たちのパンチを短尺棒で払いのけ、叩きのめすのは容易《たやす》いことだった。

「小僧！　調子に乗るな」

雷忌の声が響いた。

とっさに横に飛んだ。その跡を雷忌の刀が追いかけてきた。

雷忌もまるで涼が見えるように刀を振っている。〝守護六家〟の一員だけあって居合だけでなく武田陰流をそうとう使いこなすようだ。

闇をも斬《き》り裂くように雷忌の刀が振り下ろされる。さすがに短尺棒で受け止められずに、涼は後退していった。

背後にふっと湧くように人の気配を感じた。

「くそっ！　新手か」

涼は、右に前転するように背後の気配から遠くに飛んだ。

天井の照明が再び点いた。

「あっ！」

「貴様！」

涼と雷忌が同時に声を上げた。彼らの数メートル後方に霧島竜弦が立っていたのだ。

竜弦はいつも普段着にしている着物とは違い、上下黒い着物を着ていた。テレビによく出て来る忍者とは違うが、忍び装束に見えなくもない。しかもその手には、黒く塗られた三尺の杖《つえ》を握っていた。身長、一七一センチ、涼よりはひと回り小さいが年の割に立派な体格をしている。

「雷忌、武器を捨てよ。私がここにいるという事実を認めるのだ」

竜弦は、雷忌との間合いをゆっくりと詰めた。

「馬鹿な。部下を一人残らず倒したのか！」

「私を誰だと思っている。馬鹿者が。米国に逃げたおまえを追って殺しておくべきだった」

「うるさい！　おまえに受けた屈辱をここではらしてやる」

雷忌は、顔の半分を覆うマフラーをむしり取った。すると左の頰《ほお》から顎《あご》にかけて大きな刀傷があり、顔は醜く歪《ゆが》んでいた。

「なにが屈辱だ。その程度の傷ですませて、取り逃がした私が間違っていた」

「老いぼれが、今度こそ、おまえも息子夫婦のように殺してやる」

雷忌の言葉に竜弦は、苦々しい顔つきになった。

「えっ！　どっ、どういうこと。親父やお袋は交通事故で死んだんじゃないの」

一瞬頭の中が真っ白になり、フラッシュバックするように次々と子供の頃の記憶が蘇《よみがえ》ってきた。

夏の暑い日だった。まだ陽が高い昼時に、両親は二人で仲良く買い物に出かけた。幼い涼は、竜弦との稽古《けいこ》が終わっていなかったので、付いて行くことができなかった。だが、日が暮れても両親は帰って来なかった。竜弦と二人で寂しく夕食を食べた記憶がある。明くる日は、珍しく竜弦との稽古は一日中なかったのでよく覚えている。帰って来ない両親を玄関先で遊びながら待っていると、夕方ごろ、竜弦に呼ばれ縁側に座らされた。そして、二人は、トラックに撥《は》ねられて死んだと聞かされた。

「すまん。涼、いつかは本当のことを言おうと思っていた。二人とも、この男に殺されたのだ」

竜弦は、涼に手を合わせてみせた。

足下から地面が崩れていくような錯覚に陥った。目の前の竜弦と雷忌の二人がまるで違う世界にいるようにすら思える。

「私は、降り掛かる火の粉を払ったまでだ」

「黙れ、雷忌！　貴様がそもそも兄の隆明《たかあき》を亡きものにし、〝守護の印〟を盗んだのが発端だ。我らが制裁を加えようとしたのを逆恨みしおって」

竜弦は、真っ赤な顔になり言葉を荒らげた。

「子供の頃から、武田陰流を叩き込まれ、〝守護六家〟で最強とまで言われながらも、次男に生まれたばかりに櫓家を継げなかった。そのために武田信玄の残した軍資金に一切手を触れることができないなかったのだ」

「馬鹿者が。軍資金など三百年も前になくなっている」

「嘘《うそ》をつけ！〝守護六家〟を動かすには膨大な資金がいる。軍資金は今も必ずあるはずだ。現におまえの孫の涼に〝守護の印〟を集めさせていただろう」

「涼には別の意味で集めさせたのだ。それにしても、金欲しさに隆明の息子まで殺したのか。甥《おい》の首を斬り落とすとは人間の所業とも思えん」

「櫓家の後継者を殺せば、〝守護六家〟は動くと見たからだ。だが、おまえたちは動じなかった。そこで、〝ザックス〟をけしかけておまえの孫を追わせたのだ」

「首？」

それまで、二人の話を別次元の物語のように傍観していたが、首を斬り落とすという竜弦の言葉で涼は目覚めた。そして、バイト先の先輩だった松田耕一の名が浮かんだ。

「隆明の息子とは、松田耕一のことか！」

涼は、二人の間に割って入り、雷忌を睨《にら》み付けた。

「耕一は、櫓隆明の息子だ。櫓家は、雷忌に〝守護の印〟を盗まれたために守護家の資格を失っていた。だが、耕一は、家出したおまえを心配して自らおまえの子守り役を買って出たのだ。おしい男を死なせたものだ」

雷忌の代わりに竜弦が答えた。

松田耕一は、バイト先の先輩として涼に酒の飲み方を教え、困った時は兄のように助けてくれた。反面、煙草、賭《か》け事、女などだらしない大人の見本のようなところもあえてみせた。思えば、松田は涼を助けるだけでなく、はやく一人前の大人にしようとしてくれていたに違いない。

「知らなかった」

全身の血が沸騰し、体が震え、沸き上がった血は、体中を駆け巡り爆発した。

「うおー」

涼は雄叫《おたけ》びを上げ、最後に残された棒手裏剣を右手に握り雷忌に襲いかかった。

雷忌の右手が杖に伸びた。

目の前を白い光が伸びてきた。涼は、その光に乗るように宙高く回転した。白い光はスピードを増し、涼の髪の毛と右肩を斬り裂きながら追い越して行った。

「くっ！」

衝撃で手元が狂い、首の急所を狙《ねら》った棒手裏剣は雷忌の肩に突き刺さった。

着地と同時に両手に短尺棒を握り、振り返った。

「死ね！」

雷忌は、肩の傷などものともせずに振り向きざまに刀を斬り下ろしてきた。涼は、咄《とっ》嗟《さ》に短尺棒を逆手に持ち、雷忌の刀の柄《つか》に叩き付けてその動きを止めた。

「同じ剣を二度も喰《く》らうほど馬鹿じゃないんだ」

「貴様！　短尺棒を使うとは」

雷忌は、恐ろしい形相ですばやく刀を引き、下段から斬り上げてきた。

涼は短尺棒で払うように刀を避《よ》けて右に逃れた。短尺棒は攻撃に優れているが、防御は弱い。まともに刀の攻撃を受けられるものではなかった。受けは力を逃すように払うしかないのだ。

「きえー！」

　奇声を発し、雷忌が上段から斬り込んできた。

　涼は、左に体をかわしながら、避けたが、足下の機材に躓《つまず》いてよろけた。続けて雷忌は、右から水平に胴に斬り込んできた。咄嗟に短尺棒を十字に構えたが、雷忌の刀は凄《すさ》まじい。涼はたまらず、突き飛ばされた。雷忌の強さは圧倒的だった。

「どうした、それでも霧島家の御曹司《おんぞうし》か」

　雷忌は高笑いをした。

　涼は、ちらっと竜弦を見た。正直言って助けて欲しかった。だが、竜弦は、涼をじっと見据えて微動だにしない。だが、その目は穏やかだった。いつも激しい稽古をしていた時と変わらない目だ。恐ろしく厳しい表情とは裏腹に目つきは穏やかだったことを思い出した。「おまえを信じている」と語りかけているようだ。

「かかって来い！　雷忌」

　涼は、叫び声を上げ、短尺棒を左手を陰に、右手を陽に構えた。

「ほざけ、小僧！」

　再び雷忌は、上段から涼の脳天目がけて撃ち込んできた。涼は右に大きく飛んだ。雷忌の刀を左の短尺棒で流すように払い、右手の短尺棒にすべての力を込めて打ち下ろした。

バキンー！

「何！」

雷忌の刀が中程から折れた。涼が右手の短尺棒で刀の弱点ともいえる側面から叩《たた》き折ったのだ。

涼の短尺棒は休むことを知らなかった。次の瞬間、左手の短尺棒を下から突き上げ、雷忌の巨体を宙に飛ばしていた。

六

父の名は、俊之《としゆき》、母の名は、由美《ゆみ》。涼の脳裏に久しく忘れていた両親の名が浮かんだ。

二人は、櫓家の跡取りである長男を殺害した次男の雷忌を抹殺しようとしたが、逆に殺されたという。

「殺してやる！」

涼は、親の仇《かたき》を討つべく意識を失って倒れている雷忌の胸ぐらを摑《つか》み、右手に持った短尺棒を振り下ろそうとした。

「待て！」

竜弦が涼の右手首を握っていた。

「止めるな！　こいつだけは許せない」

「涼、おまえは〝守護六家〟の頭領となる男。感情で人を殺してはならん」

「関係ないよ、そんなこと。こいつは俺の大事な人を何人も殺したんだ。俺には、こいつを殺す権利があるんだ」

「殺しても構わん。だが、おまえの手が汚れるだけだ。それに自分だけが被害者のつもりなのか。雷忌に親兄弟までも殺された者はどうなる」

「親兄弟？」

涼は、振り上げた短尺棒を下ろした。

竜弦は雷忌の体を調べ、足首に巻かれていた革製の筒に六文銭の小柄を見つけた。

「やっと、取り戻した。これはおまえが持て」

地面に落ちていたバックパックと、雷忌から取り上げた小柄を竜弦は渡してきた。

涼は、複雑な心境で小柄を見つめた。六振りの小柄が集まったが、これが〝守護六家の印〟ということ以外まだ何も分かってはいない。

「小柄にはいったい、何の意味があるんだ」

「付いて来い」

竜弦は、涼の質問には答えずに地下壕《ちかごう》の出入口に向かって歩きはじめた。

「ちょっと待ってよ。こいつらはどうするんだ」

足下に転がっている雷忌や手下たちは気絶しているだけだ。

「心配するな。逃がしはしない」

竜弦は不敵な笑いを浮かべて歩き出した。

仕方なく涼もその後に従った。壕の見学路を二十メートルと進まないうちに前方から現れた十人の男たちとすれ違った。彼らは竜弦と違い、まるで電気工事の作業員のような格好をしている。男たちは、通り過ぎる際、涼と竜弦に深々と頭を下げて走り去った。

「堀家の者たちだ。彼らが片付けてくれる」

涼は、しばらく質問するのを止めることにした。竜弦や雷忌から得られた衝撃的な事実の整理がまだ付かないために、これ以上新たな話を聞けば混乱すると思ったからだ。

地下壕を抜けると、風はまだ強いが、雨は止んでいた。

竜弦は、川沿いの道まで出てすぐに山に向かう道に入った。しばらく歩き途中で山道を外れ、道なき道を進むと山の中腹に古い石の祠《ほこら》があった。苔《こけ》むした石の台の上に地蔵が祀《まつ》ってある。幅は、九十センチ、奥行きは八十センチと台座はしっかりとしているが、地蔵は高さ六十センチほどでこぢんまりとしている。山道から見えるような場所でないため、地元の人も知らないかもしれない。

「開けてくれ」

おもむろに竜弦は、祠に向かって命じた。すると地蔵は石の台座ごと左に動き出し、中から懐中電灯を持った黒ずくめの男が出てきた。

「お待ちしておりました」

男は、涼と竜弦に深々と頭を下げた。

「あっ！」

涼は、思わず右手で自分の口を押さえた。目の前に現れたのは、上田の刀剣店〝清徳堂〟の主人だったからだ。

「私は、城守健次《けんじ》と申します。上田の〝清徳堂〟でお会いしたのは、双子の兄の健一《けんいち》です。驚かせて申しわけございません」

健次は、にこりと笑った。

「先に行け」

竜弦に背中を押されて前に出た。石の祠があった場所にぽっかりと穴が空き、地下へと続く石の階段が続いている。ところどころロウソクが壁に置いてあるが、階段は長くその先がどこまで続くかよく見えない。

「こちらへ」

健次が階段を降りはじめ、その後に続いた。

階段は西の方角に十メートルほど続き、その先はほぼ直角に北の方角に伸びている。北に二十メートルほど階段を下りた所で、二メートル四方の石室になった。左右の壁に直径十センチ前後の穴がいくつも空いており、今にも何か飛び出してきそうで不気味だ。

健次は右側の壁にある一番下の穴に手を突っ込み、踏ん張ってみせた。すると前面の石の壁がずるずると音を発《た》てて動き出した。岩戸の開閉装置を引っ張ったようだ。

「おおっ!」

石の扉が開くと、天井まで十メートルはありそうな空洞が目の前に広がった。

「どうぞ、こちらへお入りください」

涼はわけが分からず、健次の後に従った。

広さは優に三十畳はあるだろう。岩肌が剝《む》き出しの空洞は、自然のものらしい。大きなロウソクが四隅に置かれ、中央には祭壇のようなものがあった。周辺にはロウソクが無数に立ててあり、異様な空間が造り出されている。

「香織!」

祭壇の前に香織が寝かされていた。

涼は、彼女の下に駆け寄った。規則正しい寝息を発てている。額に手をやったが、熱はなさそうだ。

「爺《じい》さん。教えてくれ。いったいどういうことなんだ」

たまりかねた涼は、振り返って竜弦に問いただした。

「ここは、〝守護の間〟と言って、〝守護六家〟の主人と跡継ぎしか入れないことになっている」

「何、……ということは、香織も〝守護六家〟の跡継ぎなのか」

「そうだ。両親と兄を殺されたために、跡継ぎとなったのだ」

ゆっくりと頷いた竜弦は、溜息まじりに言った。

「両親と兄を……。まさか、香織は櫓家の人間なのか」

「彼女の名は、櫓里香《りか》。幼い頃、両親を叔父《おじ》である雷忌に殺されたために、城守家に預けられて育てられた。だが、櫓家の跡継ぎだった兄の耕一も殺され、五百年近く続いた家柄の直系は今や彼女一人となった」

「彼女は、北川香織じゃないんだな。みんなで俺を騙《だま》していたのか」

涼は、竜弦を睨《にら》みつけた。

「騙したのは、私だ。おまえは、もうすぐ二十歳だ。そのために〝守護六家〟の頭領の跡継ぎとしての資格が問われる。霧島家だけでない。〝守護六家〟の跡取りは、二十歳の誕生日を迎える際に厳しい試練を受けるしきたりがある。これは何百年も続いた決まり事なのだ」

「資格?」

京都の鞍馬寺で会った堀政重も同じようなことを言っていた。

「資格とは、試練を乗り越えて、霧島家以外の守護家のすべての承認を得ることだ。おまえを将来の頭領として認めた者は、おまえに〝守護六家の印〟である小柄を託したはずだ。おまえは、すべての印を集めた。だが、まだ櫓家の正式な承認を得ていない。また、里香も櫓家の跡取りとして認められていない。私がこれから、彼女を櫓家の主人と認める。その後でおまえは、彼女に許しを得ればいい」

「くだらねえ、やなこった。五百年近い歴史があるかどうか知らないけど、何が〝守護六家〟だ。武田信玄の軍資金があるかどうか知らないけど、そんなことで殺し合いまでして馬鹿じゃないの。第一俺は騙されていたことが許せない。危うく命を落としそうになったんだぞ」

涼は、言葉を荒らげた。

「おまえが腹を立てているのは、里香に騙されていたと思うからだろう。言ったはずだ。騙していたのは、私だと。私は、彼女に〝傀儡《くぐつ》〟の術をかけて、北川香織として行動させた。その途端、米国の〝ザックス〟の手先に拉致《らち》されたんだ」

「なんで〝傀儡〟の術をかけたんだ。演技すればすむことだろう」

「演技だけでは、見破られる可能性もある。〝傀儡〟の術で思い込ませれば、たとえ自白剤を使われてもばれることはない。だが、彼女はあまりにも精神力が強いために、自ら術を破ろうとし、精神が不安定な状態になっている。こんなことは、私もはじめてだ」

「精神が不安定に？」

思い当たる節はある。この二日ばかり、一時的に記憶障害になったり、微熱を出したりと香織の様子がおかしかった。

「起こしてやるがいい。術をかけたままでは、本当に頭がおかしくなってしまう」

竜弦の言葉に涼は頷《うなず》いた。

「香織、起きろ！　香織」

涼は、香織の肩をやさしく揺さぶった。

「涼! よかった。……ここはどこ? 誰? このお爺さん」

香織は落ち着きなく周りを見渡し、竜弦の姿に驚いた。

「待ってくれ、爺さん。術を解けば、彼女は俺のことを忘れてしまうのか?」

〝傀儡〟の術を解かれた人間は、術をかけられたことも忘れてしまう。それと同じことが起きれば、この二週間の間に、涼と過ごした香織の記憶はなくなる可能性があった。

「正直言って、私にも分からない。〝傀儡〟の術で変えられた記憶を自ら打ち破ろうとする者をこれまで見たことがない。おそらくおまえを騙しているという気持ちが意識下で働き、術を解こうとしたのかもしれないな。だが、どのみちこのままでは彼女は、だめになってしまう」

「分かった」

香織のことを思えば、自分の記憶などどうでもいいことだった。

「おまえが術を解いてやれ、〝三途《さんず》の川〟と〝色即是空《しきそくぜくう》〟を続けて言うのだ」

涼は、大きく頷いて香織の肩に両手を置いた。

「どういうこと。いったい、何をしようとしているの?」

香織は、不安げな目で涼を見た。

「心配するな。香織。霧、〝三途の川〟、〝色即是空〟」

合い言葉を聞いた途端、香織は白目を剝いて気絶をした。

「すぐに起こさない方がいいだろう。しばらく寝かせておけ」

涼は、香織を両腕で抱きかかえ、祭壇の近くの岩壁にそっともたれかかるように寝かせた。

守護の間

一

吹き荒れる嵐の中、松代にある戦争遺構である地下壕《ちかごう》に、涼はただ一人で潜入した。

薄暗く風化が進む闇の世界は、強敵、櫓雷忌と闘うには相応しい場所といえた。

激闘の末、雷忌を破り、失踪《しっそう》していた北川香織を救い出すことができた。だが、それでこれまでの旅が報われたわけではなかった。

闘いを見守っていた祖父の竜弦に地下壕の近くに隠された〝守護の間〟と呼ばれる異空間に導かれた涼は、〝守護六家〟の真実に迫ろうとしていた。

「京都で堀さんと会った時に、俺《おれ》には質問する資格がないと言われた。今もそうなのか」

涼は、竜弦の目をじっと見据えた。

「もうおまえには充分資格がある。なんでも答えてやろう。その前に〝守護六家〟の歴史を教えるべきだな。これまで何も話さなかったのは、幼い頃《ころ》両親が殺されたということもあったが、時代は大きく変わった。〝守護六家〟も新しい世代へと変わる必要がある。そのため、おまえには何も教えずに二十歳になるとき、しきたり通りに試練を与えて合格したら、すべてを話そうと思っていた」

「もし、俺が〝守護六家〟に認められなかったら、どうするつもりだったんだ」

「櫓家も壊滅状態だ。このまま〝守護六家〟を潰《つぶ》そうと思っていた」

竜弦は、神妙な面持ちで答えた。

「さっき、雷忌に信玄の軍資金はもうないと言っていたけど、それを守る〝守護六家〟に何の意味があるんだ？」

雷忌は、〝守護六家〟が信玄の金庫番だと言っていた。

「おそらく兄の隆明から聞いたことをそのまま鵜《う》呑《の》みにしていたのだろう。確かに先祖の霧隠鹿右衛門は信玄に信頼され、いくつかある隠し軍資金の番を任されていた。それは、江戸時代まであったと言われている。軍資金は、陰の守護職に就いたときに費えたのだ」

「陰の守護職？」

涼は、また歴史の問題かと溜息《ためいき》が出た。

「霧隠鹿右衛門は、信玄亡き後、配下を引き連れて真田家に仕えた。一方その真田家は時の覇者織田信長に恭順《きょうじゅん》したのだ。だが、真田家の当主、昌幸は、信長を信頼してなかった。鹿右衛門に命じ、信長を徹底的に調べさせた。すると信長は、天皇家を廃絶する陰謀を持っているということが分かった。昌幸は、鹿右衛門に天皇家を密《ひそ》かにお守りするようにと、六文銭の家紋の付いた小柄《こづか》を褒美《ほうび》として渡したのだ。それが、〝守護六家〟の新しい任務であり、名の由来だ。だが、天皇をお守りしても、合戦働きでないので禄、つまり給与は貰《もら》えない。誉れな仕事であっても軍資金がなければ食ってはいけないという現状があった。おそらく昌幸は、鹿右衛門が信玄の軍資金を隠し持っているのを知っていたのだろう。昌幸は抜け目のない男だったらしいからな」

「雷忌は、〝守護六家〟はいつの世も政治の裏側で働いていると言っていたけど、どうなの？」

竜弦の話が雷忌から聞いた情報と繋《つな》がらなかった。

「天皇家は時の権力者に利用されてきた。そのため、権力者と争うことになり、政治の裏側で働いているように見えるだけだ。だが、〝守護六家〟の真の働きは、第二次世界大戦で終わった。我々の存在は、軍部に知れるところとなり、私の父、震伝の代に天皇家の陰の守護職の任を解かれ、陸軍の特務機関として働かされるようになった。陸軍にしてみれば、お国のために働けば、ひいては天皇家のためになるという理論だった。父は、Ｓ機関と名乗っていたそうだ」

「Ｓ機関？　震伝曾爺《ひいじい》さんのＳ？」

「戦時中の特務機関は、だいたいが指揮官である機関長のイニシャルを取っていた。東南アジアで活躍した藤原機関が、Ｆ機関と言われたようにな。だが、父は少しひねくれ者だった。霧島家のKをイニシャルに使うと気が狂った機関と揶揄《やゆ》されると言って、ご先祖が仕えた真田家のSを付けたのだ。つまり真田機関の略だ」

「真田機関か。なるほど、曾爺ちゃんらしいや」

子供の頃、震伝から戦時中は陰謀の中に身を置く仕事をしていたと聞かされた。詳しくは聞かなかったが、自慢げに震伝が話していたのを覚えている。震伝は、年寄りの割にいたずら好きで、子供の頃、背中にウシガエルのオタマジャクシを入れられたことがあった。涼が、気持ち悪がって踊るように騒いでいるのを見て、指を差して笑っている姿を未《いま》だに覚えている。

「戦後、陸軍の傘下にあった特務機関の大半は潰《つぶ》され、あるものは、GHQの傘下に入った。〝守護六家〟は、政府直属ではなく、フリーランスの諜報《ちょうほう》機関として存続することを選んだ。もともと〝守護六家〟は、諜報機関というより秘密結社といった方がふさわしい。政府の支配下に置かれるものではないのだ。自由はあるが、そのかわり軍資金は自前で調達せねばならない」

「それで、雷忌は、未だに信玄の軍資金があると思い込んだのか」

「何百年も続く秘密結社は、世界中に存在する。永きに亘《わた》り存続できるのは、厳しい血の結束と崇高な目的があればこそだが、財源がなくてはならないという現実もある。〝守護六家〟には、ある意味永続的な収入を得る手段を持っているのだ。もっとも霧島以外の五家には、当主にならないと伝授されないものが多くある。そのうちの一つが何か分かるか？」

涼は、はっとした。

これまで、〝傀儡《くぐつ》〟の術は、人を録音機代わりにする程度の技としか思っていなかった。だが、竜弦により櫓里香を北川香織として、新たな人間に作り替えるほどの強いマインドコントロールをすることができる技だと分かった。とすれば、政財界で人を思うがままに操り、信玄の軍資金など比べ物にならないほど巨万の富を得ることもできるはずだ。

「〝傀儡〟の術。……そういうことか、軍資金など最初から、〝守護六家〟にとってはどうでもいいことだったんだ」

「やっと、分かったようだな。我々は、大昔から何世代にも亘り、配下を使っているが、彼らにも〝傀儡〟の術を知られないようにしてきた。あれは、禁断の秘術なのだ。そのために巨額な軍資金があると思わせてきたのだ。だから、おまえに伝えた〝傀儡〟の術もレベルの低いものなのだ」

涼は悔しいが頷《うなず》いた。自分の知っている範囲では、人に伝言を託すことはできても、別の人間に作り替えるほど強力なものではないからだ。

「我々が、今回、大貫教授と助手の北川香織を保護したのは、もちろん政府のとある筋からの依頼だ。二人を完全に隔離できるまでの三週間、米国のＣＩＡや民間情報機関である〝ザックス〟の目先を逸《そ》らすというのが我々の任務だった。まず、櫓里香を北川香織に改造し、本物とすり替えて大貫教授に付けた。ところが、この任務に就けた途端に里香は拉致《らち》されてしまったのだ」

北川香織に扮《ふん》した里香は、今から考えると涼と変わらない体力を持ち合わせ、スミスの施設を脱出する際も思いの他身軽だった。

「そこで、櫓里香の救出と〝ザックス〟の囮《おとり》という大役を他でもないおまえに与えたのだ。ちょうどおまえが二十歳の誕生日を迎えるからな。試練を与えて〝守護六家〟に認めさせるにはいい機会だと思ったのだ」

竜弦は、乾いた笑いをした。

「俺は横浜工科大学のバイオ科学部に在籍する学生にいつのまにかなっていたけど、あれも爺さんの仕業か？」

「当たり前だ。〝傀儡〟の術を使えば、学校の職員ばかりか、学校を乗っ取ることも容易《たやす》いことだ」

「それじゃ聞くけど、たまたま今回の任務とやらに、櫓雷忌が関わってきたのも、偶然なのか？」

「やつは、十三年前に米国に逃げて行った。まさか日本に帰ってくるとは思わなかったがな」

「本当かよ」

涼は、疑いの眼差《まなざ》しを竜弦に向けた。この二週間というもの、いくつもの偶然が重なり、ここまできた。だが、分かったことが一つだけある。それは、偶然というものはこの世に決してないということだ。涼が〝守護六家〟の頭領の跡継ぎとして認められるには、雷忌が盗んだ守護の印である小柄を取り戻さなければならない。おそらく竜弦は、雷忌になんらかの情報を流して誘《おび》き寄せたに違いない。

「竜弦様」

振り返ると、櫓里香が正座をして地面に座っていた。祭壇のロウソクの炎に照らされた里香の顔色は良かった。

「おお、気が付いたか」

竜弦は、里香を見て顔をほころばせた。

「おかげさまで、元に戻ったようです」

里香は、両手をついて頭を下げた。

「里香、涼のことを覚えているか？」

「はっ、はい。断片的ですが、涼様には、大変お世話になりました」

「涼様か、白々しい。本当は忘れちまったんだろう」

様を付けられて、涼はかちんときた。

「本当です。私は、助けていただいたことをちゃんと覚えています」

里香はむきになって答えた。

「涼、里香は嘘《うそ》をつくような女ではない。それより、里香、おまえを櫓家の当主に任ずる。こっちに来なさい」

竜弦が手招きをすると、里香は腰を低くしながら、竜弦の前で跪《ひざまず》いた。

「櫓家の印は、これだな」

竜弦は、雷忌から取り戻した二本の小柄から一本を選んだ。

涼はおやっと思った。小柄は見た目がどれも同じである。わずかに霧島家に伝わる小柄の六文銭が金で、他の小柄は銀でできているという違いしかないはずだ。

「ありがとうございます」

里香は、竜弦から恭《うやうや》しく両手で小柄を貰《もら》い、胸に押し抱くようにして握り締めて涙を流した。

涼には、分からない世界だった。おそらく彼女は、子供の頃から〝守護六家〟について聞かされていたのだろう。もっともそれゆえ、雷忌のような反逆者が生まれたのだが。

「これで櫓家は再興された。六家が揃ったのぉ」

目を細めた竜弦は大きく頷いた。

「涼様、櫓家の印、お受け取りください。私は、あなたほど、〝守護六家〟の当主に相応《ふさわ》しい方はいないと思っています」

里香は立ち上がって笑顔を浮かべ、涼に小柄を差し出した。竜弦には反発していたが、彼女の気持ちを踏みにじることもできずに、涼は戸惑いながらも受け取った。

「後は、大門だけだな。城守、大門を呼んで来るのだ」

竜弦は、満面の笑みを浮かべて、岩戸の近くに控える城守健次に命じた。

健次は、一礼すると岩戸から駆け出して行った。

二

〝守護の間〟と呼ばれる大空洞は、城守健次に大門利勝を呼びに行かせたため、涼と竜弦、それに櫓里香の三人だけだった。

「ところで、涼、この松代の地に戦時中、どうして政府の中枢が移転するような巨大な地下壕が作られたか知っているか」

竜弦は思い出したかのように唐突に尋ねてきた。

「知らないよ、そんなこと。第一、地下壕があるのも、ここに来てはじめて知ったんだから」

涼は、さんざん守護家の歴史について聞かされたので、昔の話を聞くのはうんざりしていた。

「これは、私の父である震伝から聞いた話だ。第二次世界大戦は開戦当時から、日本はエネルギーをはじめとした資源不足に悩まされた。もっともそれを打開するための戦争だったという一面もある。政府は、全国に眠っている地下資源を血眼になって探した。その過程でこの地に信玄の隠し財宝があるという噂《うわさ》を陸軍参謀本部は聞きつけたらしい。

そんな伝説や噂は、甲府や長野では腐るほどあるがな。それで、他の条件と照らし合わせてこの地に地下壕を作ったらしい。建設途中に軍資金が見つかればと淡い期待を抱いていたのだろう。戦争が終わり、工事が途中でストップしたからいいようなものだが、象山の地下壕があと数メートル掘り進められていたら、ここは発見されていただろう」

竜弦は、胸を撫《な》で下ろす仕草をした。

「数メートル？」

「計ってはいないが、ことによると数十センチかもしれない。象山地下壕の二十番の縦穴とは、距離的に非常に近いのだ。おまえが〝清徳堂〟で見た絵地図は、私が描いたのだ」

上田の刀剣店〝清徳堂〟で見せられた絵地図には、〝三右、五左、十六直、待〟という暗号が書かれてあった。地下壕で、〝十六直〟の言葉通り、十六の縦穴を直進して二十番の縦穴に突き当たった。行く手を岩壁で閉ざされ、次の〝待〟の意味も分からずに涼は絶望感に襲われた。結局〝待〟は、言葉通り竜弦を待てという指示だったのだが、そのまま地中を進めば〝守護の間〟に通じていたのだ。

「ところで、この〝守護の間〟は、もともとは何だったの。戦時中の政府はガセネタで大規模な工事をしたわけ？」

「鋭いな、おぬし。〝守護の間〟と呼んでいるが、戦国時代、信玄の軍資金を隠すため地下にある洞窟《どうくつ》を利用して作られたものだ。そのころは、実際、金の延べ棒を入れた木箱がここに積み上げられていたと聞く。むろん戦時中は、今と同じで何もなかったがな」

竜弦は、時代がかったいい方をしてあっさりと白状した。

「大変です！　竜弦様」

今さっき岩戸から飛び出して行った城守健次が、血相を変えて戻ってきた。

「何事だ」

竜弦は、ぴくりと右眉《まゆ》を上げた。

「雷忌が、隙《すき》を見て逃走しました」

「馬鹿者！　何をしている。すぐに追っ手を出すのだ」

竜弦は烈火のごとくに怒った。

「石垣、堀、大門の各下忍が捜索にあたっています」

健次は必死に答えたのだが、涼は思わず笑いそうになった。今時、下忍という言葉を使うセンスを笑ったのだ。彼らは、まるで戦国時代の忍者ごっこでもしているようにしか見えない。

「おまえもすぐに行け！」

「はっ！」

「ちょっと待て」

竜弦は、岩戸から飛び出そうとした健次を呼び止め、なにやら耳元で囁《ささや》いた。

「えっ！　それは」

「いいから、私の言う通りにしろ」

「分かりました」

健次は、頭を下げて岩戸から姿を消した。

「現在、この地に〝守護六家〟の主《あるじ》だった者が集結している。雷忌といえども逃げられはしないだろう。涼、怪我はどうだ」

竜弦は、健次がいなくなると途端に何事もなかったように振る舞った。怒鳴ったのは、威厳を見せるための演技だったに違いない。

「里香、涼の応急処置をしてやれ」

懐から手ぬぐいを出して、竜弦は里香に渡した。

里香は手ぬぐいを受け取り、頭を下げた。

「涼様、服を脱いでもらえますか」

「止めろよ。気持ち悪い。涼って呼べよ」

「それでは、困ります」

里香は、竜弦の方をちらりと見た。

「俺は、頭領でもなんでもないんだ。ただのニートだ。気を使う必要はないだろう」

涼は服を脱いだ。途端に肩に激痛が走った。

「ここでは暗いので、明かりの近くに来てもらえますか」

里香は、ロウソクが置いてある洞窟の隅まで涼の腕を引っ張った。

「香織、じゃなかった里香か。本当に俺のこと覚えているのかよ」

涼は、小声で里香に尋ねた。

「本当よ。変なこと言って困らせないで。竜弦様の前で呼び捨てにできるわけがないでしょう。最初の頃の記憶は断片的だけど。この三、四日の記憶はちゃんとあるわ。私は子供の頃、城守宇兵さんに預けられていたの。上田や長野にも一時住んでいたことがあるわ。それで、私にかけられた〝傀儡《くぐつ》〟の術が解けかけたんじゃないかしら。それに任務とはいえ、あなたを騙《だま》していたこともあったから、おかしくなったんだと思うわ」

里香は言葉遣いを変えて小声で言った。どうやら、嘘ではないようだが、出会った翌日に里香とキスをしたことを思い出し、せっかくの思い出がなくなってしまったようで溜息《ためいき》が出た。

「それじゃ、爺《じい》さんがいないところじゃ、涼って呼べよ」

「分かったわ。それから、一つだけ、言わなければならないことがあるの」

手ぬぐいで傷口を巻きながら、里香は耳元で囁くように話しかけてきた。そのしぐさはどこかいたずらっぽい。

「私が扮装《ふんそう》していた北川香織は、二十三歳だけど、私は十九歳。九月生まれだから、あなたより、ちょっとだけ年下よ」

「何！」

驚きの連続だったが、里香が同じ歳というのは、今日一番かもしれない。しかし、よくよく考えてみれば、大人っぽいようで、子供のようなところもあった。特に食欲は、人一倍旺盛《おうせい》で、フライドチキンが一番好きと言っていたのを思い出した。竜弦は、里香に北川香織になりすますように〝傀儡〟の術をかけたのだが、基本的な性格までは変えられなかったのだろう。

「そんな、びっくりすることじゃないでしょう。さっき竜弦様が説明したことちゃんと聞いていなかったでしょう。〝守護六家〟の跡継ぎは、二十歳になるとき試練を与えられるって。私が北川香織になるように〝傀儡〟の術をかけられてまで任務を与えられたのは、そのためなの」

里香は腕を組んで怒ってみせた。

「確かに」

涼は、小さく笑った。これまで彼女に対して年齢が上に見られるように振る舞っていただけにほっとさせられた。

三

紀伊《きい》半島沖を通過した台風は、東の海域に抜けて行った。

台風に置き忘れられた風が山々を激しく揺さぶり、地下深い〝守護の間〟のロウソクの炎をも揺らした。

〈おかしい。岩戸の隙間から風が吹き込んでいる〉

涼は、出入口である岩戸を見つめ首を捻《ひね》った。

脱走した櫓雷忌の探索に行った城守健次が出て行った後、外で吹き荒れる風がなぜか感じられるのだ。岩戸だけじゃなく、外の祠《ほこら》もきちんと閉められていないに違いない。

「うん？」

隙間風に混じって人を不安にさせる気配を感じる。涼は全神経を地上へ通じる通路に向けて集中させた。

「来たな」

竜弦は、杖《つえ》代わりに持っていた黒塗りの三尺杖を右手に持ち直した。

「里香、俺の側から離れるな」

里香から受け取った櫓家の小柄《こづか》をベルトに差し込んだ。

「大丈夫です。私も櫓家の当主、武田陰流の使い手です」

里香も外に通じる階段から異常な気配が近付いて来るのを感じ取ったようだ。

やがて岩戸が、ゆっくりと開いた。

「見つけたぞ。ここが〝守護の間〟か」

雷忌は、剣が折れた仕込み杖を突きながら入ってきた。

涼は、短尺棒で雷忌の体が吹き飛ぶほど強烈にその腹部に突きを入れている。おそらく内臓は、腫《は》れ上がり、無理をすれば破裂するだろう。それでも、監視の目を盗んで逃げ出すとはさすがと褒《ほ》めるほかない。

「ここは、〝守護六家〟の主人と跡継ぎしか入れぬ神聖な場所だ。汚らわしいおまえの来る所ではない」

竜弦は、雷忌の前に立ちはだかった。

「何が神聖な場所だ。ここには、財宝を納めた隠し金庫があるはずだ。きれいごとばかり言うな」

雷忌は、竜弦を恐ろしい眼差《まなざ》しで見つめた。

「まだ、そんな戯言《ざれごと》を言っているのか。確かに戦国時代は、この洞窟《どうくつ》に軍資金は積まれていたかもしれない。だが、見てわかるようにここは空っぽだ」

竜弦は、笑って答えた。

「いや、この空洞のどこかに隠し金庫があるはずだ」

微《かす》かに岩が擦《こす》れる音がした。

先ほどまで揺らめいていたロウソクの炎がぴたりと静まった。どうやら、地上の祠の扉が閉められたようだ。竜弦は、探索に出ている〝守護六家〟に包囲網を作らせ、ここに雷忌を呼び込むように仕組んだのだろう。

「退路を断ったつもりか」

雷忌は、後ろを振り返ることなく鼻で笑った。

「もう逃げられない。おまえも櫓の血を引く者。ここで死ぬことを許してやる。これまでの罪を悔いて、見事に死んでみせろ」

「おまえの孫ともう一度闘わせろ。さっきは刀が折れたから負けたのだ。仕込み杖の刀は、細くて脆弱《ぜいじゃく》だ。真剣なら今頃、涼は屍《しかばね》になっている。せめて杖《じょう》なら負けない」

「馬鹿馬鹿しい。今さら、おまえと闘わせる理由はない。おまえは死ぬだけだ」

「待ってくれ。闘うのは俺だ。俺に決めさせてくれ」

雷忌の言っていることは正しい。あの場で真剣を使われていたら、間違いなく負けていただろう。だが、それを素直に認めるわけにはいかない。雷忌とは生死をかけて決着をつけるべきなのだ。

「やめておけ、涼」

「決着をつけたいんだ」

涼は、竜弦から黒塗りの杖を取り上げ、雷忌に投げてやった。

雷忌は、仕込み杖を捨て、杖を受け取った。

「殺してやる。小僧！」

雷忌は、構えるよりもはやく杖で突きを入れてきた。

涼は、かわしながら腰から短尺棒を抜き、間髪を容《い》れずに雷忌に反撃をした。だが、雷忌の懐は、リーチが長い分深かった。しかも、攻撃は、突きを中心に左からの強烈な打ち込みが鋭い。短尺棒で受けきれずに右肩の傷の上をまともに打たれた。短尺棒でまともに受けるにはかなり不利だった。

「くっ！」

怯《ひる》んだ隙に今度は、左からの胴打ちを喰《く》らい衝撃で地面に転がされた。

起き上がった涼は、すかさず突き入れられた杖を短尺棒でかわしたが、再び右肩を打ち下ろされ、堪《たま》らず膝《ひざ》を着いたところを今度は、右頬《ほお》を殴られて後ろに倒された。雷忌の強さは本物だった。

「くそっ！」

歯は折れなかったが、口の中をかなり切ったらしい。血の味が口の中に溢《あふ》れた。

「それで〝守護六家〟の頭領になるつもりか。笑わせる。私が代わってやろう」

雷忌は、笑いながら左手を前に杖を構えた。

〈そうか〉

涼は、雷忌の右手を見た。なんとか杖を握っているが、握りが浅い。地下壕《ちかごう》で闘った時に、涼は短尺棒で雷忌の鳩尾《みぞおち》に強烈な突きを入れている。やはり内臓にダメージを受け、その影響で右半身に力が入らないのだろう。

「行くぞ！　雷忌」

ステップを踏むように軽快に動きながら雷忌の右手に回り込み、短尺棒で攻撃を開始した。

右に入られないように突きを入れ、雷忌は体勢を崩そうとするが、涼はそれよりも速く動き、左手の短尺棒を激しく打ちつけた。杖を持つ雷忌の右手が外れた。すかさず回り込んで右脇《わき》を打ち据えた。メシッという鈍い音がして雷忌は片膝を着いた。肋骨《ろっこつ》を二、三本折った手応《てごた》えはあった。

「まだだ！」

雷忌は、杖の端を左手で持ち、大きく円を描くように振り回しながら立ち上がった。雷忌は涼の攻撃を緩めなかった。機関銃のような激しい撃ち込みを連続して行った。涼は、機を見て雷忌の激しい攻撃に耐えられなくなったのか、次第に懐が浅くなった。涼は、機を見て雷忌の懐に飛び込み、首筋を狙《ねら》って撃ち込んだ。

雷忌は堪らず杖を投げ出すように離して組み付いてきたが、涼が肩口を短尺棒で叩《たた》くと膝を着いて荒い息をした。

「くそっ。体が万全なら負けはしないものを」

「雷忌。悪あがきはよせ。おまえには涼を倒せない。潔く死を選ぶのだ」

竜弦は、雷忌が落とした杖を拾い上げた。

「分かった。だがただでは死なない」

雷忌は、まとっていた黒いコートのポケットから、左手で何かを摑《つか》んでみせた。

「これはM六七手榴弾《しゅりゅうだん》だ。爆発すれば半径四十メートルに破片が飛ぶ。十五メートル以内なら、殺傷能力はある。つまり〝守護の間〟にいる限り、おまえたちを確実に巻き込むことができるのだ。当主がいなくなれば、〝守護六家〟は潰《つぶ》れる。違うか？」

長野のホテルで雷忌がジェイソン・ローブを殺害した際に奪ったものだ。

「ほお、そんな下衆《げす》なものを使うとは、貴様も落ちたものだな」

竜弦は、顎《あご》の下をかきながら言った。

「おまえたち二人を相手にするのは、いささか疲れるからな。手段は選ばない」

雷忌は、M六七手榴弾のリング状の安全ピンを噛《か》んで抜いて、口に含んだ。

「馬鹿な真似を！」

「心配するな。抜いても、安全レバーを外さない限り爆発はしない。妙なことは考えるなよ。安全レバーを押さえている左手の親指が滑ることもあるからな。言う通りにすれば、元に戻してやる」

雷忌は、右手をポケットに突っ込み、筒状の物を取り出して、口に含んでいた安全ピンをその筒に通してみせた。

「あっ！」

涼は、慌ててベルトに挟み込んでいた櫓家の小柄を見たがなかった。

「私の方が一枚上手だったようだな。私がおまえに負けるはずがないだろう」

雷忌は、小柄を振って安全ピンを回してみせた。

「貴様！　涼に闘いを挑んだのは、小柄を盗むためだったのか」

竜弦は、激しく舌打ちをした。

「あたりまえだ。今さら、闘ってなんになる。私は小柄の秘密を知っているのだ。さっさと財宝を渡せ」

「……仕方がない。おまえに金庫の中身を見せてやろう」

竜弦は、洞窟の中央にある祭壇の前に進み、その扉を開いた。すると、中に丸い銅板が安置されていた。

「涼、手伝ってくれ」

竜弦は涼に手招きをした。

涼は、祭壇の中を覗《のぞ》いてみた。よくみると、銅板は祭壇に安置されているのではなく、洞窟の壁に直接張り付いていた。直径三十センチほどあり、〝守護六家〟の名前の漢字が一文字ずつ円に沿って等間隔に刻まれている。その文字の下に二センチほどの四角い穴が開いていた。

「バックパックから、小柄《こづか》を全部出してくれ」

言われるままにバックパックの底に隠してある小柄を出して竜弦に渡した。

竜弦は小柄を受け取ると、六文銭の印がある金属製の柄を抜き取った。

「これは」

涼は思わず声を上げた。

小柄は、日本刀と同じように刀の基の部分を茎《なかご》といって、この上に通常は金属製の装飾を施した柄が付けられる。日本刀は目釘《めくぎ》と呼ばれるストッパーで柄が茎から抜けないようになっているが、小柄にはそれがない。そのため、小柄の柄は簡単に抜くことができるのだ。

〝守護六家〟の小柄の茎は、平坦《へいたん》な形をしておらず、一本一本違う形に削られていた。

「小柄は、〝守護六家の印〟でもあり、この祭壇の銅板の鍵《かぎ》なのだ。先祖である霧隠鹿右衛門が、陰の守護職に就いた時、この地に残しておく武田信玄の軍資金を守るため、当時最高の細工師に注文し、真田昌幸からいただいた褒美の小柄を作り替えたのだ」

竜弦は、小柄の茎を銅板の穴に、それぞれの守護家の順番に差し込んでいった。

「やっと、信玄の財宝が見られるのか」

雷忌は、左手のM六七手榴弾を前に突き出し、涼と竜弦を祭壇から遠ざけた。そして、再び安全ピンを口に含み、小柄の茎を銅板に刻まれた櫓の文字の下に差し込んだ。

四

〝守護の間〟は、雷忌の出現により、異様な空気に包まれていた。

雷忌は、祭壇に隠されていた銅板に六振り目の櫓家の小柄の茎を差し入れた。銅板の後ろで何か音がしたが、特に変化はない。

「後は、どうすればいいのだ」

雷忌は、振り返って竜弦を見た。

「どけ、雷忌」

竜弦は、雷忌を脇にやり、円い銅板に両手をかけて引っ張った。すると銅板は、金庫の扉のように開き、ぽっかりと直径三十センチの穴が開いた。

「涼、この中に鎖がある。引っぱり出してくれ」

言われるがまま、涼は右手を穴の奥に入れて、中に垂れ下がっている太い鎖を引っ張り出した。

「もっと引っ張るのだ」

涼は、鎖を持って後ろむきに歩き出した。するとカラカラと歯車が回るような音がして祭壇の横の岩が砂煙を上げながら上に動きはじめた。

「なんと、こんなところに」

雷忌が驚くのも無理はない。幅一メートル、高さは二メートル近い入口が岩壁に現れたのだ。中は奥行きがあるらしく真っ暗でよく見えない。

「女、確か北川香織といったな。ロウソクを持ってこっちに来い」

雷忌は、里香に怒鳴った。

「親殺しのあんたの言うことは聞かない！」

里香は、激しい口調で雷忌を睨《にら》みつけた。

竜弦は舌打ちをした。

「親殺しだと？……そうか、耕一には妹がいたはずだったな。どこかに預けられたと聞いていたが、おまえがそうなのか。ここにいるということは、櫓家を継いだのだな。こっちに来い！　安全レバーを外すぞ。おまえのせいで頭領が死んでもいいのか」

雷忌の言葉に里香は、唇を噛んだ。

「だめだ。里香。行くな！」

涼は、里香の腕を摑んだ。

「大丈夫。涼、心配しないで」

里香は、強《こわ》ばった笑顔を見せ、涼の腕をやさしく振りほどいた。そして、祭壇のロウソクを一本持ち、雷忌に近づいた。

「一緒にこの中に入るんだ。この岩戸を閉められたら、出られなくなるからな」

雷忌は、里香の肩を抱くようにして、穴の中に入って行った。

竜弦は、雷忌の姿が見えなくなるとすぐさま祭壇に走り寄り、銅板の小柄を抜きはじめた。

「何をしているんだ。爺《じじ》い！」

涼が止める間もなく、竜弦は小柄をすべて抜き取った。

「中に入って入口のすぐ横に岩戸を吊《つ》るしてある錘《おも》りの紐《ひも》が二本ある。里香を助け出し、そのうちの一本を切って逃げてこい」

「切るって、どうやって──」

「馬鹿者、雷忌の仕込み杖《づえ》を使え」

「そうか」

雷忌が投げ捨てた仕込み杖を急いで拾い上げ、抜いてみた。中程から折れているが、残りの刃だけで充分使える。刀を鞘《さや》に戻し、涼は雷忌の後を追った。

「涼、抜かるなよ」

竜弦が背後から声をかけてきた。

「まかせてくれ」

穴の中に足を踏み入れた。中は意外に広く、通路になっている。涼は入口の錘りを吊るした紐が二本あることを確認し、奥へと進んだ。数メートル進むと、別の洞窟《どうくつ》に出た。洞窟には、おびただしい数の木箱が置かれていた。

「里香、これも開けてみろ！」

雷忌の怒鳴り声が聞こえた。夢中になって涼の気配に気が付いていないようだ。

「ちくしょう。これも火縄銃か。軍資金は、金の延べ棒じゃないのか」

「こっちの箱も開けてみろ」

「それまでだ。雷忌。諦《あきら》めろ」

涼は、雷忌のすぐ側まで近寄った。

「貴様！　いつの間に」

振り返った雷忌の目は血走っていた。

「おそらくここにあるのは、すべて火縄銃や当時の弾薬なのだろう。欲しければくれてやる。骨董品《こっとうひん》として売るんだな」

霧隠鹿右衛門が生きていた時代、火縄銃は最新最強の武器だった。軍資金よりも大切だったに違いない。それが時代を経て無用の長物になったのは皮肉な話だ。いつしか金庫の鍵だった守護の印は、単に象徴として扱われるようになったのだろう。

「貴様は、軍資金がここにないことを知っていたのか」

「小柄が鍵だなんてことも知らなかったんだ。何も知るはずがないだろう。ただ一つ、分かったことは、〝守護六家〟に信玄の財宝は必要ないということだけだ」

「ちくしょう。こんな屑《くず》のために俺は人生を台無しにしたのか」

雷忌は、頭を抱えて悔しがった。

「……」

悟られないように涼は無言で間合いを詰めた。

「こうなれば、全員道連れだ」

M六七手榴弾を握りしめた左手を雷忌は高く上げた。

「させるか！」

涼は大きく踏み込みながら左手の仕込み杖に右手を添えた。その瞬間、鞘から白い光がほとばしった。

「ぎゃあ！」

雷忌は、左腕を押さえて倒れた。

雷忌の左腕を斬《き》り落とすつもりだったが、刀が折れているため踏み込みが浅かった。

それでも傷はそうとう深いはずだ。

「里香！　ここを出るんだ」

里香を先に走らせ、涼は通路に入った。

「逃がすか！」

雷忌は左手のM六七手榴弾《しゅりゅうだん》を右手に持ち変えようとしたが、力を失った左手から、M六七手榴弾がこぼれ落ち、安全レバーが勢いよく外れた。

「いけない！」

涼は通路を走り抜け、入口の岩戸の錘りの紐を切断して〝守護の間〟に飛び出した。

岩戸は、歯車の音を派手に発《た》てながら落ちてきた。

爆発音がし、岩戸の隙間から煙が吹き出し、さらに大きな爆発音が続いた。金庫内に積まれた古《いにしえ》の火薬に引火したに違いない。

「逃げろ！」

叫びながら、里香と竜弦を〝守護の間〟の出入口へと押しやった。

「早く外へ！」

背後でまた大きな爆発音がした。おそらく〝守護の間〟が崩落したのだろう。石の階段が激しく揺れ天井から岩が落ちてきた。大小の落石を避けながら、夢中で階段を駆け上がろうとすると、今度は、足下の石段が崩れはじめた。

「くそっ！」

まるで浮き石の上を飛び跳ねるように、次々と崩れて行く階段を駆け上がった。

祠《ほこら》の入口が見えた。

「きゃー」

目の前で里香の足下の石段が崩れた。

涼は、彼女を立たせて階段を上らせた。先に外に出た竜弦が穴の外から里香の腕を掴《つか》んで引き上げた。

「うわっ！」

今度は、足下の石段が真下に抜け落ちた。咄嗟《とっさ》に両腕を伸ばして壁にしがみついた。

両肩の傷に激痛が走った。

「くそっ！」

両足を開き、足場を確保しながら垂直に上った。

なんとか祠の入口に上半身を出し、足をかけて外に出た。

「やったぜ」

仰向けになり乱れた呼吸を整えた。

台風一過というのだろうか。夜空に溢《あふ》れんばかりの星が煌《きら》めいている。別世界の空気を思いっきり吸い込んだ。

五

「涼、大丈夫？」

祠の脇の地面に大の字になっている涼に里香が遠慮がちに声をかけ、右手を伸ばしてきた。

里香の手を借りて体を起こした。傍に、白い口髭《くちひげ》を蓄えた年寄りが膝《ひざ》を着いて座っていた。

「大門さん……」

甲府の〝三条骨董店〟の主人大門利勝だった。

「先日の振る舞いをお許しください。〝守護六家〟が頭領の跡継ぎを決める際は、厳しく見守るという昔からのしきたりがあるのです。あなたが、跡継ぎであることを今や誰も反対する者はおりません。むしろ誇りに思っております」

そういうと大門は、小柄《こづか》を涼の前に差し出した。

「受け取るがいい」

いつの間にか、大門の近くに竜弦が立っていた。

「まだ、跡取りになるかどうか決めてないよ、俺は」

〝守護六家〟やその役割を知ったばかりで、判断しろというのは無理な話だ。

「涼、周りを見るがいい」

竜弦の言葉に辺りの闇が反応した。

「んっ？」

先ほどまで何も感じなかったのに、人の気配が感じられる。まるで闇から湧き出てきたように次々と増えた。星明かりに照らされて目視できるだけで二十人以上の人が、木の茂みに脆《ひざまず》いていた。だが、気配は優にその三倍は感じられる。

「そこにいるのは、大門の門下だったな。こちらに来なさい」

竜弦が手招きすると、木陰から女が現れた。

「いっ！」

涼は、危うく大声を上げるところだった。目の前に現れたのは、〝清風荘〟のオーナーである吉田菅子だったのだ。

「毎日のように失礼な態度を取っておりましたが、お許しください」

菅子は頭を深く垂れた。

「それから、おまえは、石垣の息子だったな」

暗闇から、二人の男が現れた。一人は背が低く、一人は涼と同じぐらいだ。

「まさか、そんな……」

背が低いのは、白岩村で涼と里香を助けてくれた炭焼きの石垣哲郎だった。そして、石垣に付き添われるように前に出て来たのは、涼が半年近く働いていたコンビニの店長の佐々木信二だった。

「せがれが務めとはいえ、失礼な態度を取っておりました。お許しください」

「石垣信二です。お詫《わ》びの言葉もありません。お許しください」

石垣親子は、地面に正座し、両手をついた。

「許すも許さないも、何がなんだか。分からない」

涼は、混乱を極めた。

「家出して新宿の歌舞伎町でうろついていたおまえに声をかけたのは、今は亡き櫓耕一だ。彼はおまえの子守役を買って出たが、一人ではどうしようもない。大勢の配下の者が大久保のあの地域の人間に化けておまえの面倒を見ていたのだ」

「ふざけるな！　結局、みんなで俺のことを騙《だま》していたんじゃないか」

涼は、立ち上がって竜弦を睨《にら》みつけた。

「それは、一面に過ぎない。彼らはいつ現れるか分からない雷忌を監視し、おまえを守る役目も担っていたのだ。残念なことに耕一は殺されたがな。おまえは一人で生きて来たような勘違いはするなよ。敢《あ》えて、この者たちの正体を教えたのは、おまえにそのことを教えたかったからだ」

「…………」

竜弦の言う通りだった。家出してからの生活は、誰一人欠けてもできるものではなかった。

「涼、大門から、〝印〟を受け取れ」

「……分かったよ」

涼は渋々大門から小柄を受け取った。

「これで、私の肩の荷が下りた。いつでもあの世からお迎えに来てもらっても大丈夫だな」

竜弦がよくとおる低い声で笑った。

するとと大勢の気配が闇の中にふっと消えた。

六

涼が元の大学生活に戻ったのは一週間後である。半年も大学に行ってなかったが、何の支障もなく大学では対応してくれた。おそらく竜弦が裏で工作したのだろう。だが、それだけに遅れを取り戻すのは大変だ。まるで受験生のように寝る間もなく教科書や参考書に取り組むはめになった。

大学に復帰して一ヶ月後の日曜日に涼は、銀座のカフェにいた。

「待った？」

里香が明るい声で手を振って現れた。Tシャツにジーパン、それに綿の白いジャケットを着て、肩からかわいいピンクのポーチを下げている。十九歳という年齢相応のスタイルだ。

涼と里香は、晴海《はるみ》通りで、タクシーに乗った。

「突然誘ってきて、映画でも見に行くのかと思ったら、どこに行くんだよ」

行き先を聞かされていなかった。〝守護六家〟の秘密を知り、おそらく人生で経験できる限りの衝撃を味わい尽くしただけにもう驚くことはないだろうと思っているが、やはり気になる。

「行けば分かるわよ」

いたずらっぽく笑い里香は寄り添ってきた。こんなシチュエーションは嫌いではない。

勝鬨《かちどき》橋を渡り、清澄《きよすみ》通りとの交差点を右折し、月島《つきしま》警察のすぐ近くでタクシーを降りた。里香に腕を組まれ、半ば強制的に歩かされて、真新しい施設の前に辿《たど》り着いた。

白い塀で囲まれた敷地の真ん中に五階建てのビルが建っていた。ゲートのすぐ向こうに守衛室があり、紺色の制服を着た守衛が立っている。門には、〝日本シーサイド研究所〟という看板が掲げられていた。

「行きましょう」

里香は、腕を組んだまま中に入ろうとする。

「ちょっと待てよ。勝手に入っていいのかよ」

「大丈夫よ。顔パスだから」

里香に引っ張られて敷地に入ったが、守衛は怒るどころか敬礼してみせた。

わけが分からないまま、里香と共に建物の地下に降りた。エントランスや地下の入口には、電磁ロックがかかったドアがあったが、里香はポーチからセキュリティカードを取り出して解除した。民間の研究所らしいが、すれ違う人は、みな会釈をして通り過ぎて行く。

「この施設は、〝守護六家〟と関係しているのか」

「そうよ。国の秘密の研究施設だけど、警備と運営を任されているから、実際は〝守護六家〟の管理下に置かれているの」

里香はあっさりと答えた。

地下に降りて行くと、ガラス張りの大きな部屋があり、部屋の中央には、いくつも水槽が置いてあった。水槽には、強力なライトが当てられている。その脇で、白衣を着た五十代の男性と二十代の女性が働いていた。

「ひょっとして、あの二人が大貫教授と北川香織さんなのか」

「正解。その通り」

里香は、まるでクイズ番組の司会者のような口ぶりで答えた。

「こんなところで研究を続けていたのか」

涼は、本物の北川香織を見てにやりと笑った。彼女は、化粧気もなく見た目は二十三歳より上に見える。研究一筋という感じで、はっきり言って老け顔だ。出会ったのが、里香が扮《ふん》した北川香織でよかったとほくそ笑んだ。

「まだ、実用化までにはいくつかハードルがあるそうよ。でも実用化されれば、その時はまた、米国と喧嘩《けんか》になるかもしれないわね」

「勘弁してほしいな」

涼は、大げさに溜息《ためいき》をついてみせた。

「あなたは、〝守護六家〟の頭領にならないつもりなの？」

「分からない」

気持ちの整理はまだついてなかった。子供の頃から〝守護六家〟のことを聞かされて育った里香と違って、涼は一ヶ月ほど前に知ったに過ぎない。溢《あふ》れかえる情報を消化できるものでもない。

「私は、あなたに継いで欲しいな。そうじゃないと世の中悪いことばかり起きそうで怖いの」

里香は上目遣いで言った。

「止めてくれ。俺を救世主みたいに言うなよ。第一、世の中を動かすほどのことができるはずないじゃないか」

「あなたは、〝守護六家〟の力を知らないからそういうのよ。それに〝守護六家〟はいつでも正義のもとで働いて来た歴史があるわ」

「たとえそうだとしても、本当に自分は正義のもとで働けるかなんて保証があるのか」

大きな力を持つからこそ、危険が伴う。京都の鞍馬寺で堀家の当主である堀政重は、護法魔王尊を例にとって忠告してきた。護法魔王尊は、地上の創造と破壊を司《つかさど》ると言われている。つまり〝守護六家〟の力の使い方次第で、創造か破壊をもたらすことになるのだ。

「いつの時代も、〝守護六家〟は、その時その時一番正しいと思ったことをしてきたんだと思う。あなたはあなたよ。あなたが正しいと思うことをすればいいの。特別難しく考える必要はないと思うわ。あなたは、もう〝守護六家〟に認められた人なんだから」

「俺が間違っていてもみんなは付いて来るのか？」

「どうして〝守護六家〟が世間に知られずに今まで存続できたか分かる？　霧島家は頭領の家柄だけど、それぞれの家柄は独立した機関になっていて、互いを監視することになっている。一つの家柄が間違ったことをしたら、他の五家は反対する権利を持っている。たとえそれが、頭領であろうと同じなの。また、裏切り者は、絶対許さないという不文律もあるわ」

里香は、一瞬遠くを見る目をした。櫓家では裏切り者の雷忌のために断絶するところだった。彼女は、親兄弟もなくしたが、気丈にも櫓家を継いだ。

「でも、あなたのすることだったら、少なくとも私は付いて行くわ。あなたを信じているから」

里香は、また腕を組んできた。

「そう。……そうか」

信じて行動する。ただそれだけでいいのかもしれない。

「教育的指導、よく分かったよ」

「ありがとう」

里香がはにかんで笑顔を見せた。

「帰ろう」

少なくともこの笑顔を守るためだったら働けるかもしれない。

涼はそう思った。

本書は、二〇一〇年三月に徳間文庫から刊行された作品を加筆、修正し再文庫化したものです。

本作品はフィクションであり、実在の個人・団体などとは一切関係がありません。

シックスコイン

渡《わた》辺《なべ》裕《ひろ》之《ゆき》

角川文庫 17826

平成二十五年二月二十五日　初版発行
平成二十五年九月　十　日　再版発行

発行者―井上伸一郎
発行所―株式会社角川書店
東京都千代田区富士見二―十三―三
電話・編集（〇三）三二三八―八五五五
〒一〇二―八〇七八

発売元―株式会社KADOKAWA
東京都千代田区富士見二―十三―三
電話・営業（〇三）三二三八―八五二一
〒一〇二―八一七七
http://www.kadokawa.co.jp

印刷所―旭印刷　製本所―BBC
装幀者―杉浦康平

定価はカバーに明記してあります。

わ 12-11　ISBN978-4-04-100692-4　C0193

角川文庫発刊に際して

角川源義

第二次世界大戦の敗北は、軍事力の敗北であった以上に、私たちの若い文化力の敗退であった。私たちの文化が戦争に対して如何に無力であり、単なるあだ花に過ぎなかったかを、私たちは身を以て体験し痛感した。西洋近代文化の摂取にとって、明治以後八十年の歳月は決して短かすぎたとは言えない。にもかかわらず、近代文化の伝統を確立し、自由な批判と柔軟な良識に富む文化層として自らを形成することに私たちは失敗して来た。そしてこれは、各層への文化の普及滲透を任務とする出版人の責任でもあった。

一九四五年以来、私たちは再び振出しに戻り、第一歩から踏み出すことを余儀なくされた。これは大きな不幸ではあるが、反面、これまでの混沌・未熟・歪曲の中にあった我が国の文化に秩序と確たる基礎を齎らすためには絶好の機会でもある。角川書店は、このような祖国の文化的危機にあたり、微力をも顧みず再建の礎石たるべき抱負と決意とをもって出発したが、ここに創立以来の念願を果すべく角川文庫を発刊する。これまで刊行されたあらゆる全集叢書文庫類の長所と短所とを検討し、古今東西の不朽の典籍を、良心的編集のもとに、廉価に、そして書架にふさわしい美本として、多くのひとびとに提供しようとする。しかし私たちは徒らに百科全書的な知識のジレッタントを作ることを目的とせず、あくまで祖国の文化に秩序と再建への道を示し、この文庫を角川書店の栄ある事業として、今後永久に継続発展せしめ、学芸と教養との殿堂として大成せんことを期したい。多くの読書子の愛情ある忠言と支持とによって、この希望と抱負とを完遂せしめられんことを願う。

一九四九年五月三日

角川文庫ベストセラー

角川文庫ベストセラー

キャラクター小説の作り方　大塚英志

魅力的なキャラクターとは？ オリジナリティとは何だろう。物語を書くための第一歩を踏み出すための12講。小説を書くために必要な技術を分かりやすく解説。

初心者のための「文学」　大塚英志

文学に内在する「ひきこもり」「萌え」「禁忌」といった要素を独特の視点で解説する、学校では教えてくれない文学のほんとうの読み方。正しく文学と出会い、正しく文学を読むための11の講義。補講・村上春樹。

試作品神話　大塚英志　絵／西島大介

「ハロー」と僕達の頭上で神様は言った。牛乳、月の砂、神様の卵……少年たちはその夏、世界の秘密を知ってしまう。ひと夏の冒険を詩情豊かに描き出す、世界一かわいい絵本。待望の文庫化!!

総理大臣という名の職業　神一行

小渕首相はなぜ倒れたか。国政の最高権力者として君臨しながらも、凄まじいプレッシャーに日々耐えねばならない職業、総理大臣。うかがい知ることのない日常と素顔に鋭く迫る！

忘れ雪　新堂冬樹

「春先に降る雪に願い事をすると必ず叶う」という祖母の言葉を信じて、傷ついた犬を抱えた少女は雪を見上げた。愛しているのにすれ違うふたりの、美しくも儚い純愛物語。

角川文庫ベストセラー

ある愛の詩　新堂冬樹

小笠原の青い海でイルカと共に育った心やさしい青年・拓海。東京で暮らす魅力的な歌声を持つ音大生・流歌。二人は運命的な出会いを果たし、すれ違いながらも純真な想いを捧げていくが……。

あなたに逢えてよかった　新堂冬樹

もし、かけがえのない人が自分の存在を忘れてしまったら？　記憶障害という過酷な運命の中で、ひたむきに生きてゆく2人の「絶対の愛」を真正面から描いた、純恋小説3部作の完結篇。

ブルーバレンタイン　新堂冬樹

暗殺者として育てられたアリサは、機械のような非情さから、バレンタインというコード・ネームで怖れられた……。極限のアクションと至高の愛。感動のノンストップ・ノベル！

女優仕掛人　新堂冬樹

瞬時の駆け引き、スキャンダル捏造、枕営業——。仕掛けられた罠、罠、罠。みずから芸能プロダクションを経営する鬼才・新堂冬樹が、芸能界の内幕を迫真の筆致で描く！

動物記　新堂冬樹

獰猛な巨大熊はなぜ、人間に振り上げた前脚を止めたのか。離ればなれになったジャーマン・シェパード兄弟の哀しき再会とは？　大自然の中で織りなす動物たちの家族愛、掟、生存競争を描いた感動の名作！

角川文庫ベストセラー

GEQ　大地震　柴田哲孝

1995年1月17日、兵庫県一帯を襲った阪神淡路大震災。死者6347名を出したこの未曾有の大地震には、数々の不審な点があった……『下山事件』『TENGU』の著者が大震災の謎に挑む長編ミステリー。

濹東綺譚　永井荷風

かすかに残る江戸情緒の中、私娼窟が並ぶ向島・玉の井を訪れた小説家の大江はお雪と出会い、逢瀬を重ねる。美しくもはかない愛のかたち。「作後贅言」を併載、詳しい解説と年譜、注釈、挿絵付きの新装改版。

十九歳のジェイコブ　中上健次

クスリで濁った頭と体を、ジャズに共鳴させるジェイコブ。癒されることのない渇きに呻く十九歳の青春を、精緻な構成と文体で描く。渦巻く愛と憎しみ、そして死。灼熱の魂の遍歴を描く、青春文学の金字塔。

紀州　木の国・根の国物語　中上健次

紀州、そこは、神武東征以来、敗れた者らが棲むもう一つの国家で、鬼らが跋扈する鬼州、霊気の満ちる気州だ。そこに生きる人々が生の言葉で語る、〝切って血の出る物語〟。隠国・紀州の光と影を描く。

軽蔑　中上健次

新宿歌舞伎町のポールダンスバーの踊り子、真知子と、名家の一人息子として生まれながら、上京しヒモになっていたカズ。熱烈に惹かれ合った二人は、故郷に帰って新しい生活を始めるが。

角川文庫ベストセラー

三島由紀夫と楯の会事件　保阪正康

昭和45年11月25日、三島由紀夫は楯の会の4人とともに陸上自衛隊に乱入、割腹自殺を図った。天才作家は死を賭して何を訴えたかったのか？　死までの5年間を克明に調査した傑作ノンフィクション！

眞説　光クラブ事件　戦後金融犯罪の真実と闇　保阪正康

戦後の混乱期、ヤミ金融会社を設立した現役東大生・山崎晃嗣は、時代の寵児として脚光を浴びるが、わずか27歳で服毒自殺する。戦後金融犯罪史上、最も有名な「光クラブ事件」の隠された真実を解き明かす！

注文の多い料理店　宮沢賢治

二人の紳士が訪れた山奥の料理店「山猫軒」。扉を開けると、「当軒は注文の多い料理店です」の注意書きが。岩手県花巻の畑や森、その神秘のなかで育まれた九つの物語からなる童話集を、当時の挿絵付きで。

セロ弾きのゴーシュ　宮沢賢治

楽団のお荷物のセロ弾き、ゴーシュ。彼のもとに夜ごと動物たちが訪れ、楽器を弾くように促す。鼠たちはゴーシュのセロで病気が治るという。表題作の他、「オツベルと象」「グスコーブドリの伝記」等11作収録。

銀河鉄道の夜　宮沢賢治

漁に出たまま不在がちの父と病がちな母を持つジョバンニは、暮らしを支えるため、学校が終わると働きに出ていた。そんな彼にカムパネルラだけが優しかった。ある夜二人は、銀河鉄道に乗り幻想の旅に出た——。

角川文庫ベストセラー

夏子の冒険　三島由紀夫

裕福な家で奔放に育った夏子は、自分に群らがる男たちに興味が持てず、神に仕えた方がいい、と函館の修道院入りを決める。ところが函館へ向かう途中、情熱的な瞳の一人の青年と巡り会う。長編ロマンス！

複雑な彼　三島由紀夫

森田冴子は国際線スチュワード・宮城譲二の精悍な背中に魅せられた。だが、譲二はスパイだったとか保釈中の身だとかいう物騒な噂がある「複雑な」彼。やがて2人は恋に落ちるが……爽やかな青春恋愛小説。

夜会服　三島由紀夫

何不自由ないものに思われた新婚生活だったが、ふと覗かせる夫・俊夫の素顔は絢子を不安にさせる。見合いを勧めたはずの姑の態度もおかしい。親子、嫁姑、夫婦それぞれの心境から、結婚がもたらす確執を描く。

お嬢さん　三島由紀夫

大手企業重役の娘・藤沢かすみは20歳、健全で幸福な家庭のお嬢さま。休日になると藤沢家を訪れる父の部下たちは花婿候補だ。かすみが興味を抱いた沢井はプレイボーイで……「婚活」の行方は。初文庫化作品。

にっぽん製　三島由紀夫

ファッションデザイナーとしての成功を夢見る春原美子は、洋行の帰途、柔道選手の栗原正から熱烈なアプローチを受ける。が、美子にはパトロンがいた。古い日本と新しい日本のせめぎあいを描く初文庫化。